特別感謝

台灣好基金會及柯文昌董事長

萬寂殘紅一笑中

臺靜農與他的時代

◉蔣勳

目次

特別刊載

銘記

推薦語

蔣勳和他的朋友、晚輩，費心籌辦了一次臺靜農先生作品特展，勾勒出臺先生的寬厚胸懷與精神面貌。

蔣勳對臺先生作品的敍寫與講說，是動人的披文入情，也重現了他所處時代的身經喪亂、人生實難。

臺先生寫字原出於性情，藉之抒心遺懷，與同好交相遊，或饋贈勉勵晚輩。日久愈見其書以功深，自成大道。

今見蔣勳歷年所寫的談臺先生的文章，合為一帙，如同六朝人物的情之所鍾！臺先生天上有知，想必也會高興的。

林文月

卷一〇

一

字外有字

我們敬愛的臺靜農老師

歲月匆匆，臺靜農老師已辭世整整三十年了。二〇二〇年十一月九日，是臺老師逝世三十周年。

三十年過去，沒有在歲月中消滅，仍然有許多晚輩學生深深地懷念臺老師的學識、人品和他獨樹一格的書法。

由台灣好基金會策畫，籌備了幾個月，幾位敬愛臺老師的學生晚輩，五月二十五日開幕，在池上穀倉藝術館為臺老師辦一個小小的紀念展。

這個展覽，最初的構想純粹只是為了表達幾個晚輩心中對臺老師的敬愛。林文月、施淑，林懷民，我，許悔之，手上都有臺老師的書法，希望把這些作品集中，與池上以農民為主的居民分享。

池上藝術館遠在偏鄉，是六十年歷史的老穀倉改建，結構扎實，樸素無華，地方空間不大，沒有都會美術館的奢華熱鬧，在這裡，分享臺老師的手跡墨寶，讓當地大多數在土地中勞動的農民認識「臺靜農」，或許可以告慰青年時寫過《地之子》的靜農先生一生的社會關懷吧。

我們有很深的對臺老師的敬愛，但能力有限，希望這個展覽安靜不喧譁，在遙遠的偏鄉，做一個小小的紀念。連展覽標題也下得很低調——「我們敬愛的臺靜農老師」，下面是幾位提供作品者的署名。

最初很簡單也比較私密情誼的構想，後來加入了一些不同的元素。首先，我們想到臺老師生前捐贈給台北故宮的大件作品，三六三公分長（軸長）、六十七公分寬的〈鮑明遠飛白書勢〉，這是他最得意的代表作品，也最代表他結合北碑與倪元璐字體的獨創書法美學。

一九八四年他完成這件丈二大立軸，非常開心，立刻打電話到東海美術系辦公室找我，

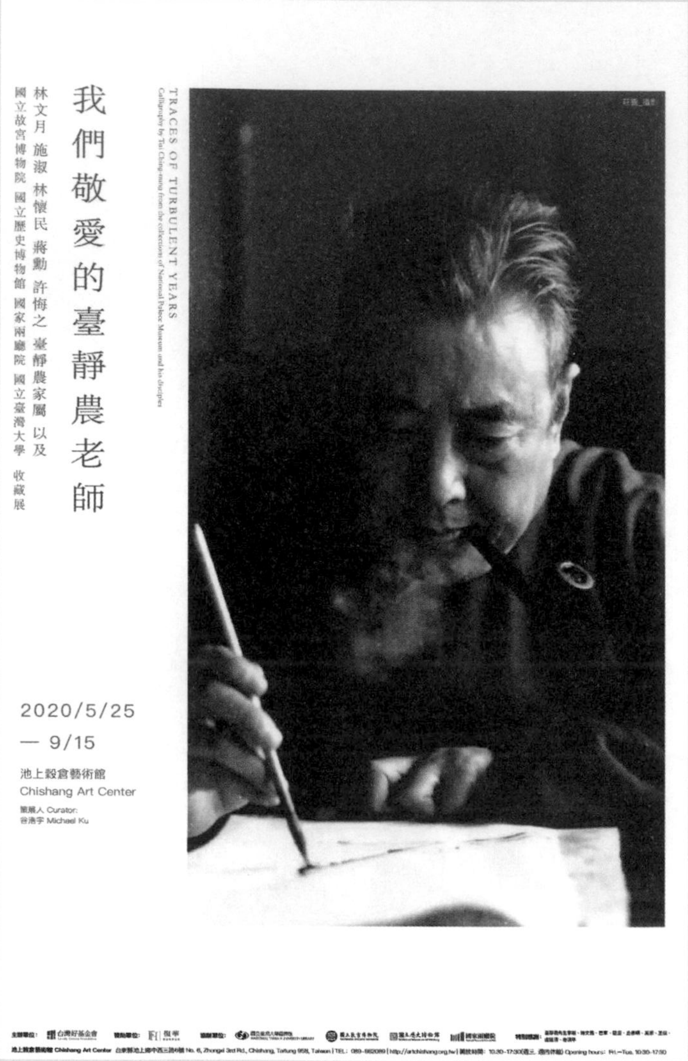

「我們敬愛的臺靜農老師」展覽宣傳海報

興奮地說：「什麼時候回台北，我寫了一幅好字。」

臺老師平日很少這樣說話，我聽得出來是創作者有神來之筆時的愉悅開心。我即日從台中回台北到溫州街看字。臺老師準備好了，他的宿舍不大，一張近四公尺的長幅書法鋪在地板上，從玄關一直拉到客廳，通過兩道門，氣勢磅礡，斑斕虯結，一氣呵成，真是過癮。

臺老師照例遞給我一杯酒，得意地說：「幸好寫的時候，沒有電話，沒有門鈴。哈哈。」他爽朗笑起來，有種孩子氣的快樂。

這件作品後來捐贈給台北故宮，也蒙故宮同仁襄助，製作出原尺寸復刻版，在池上穀倉展出。池上居民農忙外有很多人熱愛書法，看到臺老師這件以「飛白書勢」為主題的大作品，一定也有所得吧。

時代哭過痛過的歷史見證

「書法」究竟是什麼？東方藝術為何以「書法」為核心？

書家難得，北宋多少文人寫字，為什麼只是蘇、黃、米、蔡四家[1]？

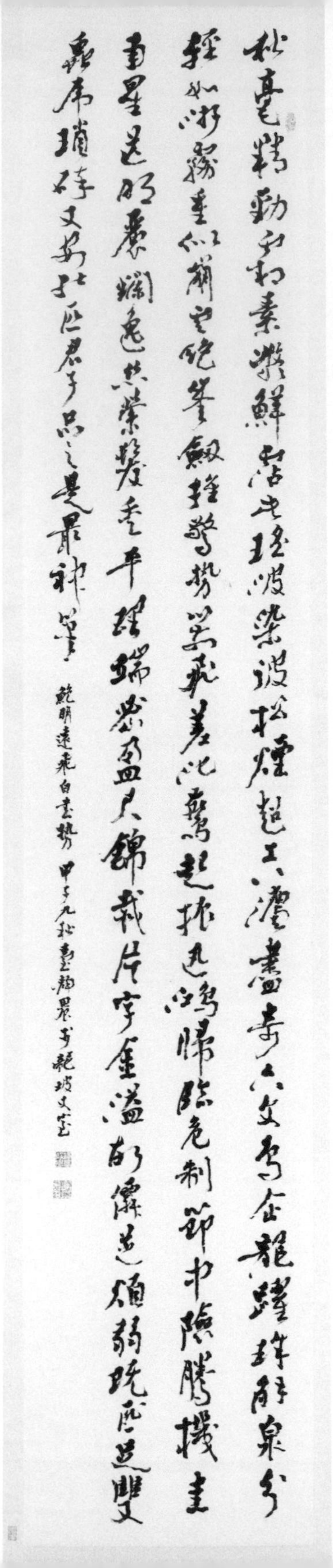

行書〈鮑明遠飛白書勢〉軸

1984｜水墨紙本｜237×44.5cm（畫心）

國立故宮博物院藏品

寫毛筆字的朋友一定常想這些問題，臺老師青年時隨沈尹默先生習書法，他當時是左翼憤青，魯迅看重的作家，作品總是為社會邊緣弱勢發聲，他，又如何思考「書法」的真正意義？

這個紀念展，蒙幾位朋友熱心參與，慢慢釐清線索，知道臺老師一些重要作品和文件，多由親近的學生林文月、施淑捐贈臺大中文系。策展人谷浩宇多次奔走，得到臺大圖書館特藏組熱心提供，除了臺老師極珍貴的「白沙詩稿」等文件，更重要的是借展到一札書信，包括傅斯年[2]，陳獨秀[3]，許壽裳[4]，溥心畬[5]，張大千[6]，魏建功，喬大壯[7]，沈尹默[8]，沈兼士……。

我一封信一封信讀著，幾個對今天大多數人可能極其陌生的名字，許壽裳，喬大壯，陳獨秀，卻串連起臺老師北京大學，抗日戰爭成都白沙，一九四六年到台灣的足跡。

特別是許壽裳，傅斯年，喬大壯的幾封信，隱隱約約聯繫起一九四六至一九四九間的台灣，大陸，臺灣大學，中文系，許多今日無人聞問的往事。

那些隱隱約約字裡行間沒有透露的人事糾葛，肅殺恐怖，忽然讓我懂了臺老師，懂了他繼許壽裳、喬大壯之後接掌臺大中文系時的心境。

和臺老師接近的一段時間，他從不談這些事。

他在大陸因為和魯迅的關係，也因為參加左翼黨派，立場與執政者相左，甚受當局監視，幾次出入牢獄。

一九四六年臺老師受許壽裳之邀渡海來台，許壽裳是魯迅好友至交，他一九四六年六月到台灣，主持編譯館，接收戰後日本文物，網羅台籍菁英，開始整理台灣「昆蟲史」等重要文獻。一九四七年五月編譯館被裁撤，許壽裳失去館長職，因此接了臺灣大學中文系戰後首任系主任，並撰寫了臺大校歌歌詞。

一九四八年二月十八日許壽裳深夜被柴刀砍死，這件離奇兇殺案，在臺大造成不小的波瀾。喬大壯（也是魯迅摯友）續接了系主任，不久，好像沒有原因，頹廢自棄，不僅絕食，酗酒，而且身邊準備毒藥，隨時要自殺。喬大壯回上海，不久赴蘇州投水自殺，遺書四個字「責任自負」。

短短兩年，兩位系主任連續死亡，臺老師繼許壽裳、喬大壯兩位悲劇事件之後，接任臺大中文系主任職，一直到一九六八年退休。

我常常想：臺老師當時接任系主任職，是什麼樣的心情？

讀《龍坡雜文》有悼念喬大壯的一篇文字，我以為是臺老最好的散文之一，文字不多，寫許壽裳罹禍慘死，喬大壯去祭弔，寥寥幾筆，勾勒出一個荒謬時代陰慘的恐怖暗影：

> 於是陪他（喬大壯）到季茀先生（許壽裳字）遺體前致弔，他一時流淚不止。再陪他回到宿舍，直到夜半才讓我們辭去。他站在門前，用手電筒照著院中大石頭說：「這後面也許就有人埋伏著」，說這話時，他的神情異樣，我們都不禁為之悚然。

這是一九七八年臺老師追憶喬大壯的文字，至今讀到，也還是「悚然」。

接了臺大中文系，二十年間，最被社會看重的青年作家，不再寫小說了，連論述文字都少，他專心書法，專心於酒，對聯出現「避席怕聞文字獄」的句子。線條困頓壓抑，在許多頓挫曲折裡遊走，頑強對抗，墨痕如淚如血。

《龍坡雜文》
臺靜農著，洪範出版

在「悚然」中活著，臺老師的書法或許不只是書法而已，或者說，歷來「書法」其實都不只是「書法」，美，竟然是一個時代哭過痛過的歷史見證。

〈蘭亭〉書寫南渡一個落寞傷逝的春天，〈祭侄文稿〉是大唐安史戰爭鬼哭人號的血淚斑斑，〈寒食帖〉是北宋文字獄的荒謬頹唐自嘲。「書法」何曾是「書法」？如何讓膚淺自炫的輕薄者懂「臺靜農」，懂他在不寫文章，看似不對抗，隱忍活下來，卻在書寫裡留下了真正的「對抗」。

臺老師紀念喬大壯的文章依文章後的註記寫於「一九七八年十二月」，距離臺大中文系兩位系主任的離奇死亡，已經超過三十年。

這篇文字寫許壽裳的慘遭殺害，寫喬大壯的自棄自戕，要到一九八八年《龍坡雜文》出版才為大多數人看到，已經是台灣軍事解嚴時刻。臺老師在長達四十年間的隱忍，像是生命的修行，最後完成在他的書法美學中。

我認識臺老師在一九七〇年代，在巴黎的圖書館，看魯迅，看老舍，看沈從文，了解臺老師與三〇年代左翼文學的關係，了解他對社會邊緣者的關懷，了解他的熱情與憤怒。

一九七六年我從歐洲返台，負責美術雜誌編輯，一天偶然經過裱畫店，看到臺老師一幅字，使我停住，看了很久，好像四十年間一個生命漫長沉默的修行都即刻懂了，熱情還在燃燒，迸散激濺成墨的斑爛，憤怒抑壓在扭曲的線條裡流走，「啊……」，我在街頭櫥窗停了很久，寫字，書法，可以使人心中長嘆，原來是要這樣理解一個書家在點捺頓挫間的生命情操，原來書法必須是「字外有字」。

字外無字

臺老師的字給我的震撼，使我思考了書法美學在東方藝術創作裡的獨特架構。我認識了臺老師，常去他溫州街的宿舍，聊天、喝酒，看他寫字。他對書法卻談得很少，有時候拿出日本精印的王獻之《鴨頭丸帖》，這是書法名作，文青們圍觀，嘖嘖讚嘆，臺老師卻自顧自抽菸，喝酒，有意無意丟出一句：「我看，也不怎麼樣。」

臺老師對他人斤斤計較的「藝術」，常常無意間透露一種不容易理解的隨性豁達。我問過他用什麼墨，油煙或松煙，他哈哈一笑說：「我常用墨汁，懶啊……」他的哈哈一笑，讓我想到魏晉南朝士族的佯狂，不是玩世不恭，不是草率，卻讓人覺得在「藝術」之外，臺老師心中似乎有更高的信仰與嚮往吧。

這次整理臺大圖書館珍藏的書信，讀到陳獨秀給臺老師的信。

陳獨秀是五四運動新文學的領旗人物，中國共產黨創始人，創辦《新青年》，發表魯迅系列小說，領導一代菁英的社會思潮。

如果粗淺認識陳獨秀，會在他身上貼上簡單的「革命者」的標籤，然而，或許應該認真讀臺大珍藏他寫給臺靜農的信，一個革命者，一個共產黨的領袖，一個社會運動的先鋒，他給青年晚輩寫信，今天讀來依然發人深省。

這次展出陳獨秀寫給臺靜農的信一共兩封。一封寫於一九四〇年，一封一九四一年。第一封信裡提到老舍，並請臺靜農代向魏建功要一冊《天壤閣》的甲骨文存，也談了些他對甲骨文的看法。

第二封信談到沈尹默，有一段非常重要的文字。

沈尹默在北大主持書法研究社，是臺靜農的書法老師。臺老師曾親口告訴我，他原來臨寫王鐸，沈尹默以為王字「熟爛」，臺老師才親近了倪元璐和北魏石刻。

陳獨秀在信上問到沈尹默現居何處，讚美了沈在書法上的用功，但筆鋒一轉，說沈尹默

「字外無字」，所以三十年來字沒有變化。

我大吃一驚，原來書法不只是用功「寫字」，沈尹默用功寫字三十年，為什麼陳獨秀說他「字外無字」？

這一段書信原文如下：「尹默字素來工力甚深，非眼面前朋友所可及。」這是讚美沈尹默的用功。他們都是北大老友，看到一個人三十年來孜孜不倦用功寫字，當然佩服。然而陳獨秀是真性情的人，他論事為人從不敷衍，因此，有下面一段發人深省的評論：

然其字外無字，視卅年前（前）無大異也。

這封信臺老師帶在身邊，一九四二，陳獨秀逝世，一九四六，臺老師到台灣，這封珍藏在臺大的信，信前有臺老師晚年小字註記：「論書法，批評沈書」。

沈尹默曾經帶領臺靜農習書法，然而陳獨秀看到的不只是書法，而是書法之外必須「字外有字」。

「字外有字」就不只是用功於書法，不只用功於寫字，而是更多「字」與「書法」之外的關心吧。

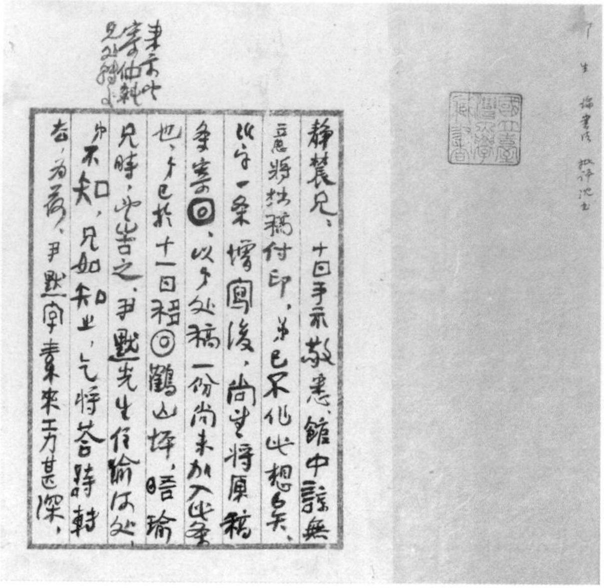

[illegible]

靜農兄：十日手示敬悉。館中誤無意將拙稿付印，弟已不作此想矣。此字一條贈寫後，尚望將原稿全寄回，以弟此稿一份尚未加入此全也。弟已於十一日移回鶴山坪，晤瑜兄時，望告之。尹默先生作瑜伽處，弟不知，兄如知之，乞將答詩轉去，為荷。尹默字素來功甚深，

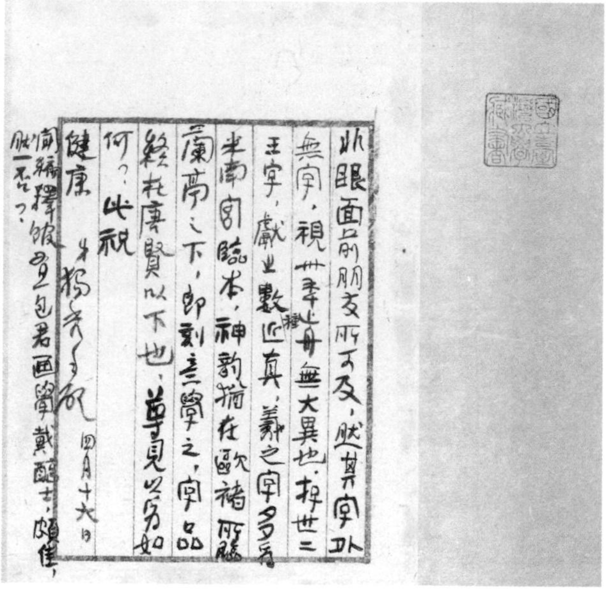

此眼面前朋友所不及，然其字外無字，視卅年前無大異也。存世二王字，獻之數種近真，羲之字多為米南宮臨本，神韻猶在歐褚所臨蘭亭之下，即刻意學之，字品終在唐賢以下也。尊見以為如何？此祝
健康
弟獨秀手啟 四月十六日
聞編譯館包君函學戴醇士，頗佳，[illegible]

陳獨秀致臺靜農信函

1941丨紙上水墨丨31.5×31.5cm×2

國立臺灣大學圖書館藏品

五十歲之前，臺靜農是習練書法，五十歲之後，臺靜農擺脫了「字外無字」的拘束，他信筆揮灑，字裡行間，墨的斑斕，筆的虯結，書寫著一整個時代的苦悶、驚惶，書法是不說話的，所有不能說的，都化作斑斑血淚，線條墨痕，不說處，有許壽裳，有喬大壯，有林茂生，有魯迅，有陳獨秀，知識分子如何在亂世活出自己，如何用不同的方式對抗荒謬驚恐，如何隱忍存活，在壓抑阻滯裡殺出一條生命不屈不撓的頑強，那就是陳獨秀信裡告誡的「字外無字」吧。

同樣一個漢字，同樣的「一」，只是一根線條，每個人都一樣，但是我們認得出顏真卿的「一」，我們認得出弘一大師的「一」，我們認得出臺靜農的「一」。他們都寫出了自己生命的「一」，都做到了「字外有字」，這才是書法美學的核心所在吧。

漢字書寫，一張白紙，一錠墨，一支筆，如此簡單，知識分子長時間寄託其中，完成自我生命的修行，王羲之如此，顏真卿如此，蘇東坡如此，倪元璐如此，弘一如此，臺靜農依然如此。

也許到池上穀倉走一走，看陳獨秀的信，或只看臺靜農下筆寫「一」，如何在一根線條裡「字外有字」。

注釋

1 **蘇、黃、米、蔡四家**｜關於宋代書法，素有「蘇、黃、米、蔡」四大家之說。四大家即蘇軾、黃庭堅、米芾、蔡襄，為宋代書法典型。然而四家中的「蔡」歷來頗有爭議，有一派認為蔡應是指蔡京。

2 **傅斯年**｜（1896–1950）字孟真，山東聊城人，曾任北京大學代理校長、臺灣大學校長。一九一八年，與羅家倫、毛子水等人組成新潮社，致力提倡新文化。一九一九年五四運動，傅斯年是當時的學生領袖之一。他在民國三十八年一月二十日就任臺大校長，三十九年十二月二十日去世，任職時間雖短，然而影響甚鉅。臺大傅鐘二十一響的意義，出自傅斯年的名言：「一天只有二十一小時，剩下三小時是用來沉思的。」

胡適曾如此敘述傅斯年：「孟真是人間一個最稀有的天才。他的記憶力最強，理解力也最強，他能做最細密的繡花針工夫，他又有最大膽的大刀闊斧本領。他是最能做學問的學人，同時他又是最能辦事，最有組織才幹的天生領袖人物。他的情感是最有熱力的，……同時他又是最溫柔，最富於理智，最有條理的一個可愛可親的人。這都是人世最難得合併在一個人身上的才性，而我們的孟真確能一身兼有這些最難兼有的品性與才能。」

3 **陳獨秀**｜（1879–1942），原名慶同，字仲甫，安徽懷寧人。一九一五年，陳獨秀創辦《新青年》，傳播新文學與新思想。五四新文化運動時任北大文學院院長，亦是此運動主要發起人。一九一八年，陳獨秀、李大釗創辦《每周評論》，宣揚馬克思主義。一九二〇年，陳、李相約建黨，得到共產國際代表支持，陳獨秀創建中國共產黨並任總書記。一九三二年，被國民黨政府逮捕，囚禁於南京，一九三七年八月出獄。在獄中，陳獨秀鑽研中國古代語言文化，出獄後宣示不再屬於任何黨派，思想獨立，也不代表任何人。「漢奸事件」遭到共產黨人誣陷為日本間諜，從此與中共決裂。陳獨秀晚年貧病交迫，一九四二年五月二十七日逝世，年六十三。

胡適給陳獨秀的評價是「終身反對派」。胡適、陳獨秀同為白話文學運動主力，他們在《新青年》雜誌上提倡白話文學運動，胡適曾從美國寄信給陳獨秀，陳獨秀在《新青年》答胡適：「鄙意容納異議，自由討論，固為學術發達之原則，獨於改良中國文學當以白話為正宗之說，其是非甚明，必不容反對者有討論之餘地；必以吾輩所主張者為絕對之是，而不容他人之匡正也。」從這段話大抵可以看出陳獨秀的性格。胡適〈容忍與自由〉觸及這段往事，提倡「養成能夠容忍諒解別人的見解的度量」，不要「以吾輩所主張者為絕對之是」，因為這是很不容忍的態度，「是最容易引起別人的惡感，是最容易引起反對的。」從這段對答，或可大略掌握陳獨秀的性格。

4 **許壽裳**—（1883–1948），字季黻（或季茀），浙江紹興人。一九二〇年以浙江官費赴日本留學，結識同為官費留學的同鄉魯迅、陳儀，三人交好，奠立深厚情誼。學成返國後從事教育工作，歷任教育官員與大學教授、院長。一九四五年終戰後，許壽裳任考試院考選委員會專門委員，不久即應陳儀之邀，就任臺灣省編譯館館長。二二八事件後，臺灣省編譯館撤廢，許壽裳任臺灣大學中文系教授兼系主任，一九四八年二月十八日於臺灣大學教員宿舍遇害。當局不久宣布破案，推定兇手因偷東西而起殺機，但有人說是被國民黨特務所殺。此一事件，或許在臺靜農先生記憶裡留下了長久的陰影。

臺靜農〈追思〉一文提到：「我現在所能記下的只是與先生的遇合，所不能記下的，卻是埋在我心裡的悲痛與感激，先生之關心我愛護我，遠在十幾年以前，而我得在先生的左右纔幾個月。這些天，我經過先生的寓所時，總以為先生並沒有死去，甚至同平常一樣的，從花牆望去，先生正靜穆的坐在房角的小書齋裡，誰知這樣無從防禦的建築，正給殺人者以方便呢。雖然先生的長厚正直與博學，永遠的活在善良的人們心中的。」

5 **溥心畬**—（1896–1963），原名溥儒，愛新覺羅氏，恭親王奕訢之孫，溥儀的堂兄。溥心畬自幼接受傳統文人教育，以經史子集為主要知識根基，同時也擁有琴棋書畫的美學涵養。溥心畬畫法精到，風格高潔典雅，極富中國傳統文人畫的特色，與張大千齊名並稱「南張北溥」，又與吳湖帆並稱「南吳北溥」。渡海來臺後，與張大千、黃君璧並稱「渡海三家」。秉持讀書人的風骨，遠離政治，曾擔任師大、藝專教授，蟄居台北市臨沂街，作育英才無數。他曾自評：「詩第一，書次之，畫又次之。」他教學生，必從四書五經、詩詞、書法講起。

6 **張大千**—（1899–1983），四川內江人，名爰，字季爰，號大千居士，齋名大風堂。他的一生充滿傳奇，曾赴日本學習染織，也曾入寺為僧。被譽為五百年來一大千的他，在敦煌莫高窟臨摹過壁畫，與西班牙抽象派畫家畢卡索有交游。一九四九年後旅居海外，在亞、歐、美洲均舉辦過畫展，被西方藝壇稱為「東方之筆」，亦是「臨摹天下名畫最多的畫家」。一九七六年來臺定居，並終老於摩耶精舍。張大千山水、人物、花鳥無一不精，是全能型的畫家，最受人稱道的還是山水畫。其潑墨與潑彩，具有開創性，開拓了新的藝術境界。張大千的詩、書、畫與齊白石、溥心畬齊名，被並稱為「南張北齊」、「南張北溥」，與黃君璧、溥心畬合稱「渡海三家」。

7 **喬大壯**（1892–1948），原名曾劬，號波外居士，四川省華陽縣人。一九四七年八月，應許壽裳邀請渡海來臺。一九四八年二月許壽裳遇害，喬大壯接任臺大中文系主任。許壽裳遇害前一晚，喬大壯還和他一起喝酒。此事讓喬受到極大驚嚇，也讓外省籍教授深感危懼。一九四八年五月，喬大壯以探親名義返回南京，自沉辭世。喬大壯擅於詩、文、詞、賦，亦長於篆刻、書法，精通法文翻譯。著作有：《波外樂章》、《喬大壯詞集》、《喬大壯詩集》、刻印集《喬大壯印蛻》。

8 **沈尹默**（1883–1971），原名君默，祖籍浙江吳興。早年留學日本，五四運動期間參與編輯《新青年》雜誌，發表不少新詩作品。沈歷任北京大學、輔仁大學教授，一九四九年後擔任中央文史館副館長等職，並創建了上海市書法篆刻研究會，致力推廣書法教育。文革期間，為免書畫典藏惹禍，將名家真跡撕毀、泡水，化為紙漿，讓兒子在深夜全數倒進蘇州河。備受文革迫害的他，於一九七一年六月一日病逝於上海，享年八十八歲。

他是詩人、學者，也是一位書法家。他反對模擬結構，初學褚遂良，後來學習晉、唐名家，晚年則取法蘇軾、米芾風格。楷書、行書、草書皆佳，尤長於行書。著作有：《歷代名家學書經驗談輯要釋義》、《二王法書管窺》等。

二

爛漫晉宋譃

近四十年來，許多朋友來我家小坐，都記得我正廳牆面上一幅奚淞白描觀音坐像，旁邊是臺靜農老師寫的一副對聯：「爛漫晉宋譃」「出入僊佛間」。

每個人處理自己的居所都有不同的想法風格。我的小小公寓很簡單，不到三十坪，但是窗外就是淡水河口，一片煙波浩渺。常常自喜，不到百萬，買了一條大河，以及隔著大河對岸廣大篤定的大屯山。

搬進這簡單公寓，設計了面河十二扇推窗。推窗外檐下有臨空木檻，可坐可臥。四樓高度剛好，坐臥都可以眺望大山，或聽潮來潮去。

朋友從城市中心來，當時還沒有關渡大橋，一路轉車轉船，連路名都無，很是折騰。朋友上樓時抱怨連連：交通不便、荒郊野外云云。沒有電梯，氣喘吁吁，到了四樓，一進門，看到窗外山水壯觀，大都眼睛一亮，忘了所有抱怨，向窗外風景讚嘆一聲：「啊……」

幾次之後，我就知道，窗外山水才是主題，室內牆面可以不要有沉重多餘太搶眼的東西，讓朋友可以安心到窗外木檻上自在坐臥，看山看水。

因此掛了白描觀音和臺老師隸書寫的這一幅五言對聯，空靈蘊秀，看與不看都好。

我很喜歡梵谷、培根，但他們的作品還是到美術館看好。看完還要趕快到戶外看看

樹看看雲，紓解一下情緒躁動曲扭抑壓的鬱結。不理解有人把類似的藝術放在家裡，日日相處面對，糾纏在躁鬱情緒中。只能佩服，或許神經線比我粗強很多。

這三件作品在牆上自在無罣礙，喝茶，讀書，朋友閒聊嘻鬧都好。天光雲影，四時變化，晴雨寒暖，一掛四十年。直到這一次池上穀倉臺老師紀念展卸下，送去青雨山房重新裱褙，才知道書畫背後已有塵蟎蟲卵寄生腐蝕，幸好適時搶救。

許多事冥冥中似乎自有得失，我們或愛或憎，或慶幸或怨嘆，往往忽略了還有冥冥中的天意。

一九八三年，我接東海大學美術系主任工作。創系之初，諸事繁雜，一陣子沒有回台北，一日忽然收到臺老師寄來墨寶，一幅節臨〈石門頌〉的大中堂，一副漂亮的行書對聯：「鴻雁在雲魚在水」「青梅如豆雨如絲」。

我高興極了，回台北和臺老師喝了一次酒。

作品裝裱好，懸掛在籌備的系辦公室。第一屆新生將到，覺得可以讓學生在日常生活中認識臺老師，學到詩，也學到書法。

美術系，「術」很多，篆刻、攝影、油畫、水墨、書法，雕或塑，都是教技術。美，卻不容易。美在哪裡？好像近在身邊，又邈不可得。

我一直懷念臺老師住了半世紀的溫州街十八巷六號老宅。很安靜的院落，樹影婆娑，日式舊宿舍的素樸幽雅。臺老師書房很小，書桌更小，他調侃自己，用蝴蝶金屬頁片加了一段木板，可以開闔，準備寫大字用。「結果……」他哈哈大笑：「不好用，自作聰明，還是寫一個字拉一下。」

我和一些朋友都相互警告，如果抱怨畫室不夠大，桌子不夠大，就去看看溫州街臺老師的家。

掛在美術系系館的三件作品，後來有離奇遭遇。一位朋友要赴任做電視公司主管，希望電視環境多一點「文化」，商借了這三件作品掛在她辦公室。

朋友不久又轉任政府公部門做官，看新聞才知道她已離開電視公司，我即刻打電話索討這三件作品。她很忙，一面道歉，一面命電視公司屬下尋找，聽說「翻遍」辦公室，卻再也不見這三件作品的蹤影了。

這事讓我始終懊惱，覺得遺憾，也覺得愧對臺老師。多年後和葉嘉瑩[1]老師談及此事，她安慰我說：「我溫哥華一屋子牆上臺老師的書法都被偷光了。」葉老師比我豁達，淡淡說了一句：「希望偷的人真懂臺靜農。」

我慶幸親近過幾位這樣的前輩，臺老師，葉老師，還有在東海時常去拜訪的楊逵先生。他們都是時代喪亂中受過苦的，但是從未聽到他們談「苦」，從無忿懣怨毒，總是哈哈一笑，開朗包容，讓後輩可以一生學習。

好幾次聽人問臺老師：「長期門口一部吉普車，監視你？」他還是哈哈一笑：「沒有的事，那車監視的是隔壁的彭明敏。」

他好像不會為生活裡這些事分心。

分心即「忿」，他們是因為有信仰篤定的專注，所以可以這樣坦然自適無入而不自得嗎？

「爛漫晉宋謔，出入僊佛間」，這是清代詩人龔自珍（定盦）[2]的句子。臺老師喜歡龔定盦，喜歡他在民族遭大難之初那種奮激的熱情吧。龔定盦曾經極力支持林則徐燒毀英國人為商業利益傾銷的鴉片，然而他在一個大帝國傾覆土崩瓦解之時，除了詩的吶喊，好像也無法有所作為。晚清民國有改革熱情的文人都喜歡龔定盦，喜歡他「九州生氣恃風雷」的熱烈呼叫，感動於他在時代大崩壞前仍然不顧一切呼風喚雨的狂奮之情吧。

我卻特別喜歡臺老師隸書體寫的這兩個句子：爛漫晉宋諵，出入僊佛間。

「晉」是魏晉，「宋」是繼南遷的東晉之後的「劉宋」王朝。

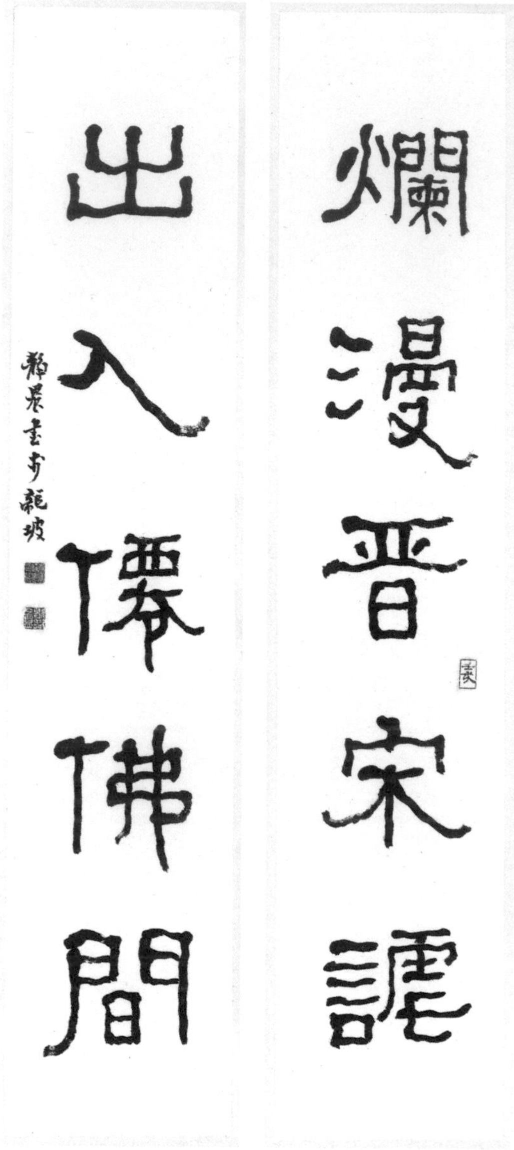

隸書〈爛漫・出入〉五言聯

水墨紙本｜89×24cm×2（畫心）

蔣勳藏

我常和臺老師閒聊魏晉、南朝，閒聊《世說新語》裡那些佯狂怪異的人物和荒誕卻悲哀的故事。《世說》不是偉大的經典，《世說》看起來也只是大喪亂時代裡悲哀荒涼或無奈的小故事吧。朋友生前愛聽驢叫，臨喪之時就在遺體前做最後一次驢鳴。《世說》是一個長久故作正經的民族大崩壞的時代空隙，沒有儒家正統教條束縛，從偽裝虛假的道德壓抑裡忽然解放了，人性出現各種變異，嘻謔爛漫，玩世叛逆，佯狂作怪，走到絕路處痛哭，喪禮上學驢叫，袒裸自嘲，在酒中沉迷至死……《世說》的故事，讀後使人笑了卻又想哭，「謔」的背後或許是對荒謬人世的啼笑皆非吧。

「謔」是不正經，「謔」卻也是對所有假做正經的嘲諷和對抗吧。

臺老師一九四六年南渡，當時他四十四歲，落腳台北龍坡里，自己鐫刻了一方印「歇腳盦」。他有想到這次一歇腳就是五十餘年嗎？半世紀間看興亡榮枯，看各種荒謬殘酷、啼笑皆非的人或事，他有時也會想到自己竟然身在南朝嗎？《龍坡雜文》第一篇就寫「南唐」《韓熙載夜宴圖》，這個典型南朝的故事，他娓娓道來，很可以做他給南朝的隱喻吧。

我們有時閒聊「晉宋」，閒聊那爛漫時代裡人的遊戲玩謔，他端著酒，會突然不語，他是否也在想，他的時代，一些佯狂人物，不聖不賢，亦仙亦佛，在恐怖肅殺的政治中活著，活出各種或庸懦，或悲壯，或灑脫，或滑稽，或醜態畢露，或莊嚴矜持的樣貌，是否有一天這些樣貌也都一一可以寫進一部《世說新語》？

酒旗風暖少年狂

臺老師常寫字送學生晚輩，這次池上穀倉紀念展，臺老師最親近的學生林文月、施淑都提供了珍貴的作品。這些詩稿、畫稿、書法，多是早年師生情誼中的紀念，但二位也都不藏私，多年前已經捐贈臺大圖書館，這次難得特別由圖書館特藏組借出公諸大眾。

臺老師把作品送給學生很隨性，與他親近的學生大多有他的墨寶。我覺得臺老師對學生性格愛好也敏感，他寫給林文月的「獨坐幽篁裏，彈琴復長嘯」娟秀典雅，嫻靜清潔如月光。寫給施淑的「九州生氣恃風雷，萬馬齊喑究可哀」，飛揚跋扈，縱肆狂放，彷彿真可以聽亂世裡萬馬齊嘶風雷激盪。

有些學生親近王維退隱田園的恬淡從容，有些學生嚮慕龔自珍亂世中變革的熱情與憤慨。唐代王維，晚清龔自珍，臺老師並不偏頗，在傳達「中文系」的精神廣度上，彷彿用他書寫的各家詩句與學生自己的精神渴望對話，啟發後來者在傳統裡找到自己。「臺

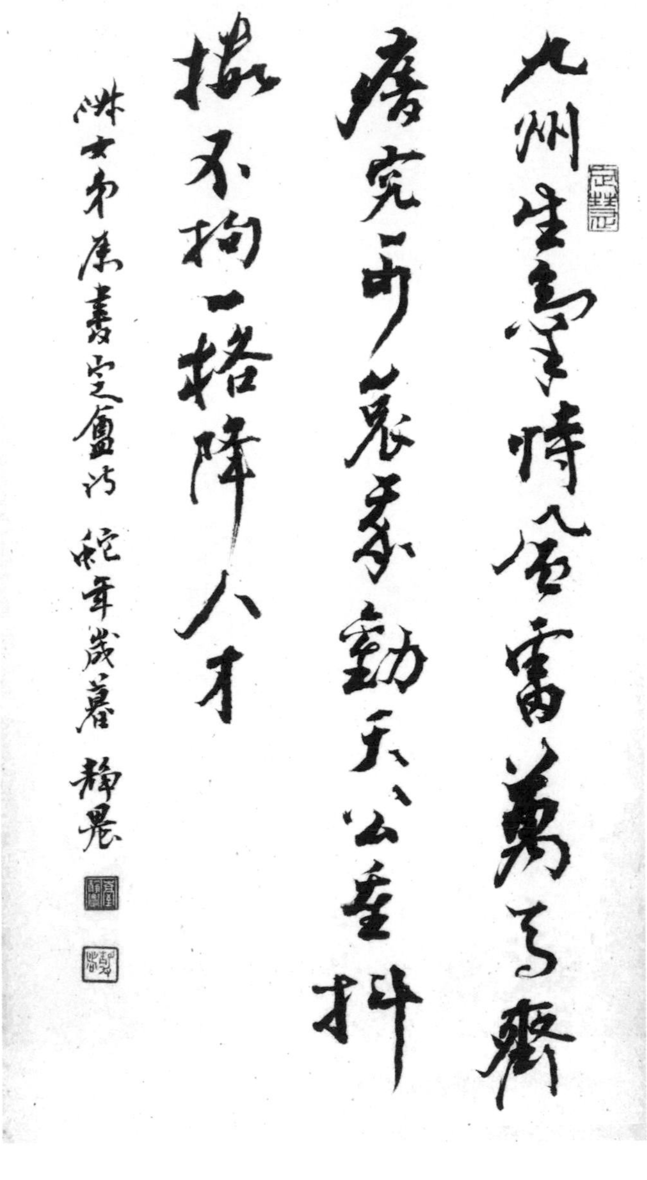

行草 龔定盦詩〈九州生氣〉

1977 | 水墨紙本 | 48×27cm（畫心）

施淑藏

靜農」曾經是新文學運動的青年健將，受魯迅、陳獨秀器重，寫現代詩，寫小說。渡海來台後，在壓抑的政治環境放棄文學創作，投身教育，在「中文系」看似依循傳統的崗位上依然不失當年北大新青年時代的活潑生命力，用不同方式啟迪後來者，他寫給學生的書法因此是特別珍貴的。

我不是臺老師嫡系學生，他與我喝酒閒聊，也常戲謔不拘成規，他寫字給我上款寫「兄」，我覺愧不敢當，他笑著說：陳獨秀比他父親還年長，寫字給他也稱「兄」，說完哈哈大笑，我還是不安，但也真喜歡他的笑聲，彷彿可以掃除鬱悶煩冤，推開連綿阻擋的山，闢出大海重重不斷險難的浪濤。

陳獨秀因為左派信仰的立場，曾經在南京被判刑入獄，不容於當時的政府，也遭共產黨批評。近代真正有理想的知識分子大多如此，因為堅持說真話，被各派利益集結的政黨排擠壓迫，不容於時，不容於世。

陳獨秀正是這種知識分子的典型，他的名字長時間為台灣執政當局避忌，尤其在恐怖的五〇至七〇年代。臺老師卻十分敬重陳獨秀，看重他在歷史中的重要地位，在極危險的境遇中默默珍藏保存陳獨秀的文件長達半世紀。陳獨秀的信件這次可以在池上穀倉展出，公諸大眾，是臺老師隱忍多年的心願吧。

臺老師去世前曾經發表長文〈酒旗風暖少年狂〉，憶述與陳獨秀來往的事蹟，處處可見臺老師從青年時代起對陳獨秀廣博知識與特立獨行人品的尊敬，引以為一代文人大思想家的風範，晚年憶述，一定感慨萬千，文字中都是時代回聲，極其動人。

這一次池上穀倉展出臺老師應學生施淑要求書寫的「酒旗風暖少年狂」，尺幅不大，只寫了陳獨秀詩的一句，但看得出來書法內蘊的情感，是極好的一件作品，也足以看到臺老師所受陳獨秀影響之深。

細看這七個字，「風」之一字，佻達飛揚，顧盼生姿，彷彿一時回到青春，有許多燃燒的渴慕理想。「暖」字右下方轉筆線條弱如游絲，可以這麼率性帶過，沒有計較。細看「少年狂」線條的飛白，絲絲如蒼鬢斑白之髮，「少年」早已遠去，如颯颯秋風中蘆草蒼茫，只餘愴痛蒼苦了。

書法如此，有了寫字以外的深沉寄託，號叫出時代的夢想、憤怒，與一切逝去後的風中回音，無言之韻，可以媲美流傳到日本的〈喪亂帖〉。

一九八〇年以後，有畫廊注意到臺老師書法的市場價值，臺老師應該此時也應畫廊之請，寫了一些大眾習知的唐詩作品。但是臺老師還是有他文人的自在，我曾親眼看到他拿一卷字送給即將出國讀書的青年說：「需要就賣了，也許可以救急。」青年時曾經有

行草 陳獨秀詩句〈酒旗風暖少年狂〉
1973 | 水墨紙本 | 68×34.5cm（畫心）
施淑藏

過崇高社會理想，關心人，關心受苦者，即使在生命的困頓窘迫中，他始終未斤斤計較自己的「藝術」。

市場上流麗的書法和給學生的書法或許有所不同，文人書法，作品的背後常常有人的溫度，有特定的關係，一件件南朝手帖，宋人友朋間往來書札，多有這樣的意蘊，就和一味追求外形的漂亮往設計走去的排字法不同。

這次池上穀倉的紀念展，難得看到臺老師給不同學生的作品，可以細細品味他筆鋒墨痕間與特定的人應和對答的細膩婉轉。

一般談臺靜農書法美學，都說他祖述晚明倪元璐[3]，這也是張大千的說法，以為是三百五十年來習倪書第一人。

臺先生的行草從外型來看的確是倪書。但書法未必是外型。內蘊的筆力、速度、順與逆、滑與澀、轉折的柔與剛……在在都關鍵著書法美學的風格。

這次展覽看到臺先生用力於漢魏碑石的許多作品，特別是〈石門頌〉，這些鐫刻在山壁摩崖上的文字，除了書寫，必然也滲入鐫刻者刀鋒在岩石上遊走、雕鏤、切鑿的痕跡。

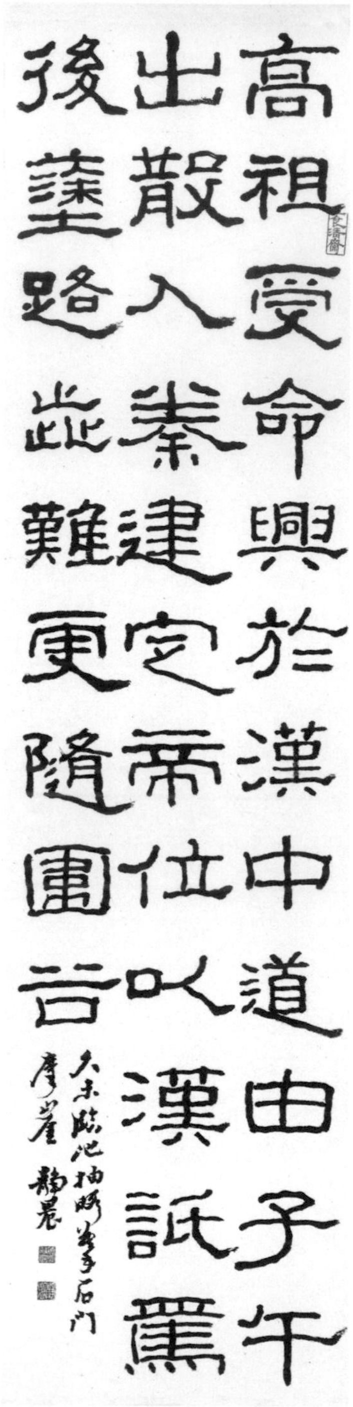

臺先生自己也治印，刀的行走於堅石，不同於筆行於紙帛，紙帛滑溜，刀石相遇，會有許多阻礙、艱難、挫折、困頓，像他寫「爛漫晉宋詎」，許多向左去的逆勢筆鋒，看原作可以看到乾筆飛白的強勁牽絲，正來自於金石的鐫刻。

隸書 節錄〈石門頌〉條幅
水墨紙本｜136×34cm（畫心）
國立歷史博物館藏品

晚明倪元璐[3]、傅山[4]的行草都追求速度，驚風飄雨，卻不多見頓挫和轉折間的剛硬。古金石碑版的美學還是清代乾嘉年間興起的，金農，鄧石如，何紹基，伊秉綬，一直延續到趙之謙，吳昌碩，康有為，都在金石碑版上用力。

臺先生書法，以〈石門頌〉的開闊間架入晚明行草，讓倪書的型和流走裡多了許多顧盼、停頓、挫折，速度較倪書慢，也更沉鬱蒼茫，如金石可裂。

「酒旗風暖少年狂」七個字裡的飛白，「輕如游霧，重若崩雲」，有晚明的「輕」，也有漢魏碑石的「重」。只依循前人，很難成大家。倪書加上〈石門頌〉，兩種截然不同風格的融滙成一體，是臺靜農書法的特殊體會，也是「臺書」獨一無二的歷史定位吧！

注釋

1 **葉嘉瑩**——（1924）生於北京，一九四五年畢業於輔仁大學國文系，師事顧隨先生，畢生鑽研古典詩詞。隨丈夫赴臺之後，任教於彰化女中及台北二女中，一九五四年起任教於臺灣大學、淡江大學、輔仁大學。一九六六年應聘為美國哈佛大學、密西根州立大學客座教授。一九六九年定居加拿大，任不列顛哥倫比亞大學終身教授，一九九一年當選加拿大皇家學會院士。

曾在大陸、馬來西亞、日本、新加坡、香港等地客座講學。一九九三年，葉嘉瑩在南開大學創辦「中華古典文化研究所」，捐出自己退休金的一半（十萬美金）設立「駝庵獎學金」和「永言學術基金」，致力推廣中國古典文學。主要著作有：《中國詞學的現代觀》、《給孩子的古詩詞》、《葉嘉瑩作品集》。

在《紅蕖留夢：葉嘉瑩談詩憶往》這本口述自傳裡，有專章紀錄在台生活的情況，以及「憂患時期留下的詩詞」。葉嘉瑩在台灣經歷白色恐怖，當年丈夫議論時政被懷疑是共產黨。葉嘉瑩獨力照顧兩個年幼的孩子，賺錢養家。在這段期間，生活充滿壓抑苦痛，而詩詞給她力量，讓她在苦難中不致迷失，甚至有了新的出路。陳傳興導演的紀錄片《掬水月在手》，於二〇二〇年上海國際電影節放映，這部片也可說是葉嘉瑩的人生傳記。

2 **龔自珍**——（1792–1841）原名鞏祚，字璱人，號定盦，浙江仁和（今屬杭州）人。他出生於書香世家，學識淵博，有澄清天下、拯救國家的抱負。他的詩作憂國憤世，文章風格奮發激昂，著有《龔自珍全集》。

他最重要的作品《己亥雜詩》總共三百十五首，寫於道光十九年（一八三九）。那年歲次己亥，鴉片戰爭發生的前一年。龔自珍告別讓自己久受挫折的官場，間關還鄉。途中四處遊歷，又北上迎接妻兒南歸，南來北往約莫九千里。他在途中回顧一生的遭遇，也感慨國家民族命運，因而寫下這大型組詩。透過這部詩集，可以發現龔自珍最真實的思想與情感，以及他改革社會的企圖。《己亥雜詩》其一二五首寫道：「九州生氣恃風雷，萬馬齊喑究可哀。我勸天公重抖擻，不拘一格降人才。」寄託了龔自珍的批判與期望。

3 **倪元璐**——（1593–1644），字汝玉，浙江上虞人。天啟年間進士，授編修，歷任國子祭酒、戶部尚書、翰林院學士。魏忠賢把持朝政時，倪元璐仍勇於上疏，名望甚高。崇禎末，李自成攻陷京師時，倪元璐自縊而死，家族中隨他殉國的有十二人，諡號文正。

倪元璐能詩文，工書畫，他與同年進士黃道周、王鐸，合稱為明代三大書法家。其書法學顏真卿，有個性，超逸勁拔，以骨氣見長，不同於明末柔媚之書風。倪元璐的書法反映人格，有人說他字裡行間流露苦澀，字如其人。

4 **傅山**｜（1607–1684），初名鼎臣，字青竹，後改名山，字青主，號朱衣道人、石道人。傅山是明清之際的思想家、書法家、醫學家，博通金石、地理、武學……。

他最主要的成就是書法藝術，尤其以行、草為最。點畫、章法、布局，自在揮灑，毫無拘束。其書學主張「四寧四毋」，對後世書法產生重大影響。四寧四毋即：「寧拙毋巧，寧醜毋媚，寧支離毋輕滑，寧真率毋安排。」

三

聽猿，三聲淚

池上穀倉藝術館的「臺靜農紀念展」吸引了很多人去參觀，雖然是偏鄉，交通不方便，疫情未除，也都沒有減少參觀人次。除了當地的居民之外，遠道從外地來的觀眾特別踴躍。

我想池上得天獨厚，三一九鄉，大概沒有其他任何一個偏鄉可以同時看到三個國家級單位提供的精采作品同時展出吧。

這三個國家級單位是——台北故宮博物院、歷史博物館、臺灣大學。

一九八〇年代初臺老師就在史博館開過個人書法展，有些作品就留在史博館，此後陸續也有有心人蒐集臺靜農書法成為館藏，目前大概是國內收藏臺書最豐富也最精品的機構。特別感謝廖新田館長也讓穀倉藝術館可以自主從十二件作品中挑選適合的展品，而且，最難得的是能夠展出原件，不是復刻本，讓民眾可以看到真跡原件的墨色筆觸。當然，池上穀倉和台灣好基金會管理團隊因此也慎重以恆溫恆濕控制展場，以維護難得能到偏鄉展出的好作品。

文化在民間普及其實是一種胸懷，台北得天獨厚的文化資源，普及不到偏鄉，城鄉差距愈來愈大，北漂的偏鄉青年很快忘了自己來自的偏遠故鄉，其實便沒有資格談「文」，也沒有資格談「化」。

臺老師晚年把自己最重要的作品捐贈給故宮，沒有留給自己家人，也就是一種文化的胸懷。池上穀倉這次入口展出的〈鮑明遠飛白書勢〉三公尺多的巨作，和蘇東坡〈念奴嬌〉的句子「多情應笑我，早生華髮」都由故宮借展。

臺灣大學圖書館特藏組的收藏特別珍貴，是臺老師兩位親近的學生林文月與施淑捐贈，她們捐贈，當然也因為相信也堅持：文化不屬於個人，文化的意義正在於是全民的財

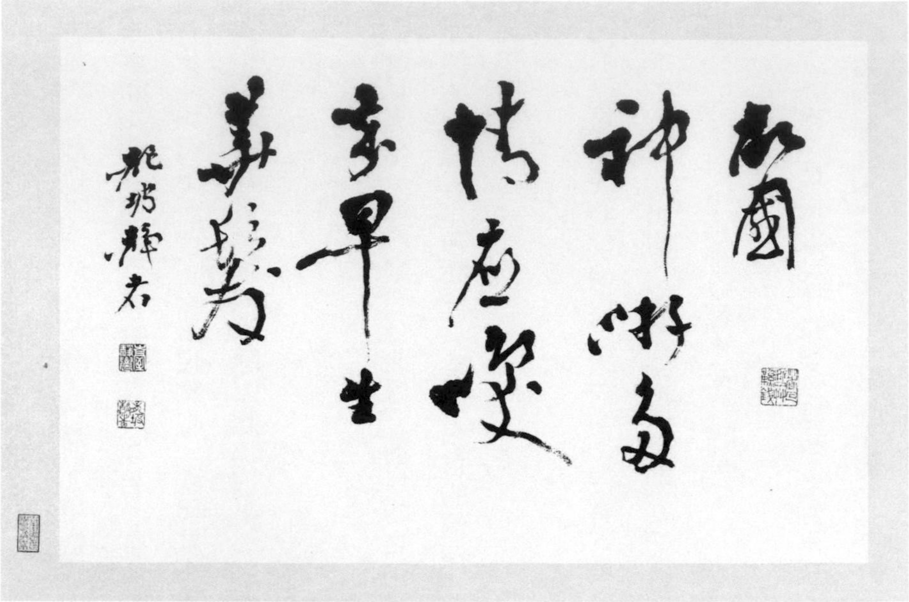

草書〈故國神遊〉橫幅
水墨紙本丨52×82cm（畫心）
國立故宮博物院藏品

富。臺大圖書館珍藏的包含了比較私密的「詩畫冊」和陳獨秀、溥心畬、張大千、傅斯年等人的重要信札，是特別珍貴的文物，留給施淑的「詩畫冊」也最能反映臺老師創作的獨特個性，以後要特別撰文介紹。

想一想，還是覺得好大的福氣，許多好朋友的鼎力協助，陳文茜、林懷民都出面奔走聯繫，才讓人口五千人的農村有三個國家等級的單位這樣慷慨出借珍藏作品。

夔府孤城

歷史博物館這次借展的臺靜農真跡值得注意的是寫杜甫〈秋興〉的一幅行草〈夔府孤城〉。

〈秋興〉是唐詩傑作，傳統古典文學教育大概都不會忽略〈秋興〉八首，是唐代律詩的高峰，也是華人童年啟蒙教育就開始背誦吟唱的作品。臺老師的家學淵源，這首詩也應該從他童年開始就已經深印在腦海中。這幅一百七十六公分的巨作，書寫者興之所至，磨墨濡毫，一揮而就，作品一氣呵成，行氣筆勢跌宕呼應，今天閱讀時還感覺得到書寫當時毫無拘束做作的自在率性。

行草 杜甫詩〈秋興八首〉中堂

1981 | 水墨紙本 | 176×93cm（畫心）

國立歷史博物館藏品

因為是真跡，筆鋒最細的轉折牽絲都看得清楚，墨的濃淡枯潤洇染也層次分明。站在作品前，震撼於全篇筆勢墨韻飛揚舞蹈，同時又在共同的漢字記憶裡追索原詩一個字一個字的解讀。

書法是美術，書法又是文學，總合縮結了文化最深的傳承。

夔府孤城落日斜，每依北斗望京華。

千餘年前詩人從「夔府孤城」看落日，看到漫天星辰升起的記憶，家國的糾結懸念，書寫者寫一千年前杜甫的詩句，卻也同時是在寫自己。是從深刻腦海記憶裡踴躍而出的不可言說的酸楚心事。如果這首詩也在觀看者心中有記憶，就有了三重記憶的疊壓激盪——杜甫的秋興、臺靜農的家國糾結，和在池上穀倉當下觀看者的「我」，像一種音樂在最深意識處的交響。

書法美學迷人之處在此，是文學，是漢字，又是文學與漢字的解脫，最終還原到觀看者當下的心情。是的，書法或許更近於音樂與舞蹈。點捺都成節奏，墨的斑斕更像是手舞足蹈。

斤斤計較於形似，還在書法門外。有人嘲笑蘇東坡手不懸腕，字醜不挺拔，東坡知道那人於美學無知，也就應和笑說自己的字是「石壓蛤蟆體」，石頭壓死的癩蛤蟆，他很知道自己在做什麼，也就不會計較無知人的無知。

「夔府孤城落日斜」，讀下去，發現臺老師寫錯一字，「每依北斗」誤寫為「每依南斗」。因為是童年腦海中的記憶，不會是為了寫字才翻書，喝了酒，有點沉醉，心事鬱濁，也不在乎杜甫當時在四川眺望的「京華」是南是北。

傳統三大行書〈蘭亭〉〈祭姪文〉〈寒食〉[1]都有錯字誤植和塗改。因為都是手稿，原不是為了寫論文拿博士，不必裝腔作勢，引經據典，回到真性情，回到童年的背誦，率性飛舞，有錯字脫漏，也無所謂，也才有創作當下一氣呵成的意氣風發吧。

我特別喜愛這幅行草，也覺得最能見到臺書的性情之美，一派天真，沒有假道學的故作正經綁手綁腳。

這幅行草不只「北」「南」一處錯誤，繼續讀下去，「聽猿實下三聲淚」，漏寫了「下」，再讀下去，「奉使虛隨八月槎，畫省香爐違伏枕」，「香爐」寫成了「香煙」。

我會心一笑，幾次看臺老師寫字，酒不停，菸也不離手。莊靈這次展出的照片可以為證。一面寫字，嘴裡還叼著菸斗，瀟灑自在。照片應該是一九七〇前後的臺老師，還抽菸斗。我看到的臺老師，不抽菸斗了，寫字時還是叼著紙菸。

臺老師寫著寫著，常常忽然停下來，笑自己寫錯字，寫漏了字，卻繼續寫，也不重寫，然後頑皮地跟我說：「以後看到沒錯字沒漏字的，大概就是假的。」

我跟他一起哈哈大笑，知道寄託性情於筆墨，原不會像俗世書匠那樣計較枝微細節。顏真卿的〈祭姪文〉，如果把塗改錯漏都修正，重新謄寫，一定難看。

這幅行草更有趣的是寫完〈秋興〉八句，後面接著寫了杜甫《戲為六絕句》的一首「才力應難跨數公，凡今誰是出群雄？或看翡翠蘭苕上，未掣鯨魚碧海中」。

「戲作」是杜甫大膽評價庾信和初唐的王、楊、盧、駱[2]，一共有六首，也是杜甫為自己找歷史定位的重要創作。杜甫知道齊梁和初唐詩人的意義，但也更意識到自己在詩的創作歷史上會是超越前者的另一高峰，他在「戲作」裡因此說：「不薄今人愛古人。」「不薄今人」是杜甫的自信，也是臺靜農的自信，杜甫知道王楊盧駱都好，但他們的時代過去了。杜甫雖說「戲作」，卻隱藏著偉大創作者在歷史顛峰含蓄的自負，像是「會當凌絕頂，一覽眾山小」。歷史的高峰原不是山腳下指指點點的小人們能夠仰望得到的。

臺老師為什麼從寫〈秋興〉忽然轉到寫完全不相干的「戲作」？後面空間不夠還續寫小字，頗值得玩味。

這「戲作」的書寫錯誤更多，「才力」顛倒誤寫為「力才」，「應難」寫成「應堪」，「凡今」寫為「祇今」，這些從小在腦海裡的記憶，是杜甫的句子，但酒酣沉醉時，卻也彷彿是臺靜農自己的心事跌宕吧。臺老師一定也知道「翡翠蘭苕」，雕飾精緻，雖然也美，但是，在歷史高峰創作，他卻似乎更希望如掣長鯨、破巨浪，在大海汪洋碧波中有大開大闔的胸襟吧！

我特別喜歡這件作品，臺老師或許也以為是自己得意之作，他不翻書，憑記憶率性書寫，不是寫交差的論文，不必一字一字查證修改，就是直見性情，後面連勘誤都不提，絕不在意書匠瑣碎，才能這樣大氣自在吧⋯⋯。

在現場看了好久，「聽猿」「三聲淚」這樣爛漫流走，彷彿漫天星辰，逼人酒酣眼熱。

這幅行草最可以看到臺書在漢魏北朝碑刻上的用力，行筆如刀，虯結爛漫，熠熠生輝。

栗里奚童與東山伎女

池上穀倉展出臺老師常寫的一幅對聯：「栗里奚童亦人子」「東山伎女是蒼生」。

上聯是清代詩人「樊樊山（增祥）」的句子。

栗里是陶淵明的家鄉，昭明太子蕭統非常喜愛陶淵明的人品文學，他寫的《陶淵明傳》裡講了一個小故事：陶淵明做彭澤令的時候，擔心兒子薪水不多，生活窘困，因此送了一個跑腿小弟（奚童）給兒子，幫忙家務。陶淵明又附了一封信叮嚀自己的兒子：「此亦人子也，可善遇之。」童僕、勞工，也是人家的孩子，要好好待他。

樊樊山詩句的典故一般現代人不容易知道深意，臺老師取來做集聯，呼應著他青年時關懷社會底層人民的廣闊心願，把自己人道主義的理想放進樊樊山的詩句中去。

下聯「東山伎女是蒼生」取自龔定盦的詩句，定盦原詩是「東山伎即是蒼生」，臺老師改為更直白的「伎女」。

《世說新語．識鑒》裡講謝安在東山隱居、悠遊山林，不肯出來從政做官。後來東晉簡

行書〈栗里・東山〉七言聯
水墨紙本｜69.5×11.5cm×2（畫心）
蔣勳藏

文帝聽說謝安在東山與伎女同遊。簡文帝就說：「安石必出。既與人同樂，亦不得不與人同憂。」「識鑒」是讚美簡文帝見識準確，看準了謝安會出來從政。

龔定盦卻是在攜伎同遊的謝安身上看到他與蒼生共憂樂的胸懷。

臺靜農先生顯然很喜愛這一對集聯，「人子」「蒼生」都是他從青年時代就在文學創作上堅持不懈的關懷，他的理念與抱負即使不能明說，依然隱藏在書法對聯的古典形式中傳承給下一代。

我以為「栗里」「東山」兩個典故拿掉，臺靜農關心的是「人子」與「蒼生」。

臺老師這一幅對聯坊間常出現，有時候會更換一二字，「東山伎女」變成「東山絲竹」，避開「伎女」二字，含蓄優雅一點，適合掛在官員或富商豪宅裡，比較文青氣息，社會批判的尖銳就委婉些。「伎女」改「絲竹」，對某些人而言不會太過刺眼吧。

在池上穀倉看這一幅集聯，想到靜農先生一生的人道關懷，還是很多感慨。若在今日，他對社會中最受剝削的妓女勞工一定還是充滿「人子」與「蒼生」的呼籲吧！

臺老師很喜歡對聯的形式，他曾經送我一小冊梁啟超的「集聯」，告訴我梁啟超集宋詞功力很深，像他常寫的「燕子來時更能消幾番風雨」「夕陽無語最可惜一片江山」，集不同詞家的句子，卻天衣無縫，彷彿完美的創作。

對聯處處可見於華人漢字的生活中，在廟口，在祠堂，在喪事輓聯，是書法文學體現在大眾民間長久的傳統，臺老師寫「奚童人子」「伎女蒼生」自然是藉著最普及在大眾的對聯形式寄託自己的心事吧。

這一對聯楷體裡夾著行書筆意，許多波磔卻來自漢隸摩崖，只認倪元璐一家，也可能錯過臺書「轉益多師是汝師」（杜甫戲作）的深刻體會吧。

注釋

1 **三大行書〈蘭亭〉〈祭姪文〉〈寒食〉**──書法史上，王羲之〈蘭亭序〉、顏真卿〈祭姪稿〉、蘇軾〈寒食帖〉並稱「天下三大行書」。王羲之〈蘭亭序〉為蘭亭聚會賦詩之序文，王羲之書體「飄若浮雲，矯若驚龍」，〈蘭亭序〉素有「行書第一」之稱。唐太宗得到真跡，令褚遂良、馮承素、歐陽詢等人臨摹，世稱「唐人摹本」。如今真跡不知所蹤，摹本則以「神龍本」最著名。

顏真卿〈祭姪文稿〉全名是〈祭姪贈贊善大夫季明文文稿〉，俗稱〈祭姪帖〉、〈祭姪稿〉。唐代安史之亂，顏氏家族多人遇害。顏真卿派人尋得姪兒季明的頭骨，以此文稿追祭姪兒，文中敘述常山太守顏杲卿父子殺身成仁的事蹟。

蘇軾〈寒食帖〉全名〈書黃州寒食詩〉，此詩作於被貶黃州的第三個寒食日，詩中呈現困頓受挫之處境，以及心如死灰之情。

2 **初唐的王、楊、盧、駱**──文學史上，常將唐代分為四期：初唐、盛唐、中唐、晚唐。初唐四傑齊名並稱，他們是：王勃、楊炯、盧照鄰、駱賓王。杜甫《戲爲六絕句》其二寫道：「王楊盧駱當時體，輕薄爲文哂未休。爾曹身與名俱滅，不廢江河萬古流。」大意是：王、楊、盧、駱開創了一代風格，造詣極高，但淺薄的同代文人卻不停地譏笑他們。像你們這樣的人，身與名都會與時俱滅，然而四傑的作品卻會像江河不廢，萬古長流。這首詩明確地肯定了王楊盧駱的貢獻，給予一定的歷史地位。

四

惸獨鰥寡皆吾兄弟

臺靜農老師的紀念展，使我思考著近代知識分子許多不同的面向。

這個展覽若是定位在「書法」，臺靜農是「書法家」，那麼「書法家」給大眾的第一印象是什麼？

許多人喜歡寫毛筆字，許多人臨摹古碑帖，〈蘭亭序〉〈玄祕塔〉〈乙瑛碑〉〈大唐中興頌〉……頗有不少書法的愛好者長年用力於臨摹，也有很好的成績。

臺靜農先生和許多的書法愛好者一樣，他當然也經過臨摹前代名家碑帖的階段。一直到晚年，他也寫〈石門頌〉，寫倪元璐，看到台北故宮收藏的蘇東坡〈寒食帖〉，他也寫了很多次。

書法的學習，也是造型，卻也不完全是造型。

臺靜農先生臨寫〈石門頌〉，很多時候已不完全是「臨」「摹」。

「摹」是用半透明的紙蒙在原件上，有時用燈箱照著，用淡墨細線勾摹出字型，在雙鉤間再填墨。

「雙鉤填墨」最近似真跡字型，但原作者書寫的速度快慢輕重，墨的濃淡乾濕，筆勢頓挫，這些書法中最美、也最顯示個性的細節可能都不見得被摹者掌握。

不對的巴哈演奏，譜都正確，卻可能沒有細節，沒有音樂的呼吸。

收藏家斤斤計較「摹本」優劣，失之毫釐，差之千里，也是書法學習的最難處。以前在台北故宮上莊嚴老師的「書畫品鑑」，他就常拿出不同版本的〈蘭亭〉摹本，「定武拓本」「神龍本」，擺在眼前讓學生比較。不比較不容易看出細節差異，也會誤以為自己寫的真是〈蘭亭〉。

〈蘭亭〉真跡早已不在人間，歷來就依靠「摹本」或「摹本的摹本」來揣測臆想真正的〈蘭亭〉。「永和九年，歲在……」我們臆想的其實是一個不存在的〈蘭亭〉，一個經文裡說的「阿耨多羅三藐三菩提」，一個「無上正等正覺」的「空」。

而那個「空」正是所有書寫者窮其一生要去領悟的正等正覺，不再是摹，也不再是臨，而是跳脫窠臼，領悟創作的大自在。

徐渭如此，金農如此，弘一如此，臺靜農如此。

常常在想，臺靜農拿起毛筆，除了想到書法，還會想到什麼？

「栗里奚童亦人子」不只是書法，不只是樊增祥的一句詩，也是臺靜農藉以寄託自己社會關懷的微言大意吧。

書法的有趣在此，「東山伎女是蒼生」，這一南朝的老典故，龔定盦寫成詩句，臺靜農寫成書法對聯，提醒的或許就不只是書法文學，而是書寫者對「人子」「蒼生」的悲憫之心吧……

我如此看臺靜農的書法作品，試圖把老年寫「書法」的臺靜農和二十餘歲寫作《地之子》小說的臺靜農連結起來。

經歷五四運動，經歷中日戰爭，經歷國共內戰，經歷台灣的軍事戒嚴，臺靜農，一位有懷抱有理想的知識分子，從小說到書法，看來不同的創作裡，長達五、六十年，有沒有一貫在作品中不曾泯滅的信仰？

年輕時的小說受魯迅看重，魯迅編選「中國新文學大系」，讚許臺靜農「能將鄉間的死生、泥土的氣息移在紙上」，一九三〇年代被期許為社會弱勢邊緣的被壓迫者代言的臺靜農，會在軍事戒嚴的白色恐怖時代，忘了自己青年時的初衷嗎？

臺靜農書法的「字外有字」也許正是因為跨越在書法與文學之間，跨越了古典與現代，跨越了文人與庶民大眾，心中有「人子」有「蒼生」才使他的創作別具一格吧。

不只一次一次重複書寫「人子」「蒼生」，藉著大眾容易了解的對聯形式，堅持傳布他的社會信仰，我們也很容易看到他總是不能忘懷於「疲、癃、殘、疾、惸、獨、鰥、寡，皆吾兄弟」的偉大情懷。

在匡時拍賣公司的網站上看到臺靜農書寫的宋代哲學家張載的〈西銘〉[1]：「天下疲癃殘疾惸獨鰥寡皆吾兄（弟）之顛連而無告者也。」

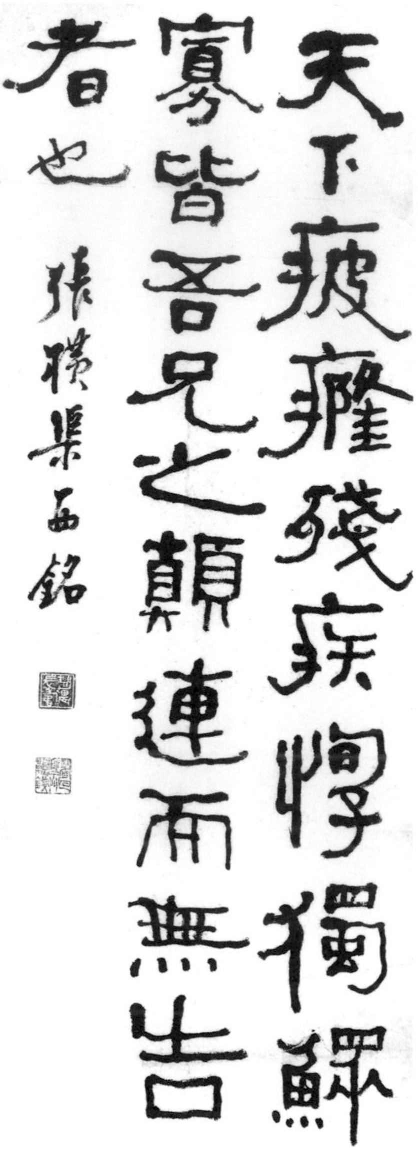

隸書〈張橫渠句〉
水墨紙本｜111×40cm
轉載自北京匡時國際拍賣有限公司網站

張載的〈西銘〉是宋代理學社會關懷思想的重要啟蒙，當然來源於《禮運．大同篇》「鰥寡孤獨廢疾者，皆有所養」，張載更進一步提出「民，吾同胞。物，吾與也」。把自己與眾生連結在一起，創始了「民胞物與」的近代啟蒙運動人道主義的核心價值。

張載的〈西銘〉是儒家童蒙的經典教科書，臺靜農不會不熟，但是，從《新青年》時代多少帶著「憤青」氣質的叛逆作家，到了晚年，再回頭書寫張載這一段話，或許感觸頗多吧。

這一幅〈西銘〉是用隸書體寫的，也許會想到〈石門摩崖〉的蒼勁斑駁。但這幅書法的「隸體」其實已大大變形，許多點捺頓挫裡透露著書寫者極大的悲憫與不忍。「疲、癃、殘、疾」三個與肢體殘缺有關的「病」字偏旁，一個比一個更扭曲壓抑。「疾」的偏旁擠壓特別明顯，書寫者似乎意識著，或潛意識著自己心裡對肢體廢疾者、心靈孤獨者的不忍，用筆時有這樣多的苦澀困頓。

那些都可以稱為「兄弟」的殘缺者，如此「顛連無告」，書寫者彷彿在問自己：誰可以為如同兄弟的他們代言發聲？

詩書畫三絕冊

傳統文人常有「詩書畫三絕」的說法，把詩，書法，繪畫連接在一起，做為文人創作追求的一種境界。

詩書畫三絕，歷來的例證並不相同。蘇東坡三者都強，但並沒有實際作品傳世，看到他在一件作品中綰合三者。

元代的趙孟頫[2]大概是最早有意識把詩書畫三者結合的創作者，他的許多作品都可見三者的結合。元四大家受趙孟頫影響，也都有詩書畫三絕的傾向，倪瓚最明顯，詩畫書法都潔淨峭傲，透明到一塵不染，最能見到詩書畫三絕美學上的一致性。

明代的唐寅，沈周，徐渭，風格不同，也都用力於三絕的追求。唐寅秀美瀟灑，沈周寬厚平和，徐渭狂野叛逆，都能在詩風畫風上借書法統一起來。

到了清代揚州畫派的金農、鄭板橋、李鱓、羅聘都可以是三絕美學的實踐者與完成者。

臺靜農先生繪畫作品很少，他與同代畫家張大千、溥心畬都有來往，但甚少下筆，偶然玩墨，大多也限制在梅花、蘭草、松、菊這些文人喜愛的題材。文人畫原本以書法入畫，梅、蘭、竹、菊，文人喜愛四君子的題材，也大抵可以把自己擅長的書法筆墨轉入繪畫。「石如飛白木如籀，寫竹還應八法通。若也有人能會此，方知書畫本來同。」趙孟頫在竹石一類的畫作上題詩，明顯指出繪畫與書法，有相通的筆墨，籀文可以畫樹幹，飛白用來皴石，竹子的撇捺都與八法相通，也可以說：東方水墨的素描基礎其實是書法。

臺先生勤於書，自然會玩筆墨於畫，他畫的梅花明顯脫胎於書法線條。

但我們不常見臺先生的畫作，這次池上穀倉的紀念展難得看到臺大圖書館借出的一套冊頁，封面有謝稚柳先生題「臺靜農三絕冊」，可以看到臺靜農創作上有趣的一面。

冊頁最後有臺先生親題跋尾：「在甲子命值磨蝎宮，施淑弟持素帋冊子來，云可書詩稿，因信筆為之，遣憤濾於一時。余之詩畫皆是外道，萬不可示人，留作紀念可耳，詩多居蜀時所作。靜者識於台北龍坡丈室。」

一九八四年，施淑送臺老師空白冊子，可以寫詩稿。結果「信筆為之，遺憤懣於一時」。讀到這裡，不禁會想：臺先生說的「憤懣」指的是什麼？

在大學教書數十年，謹言慎行，平日溫文儒雅的臺老師，在屆齡退休之時，為何在私密的冊頁裡說到了「憤懣」？冊頁本來是傳統文人友朋間題贈玩賞的筆墨，或書或畫，不求公開發表，也不適合公開展覽。這樣的形式或許恰好引發了創作者發發牢騷，對知己透露一點不會公開的私情，又詩又畫，甚至嘲諷世事，使人看到臺先生平日不多示人的另外一面。

跋尾又說：「余之詩畫皆是外道，萬不可示人，留作紀念可耳。」

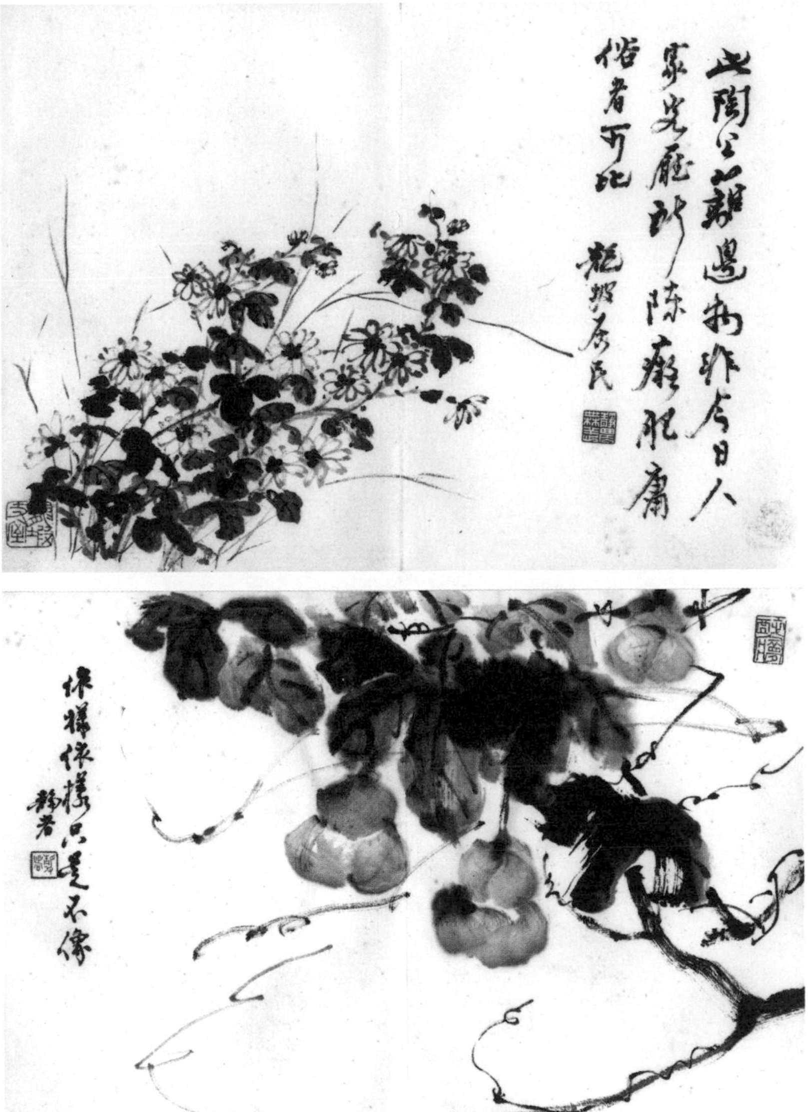

〈臺靜農三絕冊〉
水墨紙本 ｜ 31×903cm
局部，國立臺灣大學圖書館藏品

這是對很親的學生講的私密話，叮嚀「萬不可示人」，不能公開給別人看，留作紀念而已。

東方文人的冊頁、手卷原是二三知己燈下把玩，也常常更可見創作者真性情隨意率性的一面。臺老師過世三十年，池上穀倉有幸展出這件作品，更可以體會其中幽微況味吧。

冊頁從畫梅花開始，題語多自我調侃，說自己久不作畫，「不成樣子」，文人玩墨戲筆，原不在意計較好壞，卻也常常有意外的驚喜。

冊頁畫了「葫蘆」，調侃自己依樣畫葫蘆，畫上題字是：「依樣依樣，只是不像。」日常生活裡，親近臺老師，常看到他有這種孩子氣的頑皮，或許是平日一般人不容易看到的。

冊頁愈到後面愈能看得到他說的「憤懣」，他畫了一叢菊花，題畫詩寫道「此陶公籬邊物，非今日人家客廳所陳癡肥庸俗者可比」。

這是真的有點「憤懣」了，好像惋惜陶淵明好端端的「採菊東籬下」落難到當代豪宅客廳，成為「癡肥庸俗」的裝飾。

不是私密冊頁，相信臺老師不會輕易發這樣的尖刻之語，但也很高興隱忍在溫文儒雅下的真性情可以有時發洩一下他的不屑。

「三絕冊」中有一段文字題為「歇腳偈」，大概可以用來解讀臺老師「不可示人」私密心事的注解。

「歇腳盦」是臺老師初來台北住進宿舍給自己書房取的名字，「歇腳」當然以為是暫時。匆匆四十年過去，寫這冊頁時已是退休之後。因為朋友寫來「迷金偈」，臺老師一時興起應和，「戲湊十八句」名曰：「歇腳偈」。

行者歇腳，法螺打碎。不禪不戒，得大自在。
仁者書來，意何悲慨。金迷夢醒，良時難再。
山河大地，幾番更代。伊誰慧黠，來去無礙。
胡蘆沒藥，擔糞賣菜。瓶酒缽肉，何妨醉態。
日暮掩扉，任他狗吠。

「偈」是佛家開示眾生的短詩，通常語言直白不加修飾，因此也特別透露了臺靜農先生儒雅下不常示人的另外一面，有憤怒，有率性，有犀利的諷喻，「瓶酒缽肉，何妨醉態。

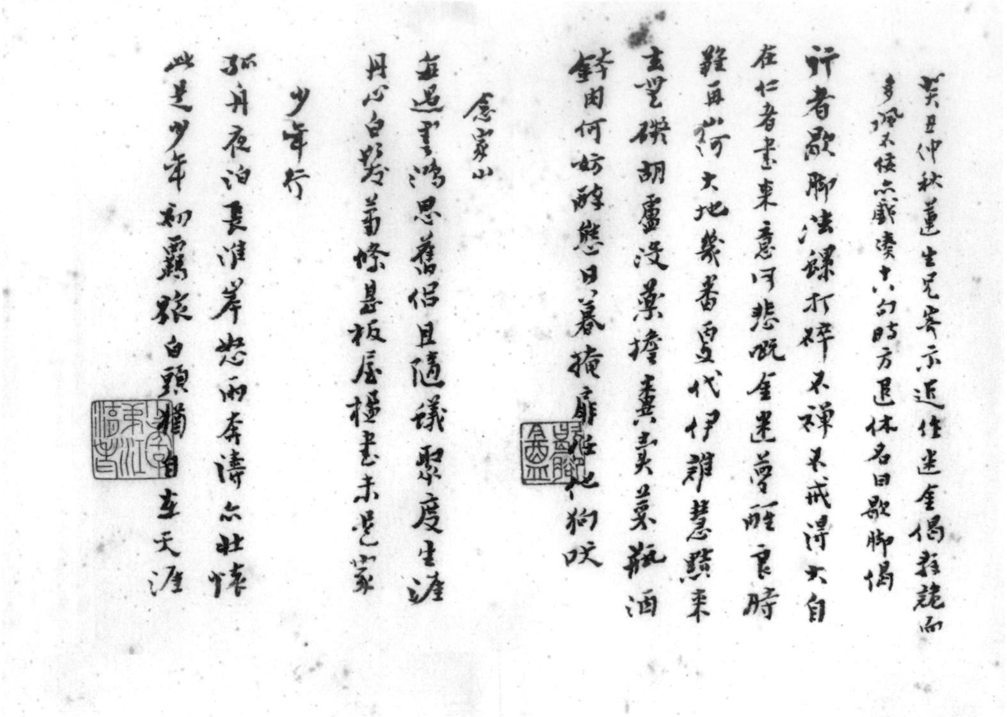

〈臺靜農三絕冊〉
水墨紙本｜31×903cm
局部，國立臺灣大學圖書館藏品

日暮掩扉，任他狗吠」。黃昏關了門，管他門外狗叫，結尾果然是「不可示人」的憤懣之語了，而且狠狠地罵了小人。相處多年，在先生逝世後三十周年看到這樣私密的心事，其實是悲欣交集的吧……。

注釋

1 **張載的〈西銘〉**—張載（1020－1077），字子厚，鳳翔郿縣（今陝西眉縣）橫渠鎮人，北宋理學家，世稱橫渠先生、張子。其名言為「為天地立心，為生民立命，為往聖繼絕學，為萬世開太平。」〈西銘〉中，具體展現張載的仁學核心，即「民，吾同胞；物，吾與也」的博愛精神。

2 **趙孟頫**—（1254－1322），字子昂，號松雪道人，元朝書畫家。其書法以楷書、行書為最，亦善畫山水、人物、花鳥。存世書蹟有《洛神賦》、《膽巴碑》等。他本為宋朝宗室，降於元朝，受到皇帝寵愛，官至翰林學士。卒贈魏國公，謚文敏，也被稱為「趙承旨」。

五

萬寂殘紅一笑中

記憶裡印象很深，有一次臺老師忽然問我：「有沒有在夢裡作詩？」

我愣了一下，想起高中夏日午寐被蟬噪吵醒時記下的兩句：「第一聲蟬／自大遺忘中來——」

那夢中的句子，卻再也沒有接著寫下去了。

臺老師告訴我他二十歲夢中吟哦的兩個句子：「春魂渺渺歸何處，萬寂殘紅一笑中——」

「當時自己覺得頗得意，同學都說看不懂——」他笑著說：「哈哈，就兩句，也寫不下去了。一擱六十年——」他搔著滿頭白髮，有點愴然吧，「最近接上了……。」

猶記得他沙啞卻宏壯的聲音唸出「此是少年夢囈語，天花繚亂許從容」。

生命中常有寫不下去的詩句吧？大家都不懂的夢囈詩句，自己還能珍惜嗎？青春的中斷的詩句，可以等六十年再續寫嗎？

臺老師給了我詩句與生命的美好功課。

二十歲在繁花萬寂中豪情又有點悲淒的大聲一笑，回聲裊裊，要時隔六十年，在滿頭白髮的八十歲，才用喑啞的嗓音續成天花繚亂的少年夢囈。

在溫州街十八巷的老宿舍裡有很多回憶，窗外樹影婆娑，臺老師總是突然沉靜下來，像一個春天的萬寂殘紅。

沒有在正式課堂中聽過課，溫州街十八巷的老宿舍卻是我最懷念的課堂。沒有筆記，沒有課本，沒有引經據典，臺老師說著若有若無的一些點滴小事，常在腦中盤旋反覆，是我一生做不完的功課。

走出溫州街，轉公車到台北車站，再轉火車回台中。車聲轆轆，那少年夢囈後六十年的彷彿空白，像長長一段車程。等回到大肚山，進了東海校園，羊蹄甲一片艷紅，繁花繚亂，花樹間遇到一位中文系學生，忽然脫口問她：「可曾在夢裡作詩？」

臺老師如果只定位在「書法」，會遺漏了他在文學創作，在美學創作教育上深遠沉厚而綿長的影響力吧……

臺老師逝世三十周年，重新思考他在近代歷史上的定位，確實不是簡單「書法」二字可以涵蓋。

許多朋友深藏心中的紀念，借著池上穀倉的展覽，像滾雪球一般，陸續擴大匯集，產生最初台灣好基金會策展時意想不到的反響。施淑撰寫了紀念臺老師的長文，詳盡敘述臺老師文學思想的脈絡，攝影家張照堂提供了他在上世紀八〇前後拍攝的臺老師在溫州街十八巷宿舍極具風格的生活照。

林文月老師珍藏的臺靜農「詩稿」，正是「萬寂殘紅一笑中」最初的手稿，寫於一九八一年三月二十三日。因為是手稿，「夢」「囈」二字顛倒，也只用S型勾線改正，並不重新謄錄，字體與平日書風也不盡相同，有手稿特別敘事體的平整自在。

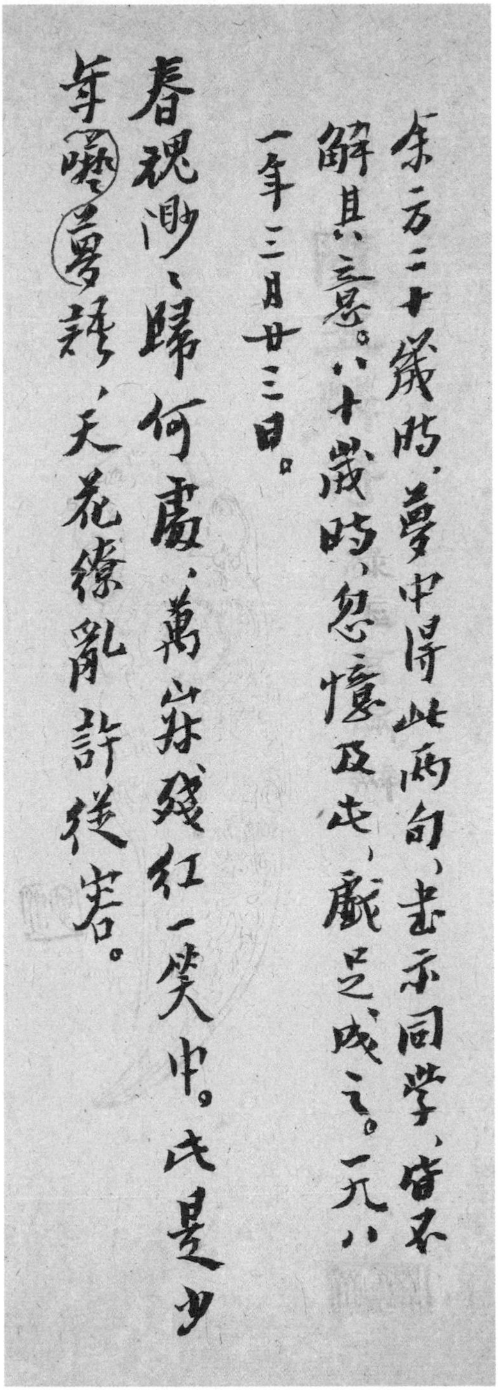

行書〈余方二十歲時夢中得句〉詩箋
1981 | 水墨紙本 | 22.5×9cm（畫心）
林文月藏

從書法到攝影，從文學創作的詩稿到一整個時代文人的往來書信，臺靜農留下的是文人處亂世猶不失熱情與嚮往的不朽風範。台灣好基金會覺得應該借這次紀念展，讓大眾更完整地認識臺靜農，因此確定將原訂九月結束的紀念展延長至二〇二〇年十一月九日——臺老師逝世三十周年忌日之後。

九月換展，大眾會看到張照堂八〇年代前後拍攝的臺老師攝影極具現代主義的強烈風格，是張照堂眼中看到、攝影鏡頭記錄下的一代文人典範。

史博館新提供的書法原件，有集石門摩崖的大字集聯「南北平安域」「春秋大有年」。寫在灑金紅箋上，有特別喜氣開闊的氣韻，用毛筆頓挫出古石刻斑駁漫漶的時間滄桑，臺書可成一絕。

我也特別喜愛史博館提供寫「康有為論書詩」一幅行草，其中寫了兩首康有為《廣藝舟雙楫》[1]論書法的絕句。

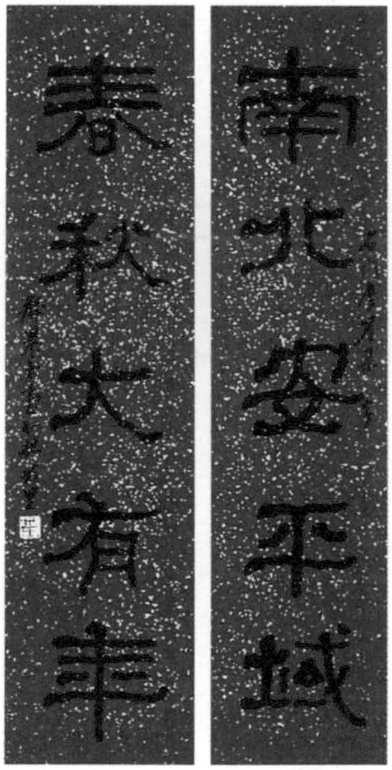

隸書 石門摩崖集字〈南北・春秋〉五言聯
1980年代｜水墨紙本｜136×34cm（畫心）
國立歷史博物館藏品

一首寫劉宋時代「爨龍顏」碑：

鐵石縱橫體勢奇，相斯筆法孰傳之？漢經以後音塵絕，惟有「龍顏」第一碑。

另一首寫「石門摩崖」：

餐霞神采絕人煙，古今誰可稱書僊？石門崖下摩遺碣，跨鶴驂鸞欲上天。

行草〈康南海論書詩〉條幅

1980年代 | 水墨紙本 | 136×34cm（畫心）

國立歷史博物館藏品

這兩段文字，一寫「夒龍顏」，一寫「石門銘」，都是清代金石派奉為書法至尊的碑石，也可見臺老師書風與清代金石派美學一脈相承的關係。這幅行草筆法縱肆不羈，墨色燥潤斑斕，也直追清代金石派的古拙詭奇，因為是原件展出，特別值得細細品味其中筆墨變化的細節。

換展作品裡特別難得的是林文月老師提供的上述「萬寂殘紅」的詩稿。可以慢慢閱讀，認識書家的臺靜農與詩人臺靜農六十年間精采深情的對話。

詩人臺靜農

手邊恰好有葉嘉瑩老師二〇一一年題贈給我的《臺靜農詩集》，其中有「歇腳盦詩鈔」「龍坡丈室詩稿」，都是影印臺老師手稿原件。

「龍坡丈室詩稿」又分「白沙草」與「龍坡草」。前者收錄一九三八至四六年避戰禍寄居四川江津縣白沙時九年間的創作。後者就是一九四六年來台卜居於溫州街龍坡里後的詩稿。

「歇腳盦詩鈔」手稿寫於一九七五年六月九日，是特別交付給弟子林文月的珍藏，卷末有詳盡的跋尾題記：

> 余未嘗學詩，中年偶以五七言寫吾胷中煩冤。不推敲格律，更不示人。今鈔付文月女弟存之，亦無量劫中一泡影爾。
>
> 一九七五年六月九日

「余未嘗學詩」，臺老師一生負責中文系的教育，這樣的自我介紹，初看不容易理解。葉嘉瑩在《臺靜農詩集》序言中卻指出「乃是臺先生極為真誠的一句自述」，葉老師序文並指出臺靜農最早的第一篇作品是發表於上海《民國日報》副刊上的新詩〈寶刀〉。

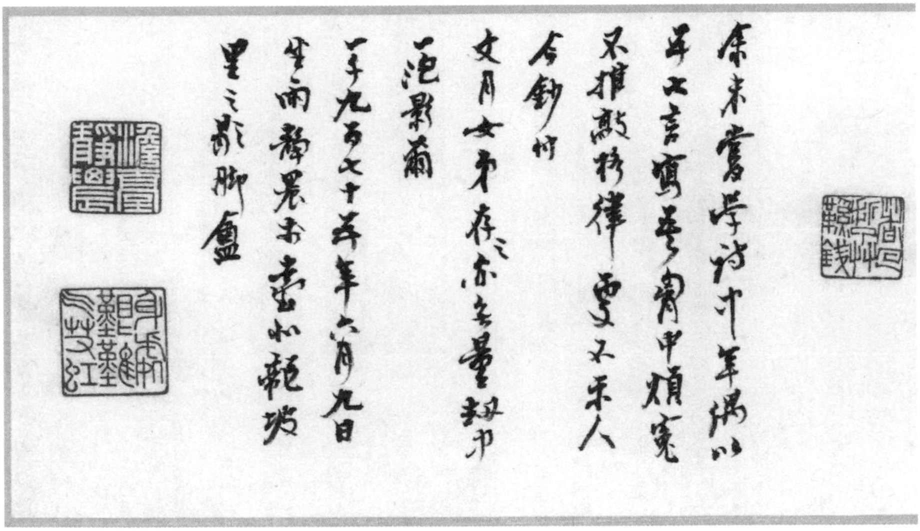

臺靜農先生手書詩稿〈白沙草〉卷
1975｜水墨紙本｜20×383cm（畫心）
局部，國立臺灣大學圖書館藏品

顯然，青年時的臺靜農，受五四運動新文學思潮影響，致力於小說和新詩創作，致力於文學的社會革命，因此並沒有用力專精講求「格律」的舊詩。

但是「五言」「七言」似乎已不只是舊詩的形式，一千年來，恐怕早已是漢字文化的精神神髓。大眾生活中各處的對聯，都是「五七言」，民間庶民說書戲劇，一出口也是「五七言」。傳統文人，出口成章，即使不刻意「推敲格律」，一旦胸中有鬱卒煩冤，順口寫成「五七言」，大概都是「舊詩」體例。「不求格律」，反而避去過度刻意的音韻典故雕鑿，可以直抒胸臆，發而為詩，也才符合臺先生青年時的文學信仰吧？

葉嘉瑩老師專注於古典詩詞研究，深精格律，她也指出「臺先生詩稿中確實有些不盡合乎格律之處」，但是以葉嘉瑩老師的深度給予臺先生「詩稿」的評價卻非常高，她說：「先生原不是斤斤於格律的人，他的詩乃是他的才性襟懷的自然流露。」

對於踏實生活的大眾，詩，自然不會只是斤斤計較的文字格律堆砌，臺先生的手書詩稿展出，細讀一兩句，可能就別有領悟。

如他題梅花的詩句：「為憐冰雪盈懷抱，來寫荒山絕世姿」，說的是大雪紛飛中梅花的綻放，也寫的是絕世孤獨裡生命傲然的自我完成吧。不用艱難僻奧的典故，不斤斤計較格律對仗，卻自有詩人的性情襟懷，說出了生命深刻的體會。

「詩」，無論是否「五七言」，無非說著生命的狀態，有「五七言」的底蘊，又有對新文學的嚮往，臺靜農、葉嘉瑩兩位先生，因此都沒有被「舊詩」格律綁住，能夠讓詩還原於詩，有不凡的性情品格。

用「詩」的角度看臺老師遺留下來的手稿，會看到他不同於寫小說的另外一面。葉嘉瑩老師的序文裡有準確評論：「寫小說的臺靜農是『文學改造社會』的『顯意識』，而他隨

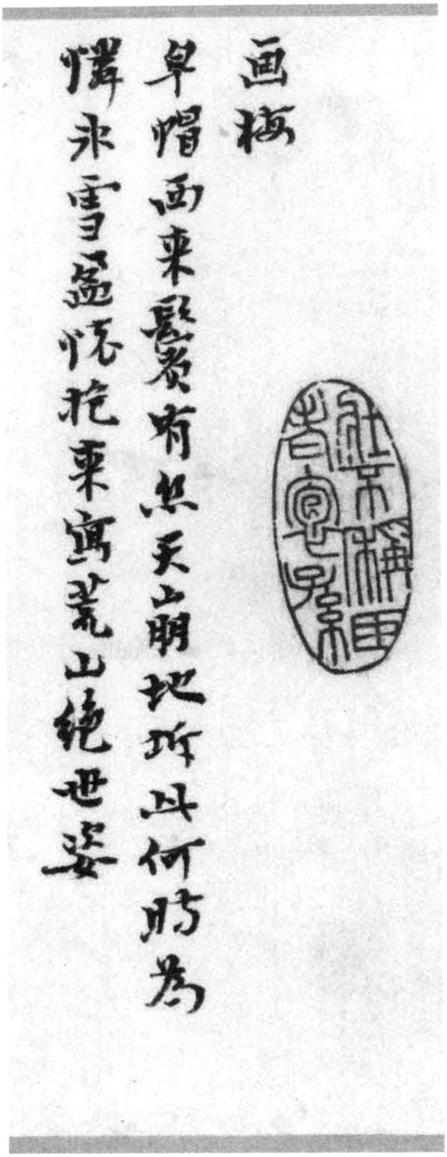

臺靜農先生手書詩稿〈白沙草〉卷
1975｜水墨紙本｜20×383cm（畫心）
局部，國立臺灣大學圖書館藏品

性的『五七言』正透露了『潛意識』中所秉賦之詩人之才情」。

用「顯意識」看臺靜農的「文學改造社會」，用「潛意識」看臺靜農內在婉約深情的詩人才情，葉嘉瑩序文中提醒了後學者全面觀察一位豐富的創作者。「顯」與「潛」不但沒有矛盾，反而相輔相成，有文學改造社會的信仰，卻不失內在生命萬事萬物的深情凝視。臺靜農的創作，無論是魯迅稱讚的「新小說」，無論是臺先生隨性留下的「五七言」，因此都有真正耐人尋味的人性的深沉圓融。

後來發現臺老師那一句夢中作詩的問話，問過許多人，問過葉嘉瑩，問過林文月，問過施淑，問過常和他和詩的學生方瑜，他的詩人的性情激盪著周邊同輩或晚輩的生命，嫋嫋有餘聲，那才是真正詩人文學創作的核心意義吧……

詩的傳承，不只是文字傳承，或許更深的意義是生命的傳承。

臺老師喜愛清代的幾名詩家，像龔定盦、樊樊山，查初白，或許「五七言」到了清代，面臨文化巨大的變革，許多舊詩體例也起了震盪，像他這次展出的一幅極好的對聯，寫查初白[2]的句子：「英雄混跡疑無賴」「風雨高歌覺有神」，讓人想到歷史苦悶壓抑中英雄混跡在販夫走卒間，使人想到《史記》裡的韓信與漂母之恩，想到韓信受地痞流氓胯

行書〈英雄・風雨〉七言聯
水墨紙本 | 135.5×33cm×2（畫心）
國立臺灣大學圖書館藏品

下之辱，彷彿歷史寫作之初，還有人的溫度，有人的愛恨，項羽、荊軻、屈原，英雄都還有庶民的潑辣生猛，可以風雨高歌，沒有唯唯諾諾的鄙俗庸懦。

臺老師以極灑脫奔放飛揚的書法寫查初白，真讓人感覺到風雨高歌的爽快豪邁，詩句與書法線條融為一體，文學與美術交互激盪，創造了獨特的東方美學的意境。

豪邁雄強之外，不能忽略，臺詩中亦有婉約深情的作品，像〈無題〉二首：

> 夢裏凌波驚照影，月中消息誤鳴鸞。分明恩甚成輕絕，惆悵何因寄佩蘭。

葉嘉瑩老師的序中極敏銳指出這首詩「其中有人，呼之欲出」。

是的，讀到「分明恩甚成輕絕」，知道一向豪邁奔放的臺靜農，在豁達大度下隱藏著細密編織的柔婉深情。

「恩甚」是曾經多麼深的恩愛不捨？「輕絕」是多麼不能從人願的分手？「恩甚」「輕絕」卻都彷彿青春一晌的遺憾悵然，如臨「萬寂殘紅」，不可說，不可回首，涕笑皆難，只有寫成詩句，做私密紀念，留給最親近的知己。

反覆咀嚼，「恩甚」「輕絕」，這麼深的恩情，這麼輕易決絕，是臺老師的人生，是許多人的人生，百感交集，人生如此無話可說，也只能題作〈無題〉吧。

我們讀臺老師的詩，讀他的字，也體會著自己生命種種「無題」的悵惘沉默吧！

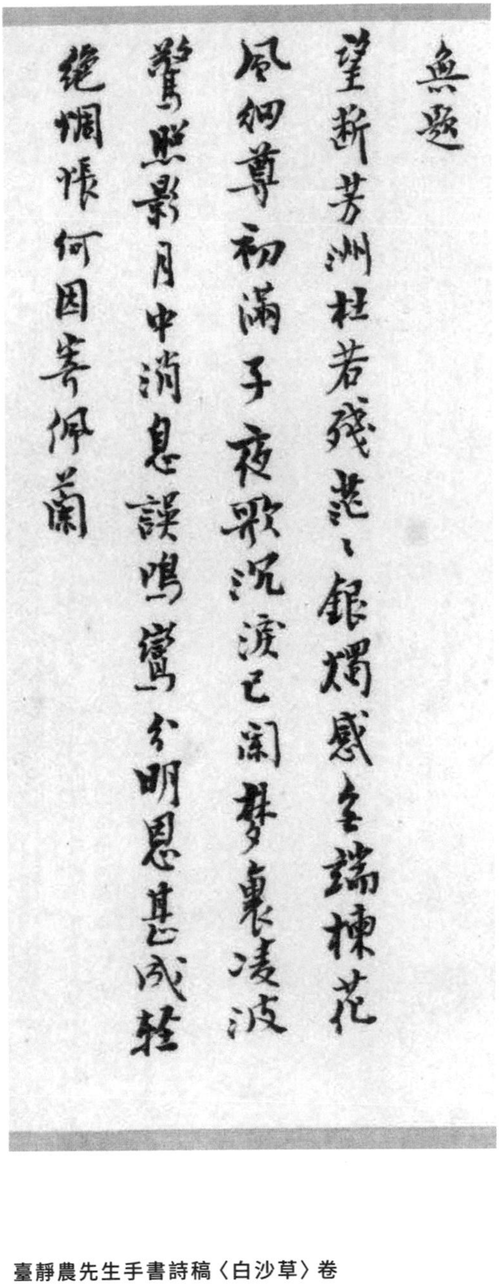

臺靜農先生手書詩稿〈白沙草〉卷
1975｜水墨紙本｜20×383cm（畫心）
局部，國立臺灣大學圖書館藏品

注釋

1 **康有爲論書詩、《廣藝舟雙楫》**—康有為（1858–1927），原名祖詒，字廣廈，號長素，又號明夷，廣東省南海縣人，人稱康南海。他是晚清時期重要的政治家、思想家、教育家，倡導維新運動。包世臣著有《藝舟雙楫》，康有爲沿用前賢書名而廣之。《廣藝舟雙楫》是康有為的書法理論作品，觀點大致上「尊碑抑帖」、「尊魏卑唐」。

此書除了梳理傳統書法脈絡，對漢魏碑版尤其推崇，然有時立論過激，評價難免偏頗。前人談論書道，有寫作「論書絕句詩」的傳統，即寫詩來論述書法。阮元、包世臣、康有為均有「論書詩」之作。

2 **查初白**—查慎行（1650–1727），初名嗣璉，字夏重。後改名慎行，字悔餘，號他山，賜號煙波釣徒，浙江杭州府人。晚年居於初白庵，又稱查初白，清代詩人、文學家，詩歌創作與詩學理論皆頗有成就。是詩壇「清初六家」之一。

六

南朝歲月

臺老師的《龍坡雜文》是影響我很深的一本書。題為「雜文」，好像信手寫來，卻往往比看來結構嚴謹引經據典的論文還能發人深省，可以一讀再讀。

《龍坡雜文》的第一篇〈夜宴圖與韓熙載〉，一篇不到五千字的「雜文」，發表於一九六七年，有至今仍是兩岸有關《韓熙載夜宴圖》藝術史上值得推敲的一篇重要文字。

《韓熙載夜宴圖》畫南唐李後主時代名臣韓熙載豪宅夜宴的故事。畫史上著錄，當時宮廷畫家周文矩畫過，顧閎中也畫過。

《龍坡雜文》臺老師依據撰述的是「顧閎中」的版本。這個版本現藏北京故宮，更多考證認為是南宋時期宮廷高手的的臨本。

顧閎中是李後主宮廷御用畫家，據說，韓熙載夜宴，皇帝很想去，又不方便，就派遣顧閎中、周文矩兩個畫家去現場觀察，鉅細靡遺畫下來，呈給皇帝御覽。

另外有一個傳說，與政治有關。韓熙載原是北方山東濰坊地方的人，家族在北朝罹禍，韓熙載逃到南方，在南朝兩代皇帝身邊做官。用今天的時局比喻，韓熙載有點像像「反共義士」。「反共義士」對南朝有政治宣傳價值，但是南朝政權對北朝背景的投靠人士多有猜忌，韓熙載自然也很受南朝派系排擠監視。

臺老師文章中找出《五代詩話》引《湘素雜記》一條很不為人注意的訊息：「韓熙載，本高密人。後主即位，頗疑北人，鴆死者多……」

李後主恐懼疑慮北朝滲透，竟然毒死很多投靠者。

韓熙載是有才幹的人，據說一度要出任南朝宰相。這樣的背景，這樣的處境，韓熙載要怎麼安排自己？

歷史上因此出現了驚動朝野的「夜宴」。達官顯要都被邀請，社會名流，包括著名高僧德明，名舞伎王屋山，新科狀元郎粲，太常博士陳致雍，大音樂家李家明都是夜宴貴賓，也都一一入畫。

「夜宴圖」說著韓熙載在南朝繁華中的頹廢糜爛與自棄，也說著恐怖政治鬥爭裡曠放自汙的智慧。

顧閎中的畫卷中五次出現韓熙載，或側耳聽樂，或激昂擊鼓，或盆中洗手，或解衣搧扇，或若有所思，行邁靡靡，中心搖搖。

李家明傾聽妹妹彈奏琵琶，觥籌交錯，賓客談笑風生，王屋山纖腰婉轉，舞動「六么」。屏風圍隔，簾幕深垂，一角床榻雜亂堆著錦被繡枕。慾望、放縱，歌舞昇平，在熱鬧繁華燭光閃爍的繽紛光影裡，韓熙載卻眉頭深鎖，悒鬱寡歡，他五次出現，五次都讓人覺得與「夜宴」無關，遺世獨立，繁華若夢，畫家竟也觀察出這一場豪華的夜宴隱藏著多少主人不可說的孤獨心事嗎？

這張歷史名作，歷經清末出宮，流失到東北，再轉回北京琉璃廠，在入藏北京故宮之前，「夜宴」也在戰亂中顛沛流離。

顧閎中《韓熙載夜宴圖》
五代（宋摹本）|絹本設色|335.5×28.7cm
局部，北京故宮博物院藏品

臺老師是看過這張畫的，寫了很詳細的看畫筆記，連畫的跋尾也都看得仔細。

這張畫從清宮流出到東北，再轉回北京，一九四五年張大千在琉璃廠玉池山房見到，二話不說，以五百兩黃金高價從馬霽山手中購得。

一九四九年張大千離開大陸，輾轉於香港台灣間。一九五二年左右，張大千移民海外前，出售幾件國寶，其中包括「夜宴圖」。

中國國家社會文化管理局局長——著名學者鄭振鐸[1]親赴香港（有傳言是奉周恩來委託），以兩萬美金的低價購得「夜宴圖」，成為北京故宮鎮館之寶。

張大千在亂世的政治夾縫中是懂得周旋的人，他各方都不得罪，也避免在歷史上留下出賣國寶的罵名吧。

臺老師與張大千是至交，他有機會見到這卷當時甚少公開的名作，時間推測當在一九五〇前後。一九四九年張大千輾轉香港台灣之間，一九五一年定居香港，很快就出售「夜宴圖」，移民美洲。

一九五〇前後短短兩年間，臺老師是在張大千家中見此畫？或是這張畫曾寄放臺家？

文中引用了張大千摯友張目寒詳盡的看畫筆記，也有可能當時寄放張目寒家？連跋尾都做了研究，應該是很仔細地觀察過原作。

我讀臺老師的〈夜宴圖與韓熙載〉是在一九八八年，當時也還沒有機會看到原作，許多猜測，許多好奇，許多懸疑，但是覺得背後或許有不該探問的隱私，臺老師身體已很衰弱，始終也沒有開口詢問背後的實情。

我看到「夜宴圖」原作是在二〇〇二年上海博物館五十周年的特展，那時臺老師已逝世，身邊帶著他寫的〈夜宴圖與韓熙載〉，晚上在旅邸夜讀，體會他在此畫公開前半世紀前一人孤獨面對南朝歷史的荒涼落寞。

臺老師引用馬令《南唐書．舒雅傳》一段文字切入「夜宴圖」核心：

> 熙載性懶，不拘禮法。常與雅易服燕戲，猱雜侍婢。入末念酸，以為笑樂。

舒雅是韓熙載門生，夜宴圖中他也在場。他和韓熙載常常易服變裝玩耍，跟侍女僕婢玩成一堆，演戲佯狂，作態笑樂。

臺老師更關心這張畫的部分是他引用宋人《熙載小傳》一段紀錄：

顧閎中《韓熙載夜宴圖》

五代（宋摹本）| 絹本設色 | 335.5×28.7cm

局部，北京故宮博物院藏品

「後主屢欲相之，聞其猱雜，即罷。」

「猱雜」用今天的話是「亂搞男女關係」吧，皇帝幾次想起用韓做宰相，聽說他「猱雜」，私生活紊亂，也就算了。

臺老師關心的「夜宴圖」其實透露了他自己深藏心中不說的感觸吧。

韓熙載的故事在整個宋代被文人廣為流傳，到了南宋，陸游的《南唐書．韓熙載傳》還說他家中「蓄妓四十輩」，家裡養著四十名妓女，卻偷偷跟親信的人說「吾為此以自汙，避入相爾」。

這樣男女猱雜，通宵達旦胡搞，張揚夜宴，用這個方式「自汙」，讓輿論沸沸湯湯，名聲不堪，才能避去被皇帝徵召做宰相的困擾。

把官場看作屎糞，避之唯恐不及，這是今天削尖腦袋要鑽進官場的人很難想像的吧！

臺老師的文字裡對「自汙」二字感觸好深，以此為主軸，寫到韓熙載初到江南，三十歲，英姿風發，胸懷大志，發願「長驅以定中原」。但是，派系紛紜鬥爭不已的南朝，經過中主到後主李煜，兩代統治者都無大志，安逸自保，北方已經是趙匡胤建立大宋，根基穩固，北伐無望，韓熙載垂垂老矣，這時候出來做宰輔，意義何在？韓熙載長嘆一聲：「老矣，不能為千古笑。」

臺老師關心南朝文人的「自汙」，也關心南朝在沒有自信狀況下對北朝來人的處處猜疑打壓。

他引用了畫中宋代無名氏的一段題記：

> 後主嗣位，頗疑北人，多以死之。且懼，遂放意杯酒間，竭其財，致伎樂，殆百數以自汙。

歷史上為了恐懼而「自汙」，躲過牢獄死亡，通宵達旦，喝酒飲樂，放縱雜猱，看在一千年後另一個南朝人眼中，究竟是何樣的心情？

韓熙載家裡養了多房妓女，每個月薪水發下，就分到各房。等到沒錢花了，他就穿破爛衣服，裝作瞎乞丐，手挽舒雅，做叫化子狀，一房一房去討錢。

歷史上這樣玩自汙的，的確不多見。

臺老師看這幅畫看得很仔細，卻與一般藝術學者看到的頗不一樣。跋尾的部分有積玉齋主人題的一段話：「韓熙載所為，千古無兩，大是奇事。此殆不欲索解人者歟？」

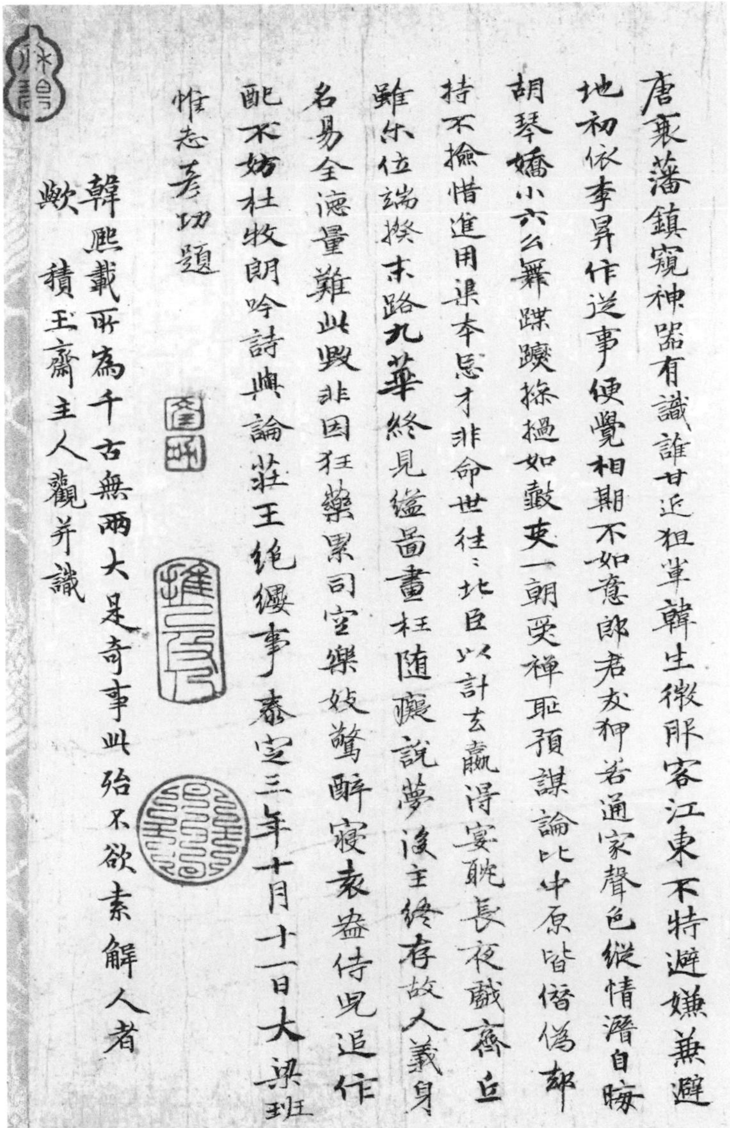

唐衰藩鎮竊神器有識誰甘近狙輩韓生微服客江東不特避嫌兼避
地初依李昪作從事便覺相期不如意郎君交抑若通家聲色縱情滔自晦
胡琴嬌小六么舞蹀躞揎搊如轂轉一朝受禪恥預謀論比中原皆傖傖却
持不撿惜進用渠本忌才非命世往往北臣以計去亂得宴耽長夜戲齋丘
雖爾位端揆末路九華終見縊畫杜隨癡說夢後主終存故人義身
名易全德量難此毀非因狂藥累司空樂妓驚醉寢袁盎侍兒追作
配不妨杜牧朗吟詩與論莊王絕纓事泰定三年十月十一日大梁班
惟志彥功題

歟 積玉齋主人觀并識

顧閎中《韓熙載夜宴圖》
五代（宋摹本）｜絹本設色｜335.5×28.7cm
局部，北京故宮博物院藏品

積玉齋主人就是雍正朝的年羹堯大將軍，他因軍功一度受寵，如日中天，竟然收藏了這幅名作。

時間已經到了清朝，受雍正依重的大將軍，一路加官進爵，短短三年，從三等侯晉封到一等侯，位極人臣，他當年看這幅畫，想到韓熙載，想到君臣相處的恐怖，很希望了解韓熙載，寫下題跋，一定感觸很深吧。

伴君如伴虎，戰戰兢兢，年羹堯大概也覺得韓熙載了不起，竟然在皇帝面前如此險惡的處境下用「自汙」逃過一劫。

年羹堯一身軍功，看這張畫時正是倍受天恩，他一定想不到，短短三年，逃不過統治者殘酷的打壓，剝奪一切爵位恩眷，從大將軍降為旗手，罪臣、庶民、奴僕，逃不掉殺頭棄屍的命運。

好像懂了韓熙載，其實還是沒有懂。

一九五〇年，臺先生看這段跋尾，對年羹堯說了無奈的評語：

「看此公下場，只是空作『解人』而已。」

二〇〇二年在上海看著這件名作，好像不斷跟臺老師對話。欣幸有他五十年前一篇雜文，可以讓我看一張畫看到歷史，看到南朝，看到人在亂世中的自處，看到自汙、頹廢、糜爛中開花的生命風範，看到韓熙載，也看到臺靜農，細細思索南朝最後深沉的心事。

注釋

1 **鄭振鐸**（1898–1958），字西諦，有幽芳閣主、紉秋館主、紉秋、幼舫等多個筆名，生於浙江溫州。他是作家、詩人、學者、文學史家、翻譯家。他曾參與五四運動，執掌《新社會》、《小說月報》等刊物，著有《文學大綱》、《中國俗文學史》、《插畫本中國文學史》、《俄國文學史略》、《山中雜記》等。在理論方面，他倡導「為人生」而文學，後來提倡「血和淚的文學」，文學要為人民服務，標榜文學必須對社會改革有益。

七

鄭羲碑與鄭道昭碑

十一月九日是臺靜農老師逝世三十周年忌日，整理一些資料，希望在池上的紀念展結束前，寫一段結尾。

翻到書架上兩函棗木裝幀的拓本，記得是一九九三年十月二十五日在北京琉璃廠古書鋪找到的清代碑拓。

棗木函上貼著書簽，很大氣的字體「魏鄭文公碑」。碑拓分上下兩函，上函首頁貼著國家文物局的紅漆封印，是當時可以准許販售的古文物。

我沒有收藏文物的習慣，母親常說她們家的旗人祖宅，辛亥革命時遭亂民湧入，足足搶

《魏鄭文公碑》拓本

了一個月。大概那故事印象深刻，我因此總覺得好東西，看看就好，不必然留在自己身上。逛琉璃廠就純粹是看東西，看到就好，隨手放下，謝謝老闆，沒有罣礙。

這一部《鄭文公碑》看了很多次，有點心動。我當時臨寫「禮器」，也特別喜愛北魏「龍門二十品」，還有晉碑裡的〈爨寶子〉、〈爨龍顏〉，但是這一部《鄭文公碑》使我心動的原因不完全是書法，而是因為臺老師論文集裡的一篇文章〈鄭羲碑與鄭道昭諸刻石〉。

清代中期「金石派」崛起，有意提倡民間原來名不見經傳的拙樸石碑，用來矯正明代過度崇奉二王流於爛熟甜俗的書風。

這也是書法史上有名的「帖學」與「碑學」之爭。

美學上來說，二王帖學優雅宛轉，有東晉王謝士族文人的瀟灑飄逸，並沒有不妥。但是，美一旦成為習氣，趙孟頫以降，逐漸重外型輕內蘊。到董其昌，帖學成為正統，輾轉臨摹，欠缺創造性，了無生氣。清代的創作者因此從民間找到生命力，回歸拙樸，提倡碑石刻工的頓挫力量，如金農從雕版印刷字體找靈感，鄧石如的渾樸開闊，都明顯暫時擱下二王絹帛的流麗細緻，轉向金石的鏗鏘粗獷豪邁。

臺老師的書法從明末王鐸、倪元璐出發，有二王的流動。臺老師的書法從王鐸轉向倪元璐，是一大改變。明亡後，倪元璐的書法，有痛淚的奔濺揮灑，有劍戟的鉤砍，已預告著帖學流熟書風的異變。

臺老師後來更近一步，親近「石門」摩崖，親近刻石碑版，很顯然也是參與了清代「金石派」一直到康有為的書風革命。

他的撰寫〈鄭羲碑與鄭道昭諸刻石〉也是他在為自己的創作美學走向做歷史的驗證吧。

臺先生文中首先引《魏書．鄭羲傳》，談及鄭羲這個碑文主人「博學多聞」，但是為官時「多所受納，政以賄成」。鄭羲是貪賄之官，古代謚法嚴謹，所以他的謚號是「文靈」。「博聞多見」曰「文」，「不勤成名」曰「靈」。「靈」在謚法中不是好字。

所以目前的《鄭文公碑》，其實應該是《鄭文靈公碑》。

立碑的人是鄭羲次子鄭道昭，兒子為父親立碑，不敢違逆朝廷詔令，但碑石立在偏遠雲峰山裡，就擅自刪去「靈」的惡謚，試圖抹去父親為官時的家族貪賄惡名，也有掩護家族政治利益的意圖吧。

臺先生文中可以體會鄭道昭孝心，但歷史不能盡成灰，他還是要還鄭羲政治上貪賄的本來面目。

從歷史史實上入手，論及《鄭文公碑》與雲峰山諸刻石的關係。臺先生顯然已經懷疑傳統以「鄭道昭」為書寫者的論點。鄭道昭是書寫者嗎？或是在碑石上「書丹」的書法家嗎？雲峰山石碑長期歸在「鄭道昭」名下的許多刻石，書風不盡相同，臺先生論文中指出了北魏王室大批職業「寫字工」的存在，如鄭道昭的兩位隨從：「耿伏奴從駕」與「石匠于仙人」，臺文指出「于仙人是刻工，耿伏奴或即寫字人」。文中也特別讚許了這些「寫字工」在南北朝書法史上美學創作的意義，這些地位低卑無名的民間寫手，也才是「碑學」書風的真正創作者。

臺先生的論述文字其實一貫著他對歷史的敏銳觀察，也打破既定的許多包袱，從「鄭道昭」的侷限裡提出了新的論述觀點。

我讀這篇論文受益很多，用「寫字工」的新觀點看〈龍門二十品〉，看〈爨寶子〉、〈爨龍顏〉，乃至觀察金農的刻意避「雅」趨「拙」，放棄文人的熟巧，親近民間拙樸，正是因為民間地位不高的「寫字工」在書法的創意性上另開闢出一片天地。

一九九三年十月二十五日前我徘徊北京琉璃廠，幾次摩挲這碑石拓本，想到臺老師的論文，猶疑未決，老闆好像看出心事，突然說：「明天有位日本客人要來帶走。」我心中一笑，知道這拓本跟我有緣，就以當時不低的外匯劵價格買下，一直到現在，留在身邊，也常常拿出來與臺老師的文字對讀，彷彿還在溫州街十八巷。

我敬臺先生為師，因為可學的甚多，不只在他生前，在他逝世後，讀他的文字，依然有啟發。

文章為命酒為魂

池上「臺靜農紀念展」最後更換的展品有兩件都與老舍[1]有關，一件是臺老師為老舍寫作二十年寫的一篇紀念文字的手稿，題名為〈我與老舍與酒〉。另一件是臺老師〈懷老舍〉的詩稿。

老舍，寫《駱駝祥子》的老舍，寫《四世同堂》的老舍，創作著名戲劇《茶館》的老舍，也許對今天的台灣青年一代是很陌生的名字了吧。

〈我與老舍與酒〉是臺老師一九四四年的手稿，現在收藏在臺灣大學圖書館。策展人谷

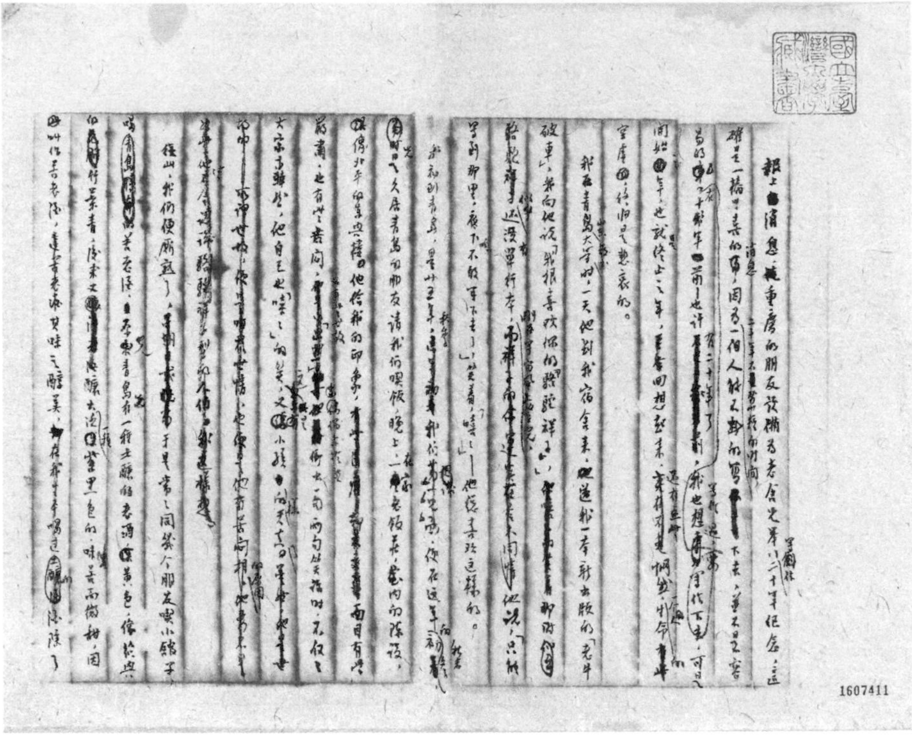

臺靜農〈我與老舍與酒〉原稿

1944｜紙上水墨｜21×29cm

局部，國立臺灣大學圖書館藏品

浩宇從這篇手稿開始，很仔細閱讀了老舍重要的著作，如《駱駝祥子》。因此使池上穀倉的「紀念展」有了臺老師和他一代文人的風骨形貌，為整個展覽規劃了氣度宏大的尾聲，這是台灣少見的一次有宏觀視野的策展，應該特別感謝谷浩宁的用功。

老舍是滿族正紅旗人，父親在八國聯軍攻北京時死守城門殉難，與母親貧苦無依，靠基督教會資助受教育。

老舍的寫作從一九二四年移居倫敦開始，大量吸收英語文學養分，用來書寫以北京為主亂世中的弱勢者邊緣人，社會的人道主義觀察常常讓人想到狄更斯《孤雛淚》的文學精神。

老舍最成功的作品是《駱駝祥子》，寫北京城一個靠勞力拉車的車夫的故事，有廣闊的人道主義關懷，卻無一般意識形態的教條。這是我大學時期讀的一本「禁書」，深受影響。沒有想到，因為策劃「臺靜農紀念展」，與我相差一代的谷浩宇也讀這部小說，聽到他許多深刻感受。

在池上做最後布展，谷浩宇讀到小說最後，勾畫了幾段傳給我：描述「北京城下著雨，雨下給富人，也下給窮人，下給義人，也下給不義的人。」老舍說：「雨並不公道，因為下落在一個沒有公道的世界上。」

最後是「祥子病了」，老舍說：「大雜院裡的病人並不止於祥子一個。」

我看著畫線的幾句，回想自己閱讀小說時二十剛出頭的歲月，想起臺老師一九三六年（或三七）在青島初識老舍，當時老舍剛發表完《駱駝祥子》，兩個同樣關心社會底層邊緣人的作家，成為莫逆。

一九四四年重慶寫作團體要紀念老舍寫作二十周年，臺老師因此寫了這篇〈我與老舍與酒〉，不知道為什麼用「酒」貫穿著自己和老舍的生命，像窮途而哭，有許多不可言喻的惆悵。這珍貴的六十年前的手稿，竟然在戰亂裡沒有毀壞，輾轉顛沛流離來到台灣，竟然在臺老師逝世三十年的忌日在池上穀倉展出，有不可思議的緣分吧。

書寫社會受壓迫的底層人民的老舍，一九四九年新中國建立，他當然是當紅的左翼作家。在台灣白色恐怖的年代，老舍的作品因此也是「禁書」，臺老師這篇紀念老舍的文章也犯忌諱，一定深藏不敢示人吧。

老舍是在一九六六年文革初期就不堪被批鬥受辱自殺的。八月二十四日深夜自投於太平湖溺斃，死時六十七歲。

老舍死訊傳來，臺靜農先生是什麼樣的心情？

我認識臺老師是在八〇年代，我知道他與老舍相知甚深，幾次開口想問，終於都沒有開口。

青年時有過共同的信仰，都夢想著可以共同攜手開創一個「正義」「公道」「合理」的社會，為這個信仰受苦都值得，為這個信仰個人受迫害都值得。

臺老師的最後二十幾年歲月，可能是看著老舍的自殺，看著自己青年時代一個一個有熱血有理想的同志一一走向統治者的牢獄、下放、勞改、死亡。

他是時代的倖存者，或許他也在時代巨浪滔天的混濁裡沉思著，信仰是什麼？正義是什麼？公道在哪裡？

「祥子病了，」老舍說：「大雜院裡的病人並不止於祥子一個。」

浩宇傳來臺老師〈懷老舍〉的詩稿，掛在穀倉牆上，做展覽的結尾，他傳了位置圖，問

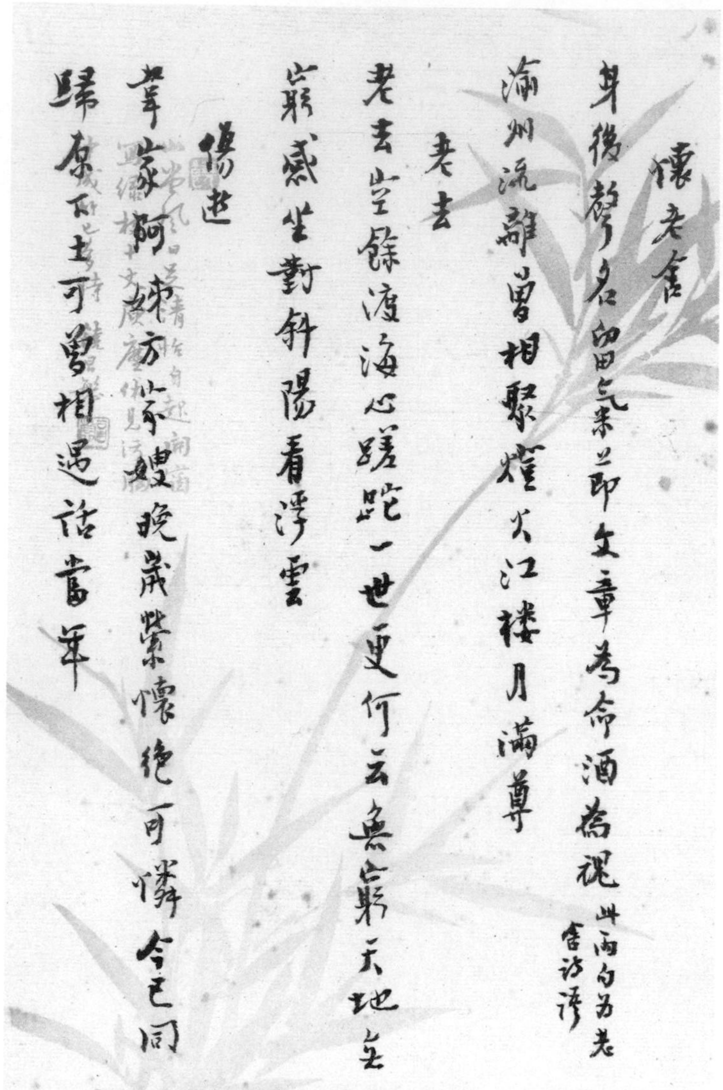

行書〈懷老舍／老去／傷逝〉詩箋
1989｜水墨紙本｜33×21cm（畫心）
林文月藏

我：「這樣好嗎？」

「這樣好嗎？」我彷彿覺得神魂恍惚，很想回頭問問什麼人，但回頭也無人在。

身後聲名留氣節，文章為命酒為魂。

〈懷老舍〉詩稿的前兩句是老舍自己的句子，臺老師面對舊友的自戕傷亡，傷逝之情，彷彿不想再多說什麼。一九二四到一九三七老舍在倫敦教書創作，他是在中日戰爭爆發後放棄歐洲的工作、毅然決然舉家遷回北京的。一個時代的文人，在赴身太平湖清流時他會有許多縈繞在心中的愴痛嗎？「身後聲名留氣節」，老舍的詩是預言了自己生命的最後堅持？

「渝州流離曾相聚，燈火江樓月滿尊」，臺老師緬懷舊友，接續兩句。沒有評論，只有感懷。

在四川戰亂中相聚過，記得那時的江樓燈火，記得酒尊裡滿滿都是月光。

這是無言的祭奠了，〈懷老舍〉的詩稿寫於一九八九年，但是「身後聲名留氣節」，老舍生前自己的詩句，是一生預言的詩句，一九六六年老舍自殺後，臺老師一定再三咀嚼，苦澀哽咽吧。

不知道為什麼幾次想問老舍的死，終於沒有開口。

臺老師與近代左翼文人的牽連瓜葛甚深，在台灣白色恐怖株連甚廣的清除左派氛圍壓力下，臺老師如何自處？

相信自己淑世的理想是一生為受壓迫者代言的忠實信仰，與任何政權黨派無關，不甘淪落為社會既得利益者的自私自利，不甘做占據一切資源為自己的名利振振有辭的下流文人，不甘被統治者牽著鼻子走，臺靜農如何度過怖懼的六〇、七〇年代？

到了八〇年代，政治壓力稍減，常在他家聽到自以為叛逆的文青嚼舌，談及他在大陸三次被捕入獄，一九四六索性舉家遷台，逃離中央政權，「沒想到『中央』又來了」。嚼舌者頗得意自已的尖銳。臺老師總是委婉回答：「家裡人多，北方冷，買被子置冬衣都負擔不起。台灣熱，省了一大筆錢。」他從不說他在「逃」誰。

嚼舌者繼續說他門口總有吉普車監視，他也淡淡一笑回答：「不是我，是對門住的彭明敏。」

文藝圈子是非瑣碎，遇到喜嚼舌根的男女，臺老師常常不耐，淡淡回說：「咖啡杯裡的風波吧。」或許心中有沉重鬱苦的心事，其實是不耐膚淺的吱吱喳喳……。

他看了太多次政權改換，他也太清楚每一次政權改換時文人知識分子大眾被權利煽惑、附和統治者的愚蠢醜態吧？

荷花

我在東海校園宿舍用大缸養荷花，懂植物的徐國士給我胭脂雪的品種，白色花瓣，瓣尖一點紅，長得極好。我拍了照片給臺老師看，他極高興，說「不知道荷花可以用缸養。」許多朋友協力幫忙，徐國士找來植物園的荷花苗，立春前後種進缸裡。三月席慕容從山上帶土和雞糞肥料，用舊紙包了塞在荷花浸水的根部。

荷花不久發葉抽長，翠綠婷婷。那是臺老師腦疾開刀前後，據家人轉告：從醫院回家，他常常端一杯酒，無言坐在廊簷下看花，若有所思，放下酒杯，就走到書房磨墨寫字。

池上穀倉的「紀念展」就要結束，展場一直有一缸荷花，嫣紅婉轉，如夕陽無語。一瓣馨香，或可告慰逝者。

想起臺老師喜歡的句子：「夕陽無語，最可惜一片江山。」

注釋

1 **老舍**──（1899–1966），本名舒慶春，生於北京，滿族正紅旗人，小說家、劇作家。

他是京派文學代表，其作品大多取材於市民生活，善於以流利的北京白話寫複雜的人性、人情，又因語言幽默機智，被稱為「幽默小說家」。代表作品有：《駱駝祥子》、《四世同堂》、《茶館》、《正紅旗下》等。

最著名的當是《駱駝祥子》，這部小說人力車夫祥子做為主角，藉由敘述祥子的遭遇，描摹出低下階層的生活圖像。夏志清認為這部小說的「戲劇力量和敘述技巧都超過作者以前的作品」。一九六六年八月二十四日，老舍選擇投湖自盡，「老舍之死」成為震驚世人的文化事件。傅光明寫「老舍之死」，訪問老舍的夫人胡絜青。胡絜青回憶：「八月二十三日那天，他被打得很厲害。後來聽說是在文聯，他們讓他跪在兩層磚上，由上頭給打到地下，受苦受得很厲害。經過這個大風波之後，我想還有自己的兒女。我知道之後，在院子裡吐水，什麼也吃不了。」受到政治迫害的老舍，以自死維護了最後的尊嚴。

卷二〇

一

臺靜農先生作品賞析

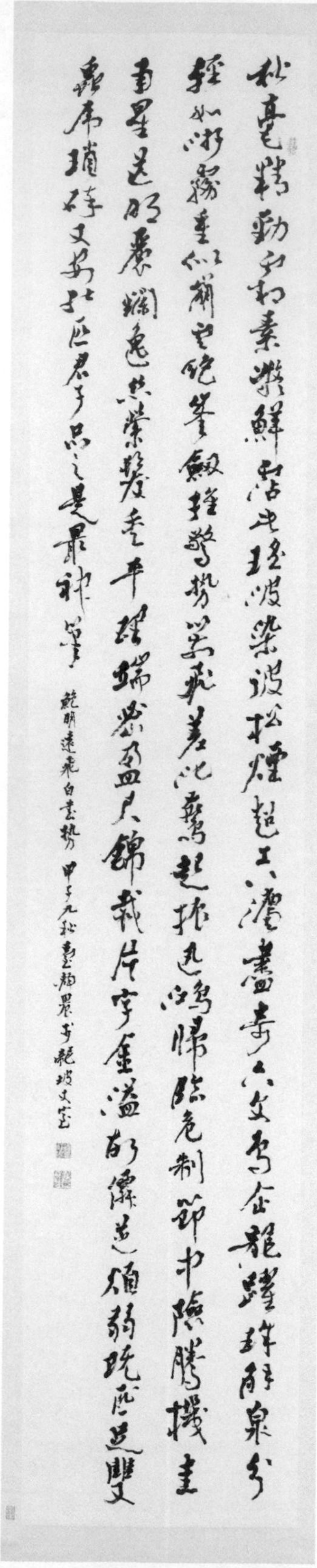
鮑明遠飛白書勢 甲子九秋 臺靜農書於龍坡丈室

秋毫精勁，霜素凝鮮。霑此瑤波，染彼松煙。
超工八灋，盡奇六文。烏企龍躍，珠解泉分。
輕如游霧，重似崩雲。絕峯劍摧，驚勢箭飛。
差池鷰起，振迅鴻歸。臨危制節，中險騰機。
圭角星芒，明麗爛逸。絲縈髮垂，平理端密。
盈尺錦裁，片字金溢。故僊、芝煩弱，既匪足雙；
蟲、虎瑣碎，又安能匹。君子品之，是最神筆。

鮑明遠飛白書勢　甲子九秋臺靜農於龍坡丈室

行書〈鮑明遠飛白書勢〉軸

1984 | 水墨紙本 | 237×44.5cm（畫心）| 國立故宮博物院藏品

蔣勳線上影音導覽

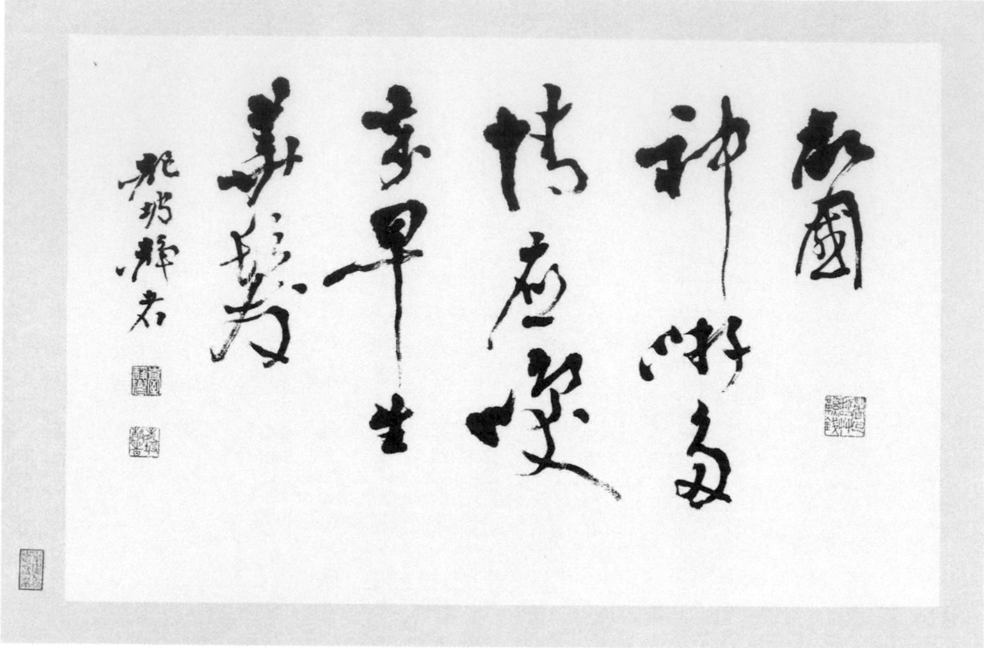

故國神游，
多情應笑我，
早生華髮。
龍坡靜者

草書〈故國神遊〉橫幅

水墨紙本｜52×82cm（畫心）｜國立故宮博物院藏品

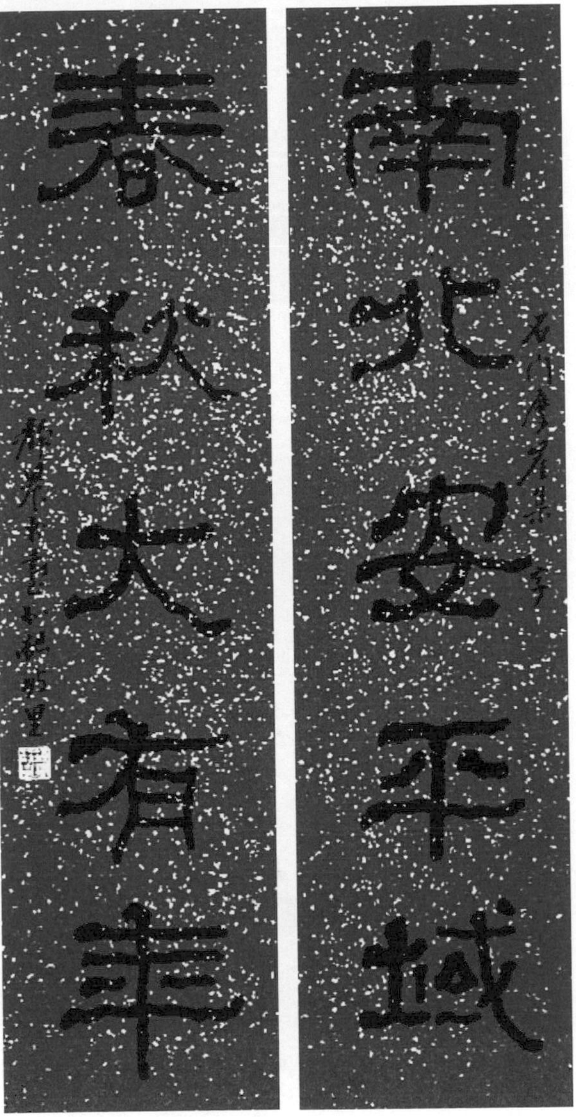

石門摩崖集字

南北安平域

春秋大有年

靜農於臺北龍坡里

隸書 石門摩崖集字〈南北・春秋〉五言聯

1980年代｜水墨紙本｜136×34cm（畫心）｜國立歷史博物館藏品

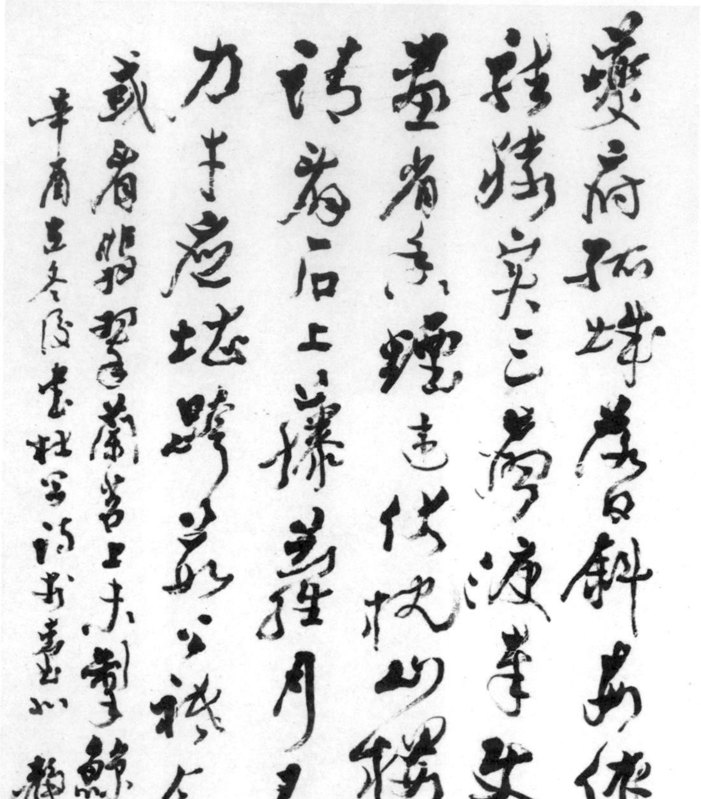
夔府孤城落日斜每依北斗望京華
聽猿實下三聲淚奉使虛隨八月槎
畫省香爐違伏枕山樓粉堞隱悲笳
請看石上藤蘿月已映洲前蘆荻花
才力應難跨數公凡今誰是出群雄
或看翡翠蘭苕上未掣鯨魚碧海中
辛酉立冬後書杜公詩二首
靜農

夔府孤城落日斜，每依南斗望京華。
聽猿實三聲淚，奉使虛隨八月槎。
畫省香爐違伏枕，山樓粉堞隱悲笳。
請看石上藤蘿月，已映洲蘆荻花。

力才應堪跨數公，祇今誰是出羣雄？
或看翡翠蘭苕上，未掣鯨魚碧海中。

辛酉立冬後書杜公詩於臺北　靜農

行草 杜甫詩〈秋興八首〉中堂

1981 | 水墨紙本 | 176×93cm（畫心）| 國立歷史博物館藏品

蔣勳線上影音導覽

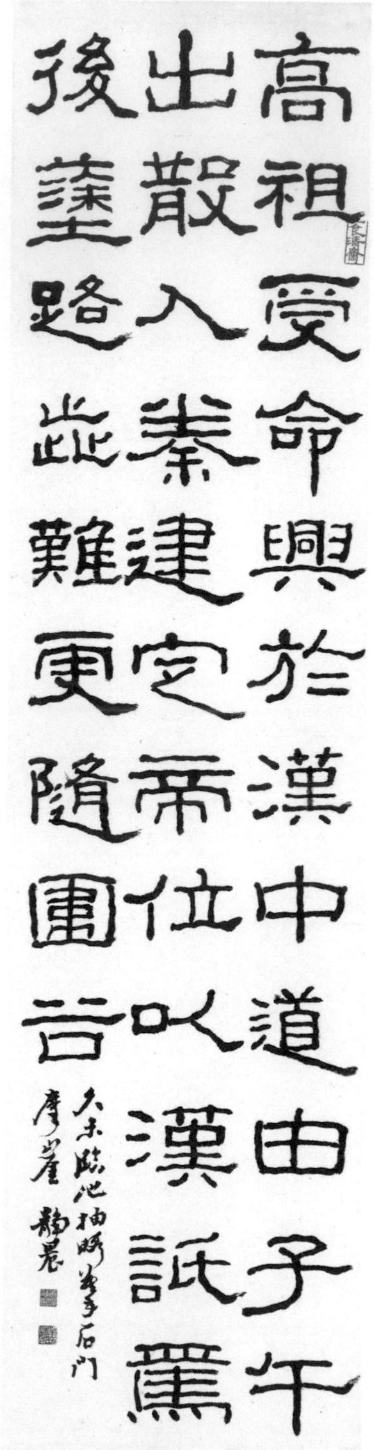
高祖受命興於漢中道由子午
出散入秦建定帝位以漢詆焉
後塗路歮難更隨圍谷
久未臨池抽暇寫石門
庚山崖 靜晨

高祖受命，興於漢中。
道由子午，出散入秦。
建定帝位，以漢詆焉。
後䔕路歮難，更隨圍谷。

久未臨池抽暇摹石門摩崖　靜農

隸書 節錄〈石門頌〉條幅

水墨紙本｜136×34cm（畫心）｜國立歷史博物館藏品

蔣勳線上影音導覽

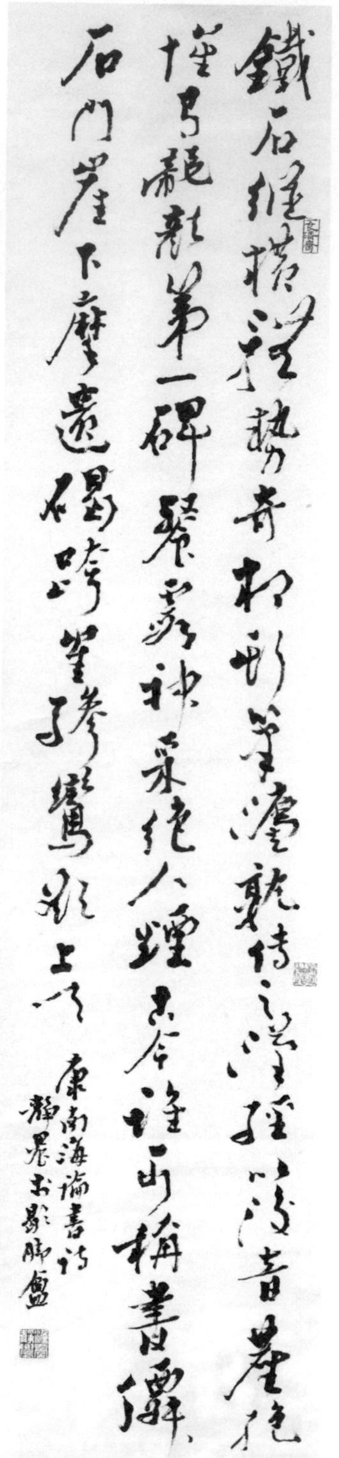
康南海論書詩

鐵石縱橫體勢奇，相斯筆法熟傳之，漢經以後音塵絕，惟有龍顏第一碑。
餐霞神采絕人煙，古今誰可稱書僊，石門崖下摩遺碣，跨鶴驂鸞欲上天。

康南海論書詩
靜農於歇腳盦

※內文節錄自康有為著《廣藝舟雙楫 卷六》論書絕句二首

行草〈康南海論書詩〉條幅

1980年代｜水墨紙本｜136×34cm（畫心）｜國立歷史博物館藏品

錦瑟無端五十絃，一絃一柱思華年。
莊生曉夢迷蝴蝶，望帝春心託杜鵑。
滄海月明珠有淚，藍田日暖玉生煙。
此情可待成追憶，只是當時已惘然。

書靜界於鹿坡　文定

錦瑟無端五十弦，一弦一柱思華年。
莊生曉夢迷蝴蝶，望帝春心託杜鵑。
滄海月明珠有淚，藍田日暖玉生煙。
此情可待成追憶，只是當時已惘然。

臺靜農於龍坡丈室

行草 李商隱詩〈錦瑟〉

水墨紙本 | 90×40cm（畫心）| 國家表演藝術中心國家兩廳院藏品

無權混跡疑無類

查初白詩句

風雨高歌覺有神

靜農試龍鬚筆書歇腳盦

查初白詩語

英雄混跡疑無賴

風雨高歌覺有神

靜農試龍鬚筆於歇腳盦

行書〈英雄・風雨〉七言聯

水墨紙本｜135.5×33cm×2（畫心）｜國立臺灣大學圖書館藏品

蔣動線上影音導覽

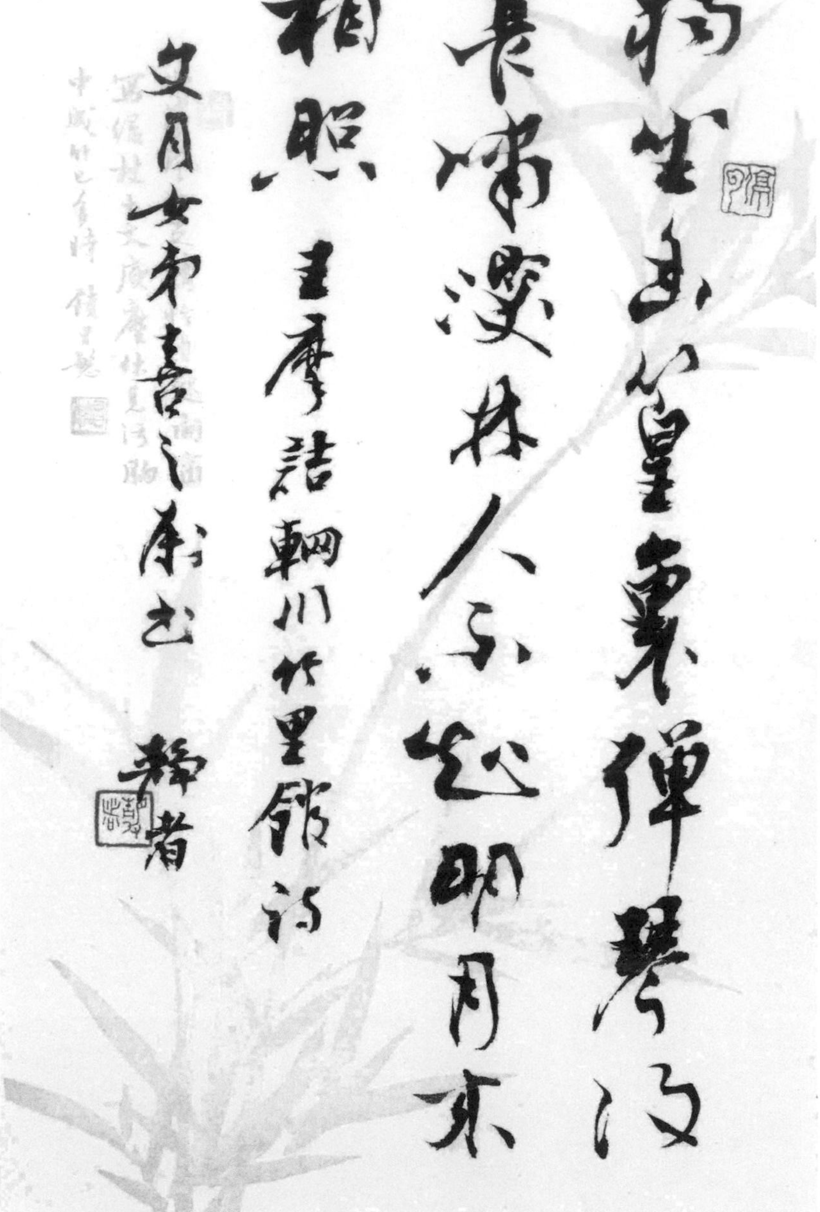
獨坐幽篁裏彈琴復長嘯深林人不知明月來相照
王摩詰輞川竹里館詩

獨坐幽篁裏，彈琴復長嘯。
深林人不知，明月來相照。

王摩詰輞川竹里館詩
文月女弟喜之屬書　靜者

行草 王維詩〈竹里館〉

水墨紙本｜33×20.5cm（畫心）｜林文月藏

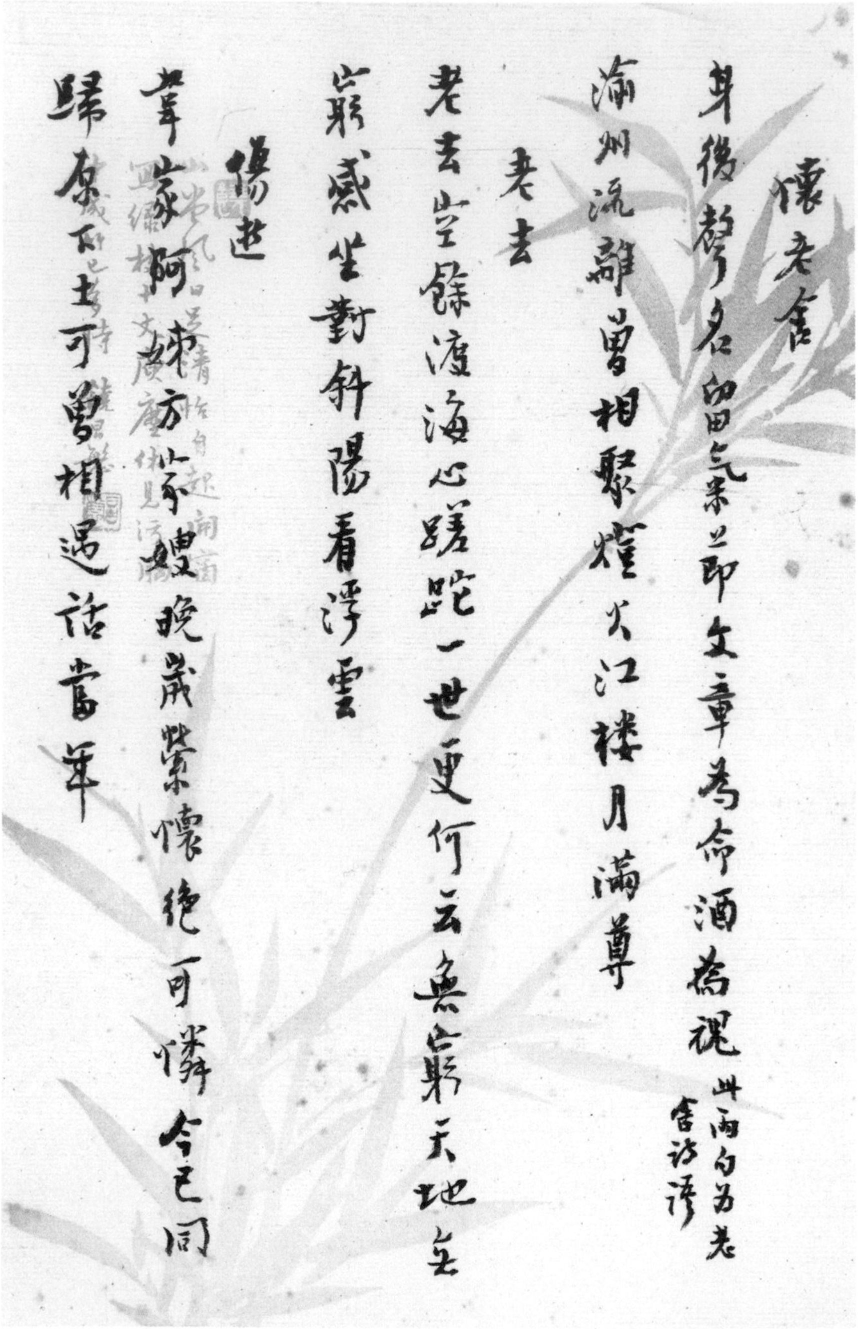
懷老舍
身後聲名留氣象只即文章為命酒為魂 此兩句為老舍詩語
渝州流離曾相聚燈火江樓月滿尊
老去
老去豈餘渡海心蹉跎一世更何云無窮天地無
窮感坐對斜陽看浮雲
傷逝
華家阿姊方家嫂晚歲縈懷絕可憐今已同
歸原下土可曾相遇話當年

懷老舍

身後聲名留氣節，文章為命酒為魂。

此兩句為老舍詩語

渝州流離曾相聚，燈火江樓月滿尊。

老去

老去空餘渡海心，蹉跎一世更何云。

無窮天地無窮感，坐對斜陽看浮雲。

傷逝

韋家阿姊方家嫂，晚歲縈懷絕可憐。

今已同歸原下土，可曾相遇話當年。

行書〈懷老舍／老去／傷逝〉詩箋

1989 | 水墨紙本 | 33×21cm（畫心）| 林文月藏

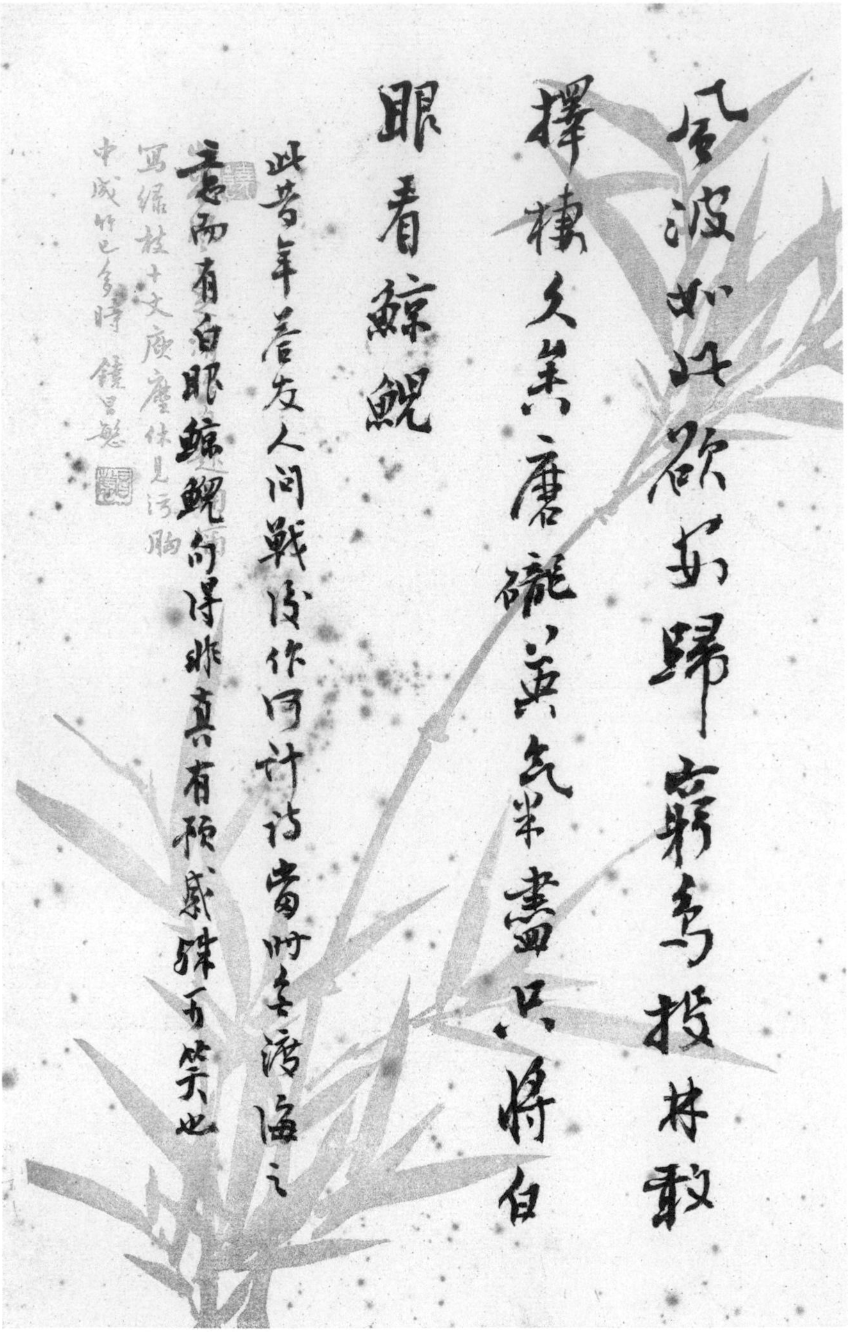
風波如此欲安歸羈鳥投林敢
擇棲久矣磨礲英氣半盡只將白
眼看鯨鯢
此昔年吾友人問戰後作同什詩當時台灣海之
意而有白眼鯨鯢何得非真有預感殊可笑也
寫綠枝十文庚廬休見湧胸
中成竹已多時 鏡昌題

風波如此欲安歸，窮鳥投林敢擇棲。
久矣磨礲英氣盡，只將白眼看鯨鯢。

此昔年答友人　問戰後作何計詩　當時無渡海之
意　而有白眼鯨鯢句　得非真有預感　殊可笑也

行書〈答林逸來書問以戰後計者〉詩箋

1989｜水墨紙本｜33×21cm（畫心）｜林文月藏

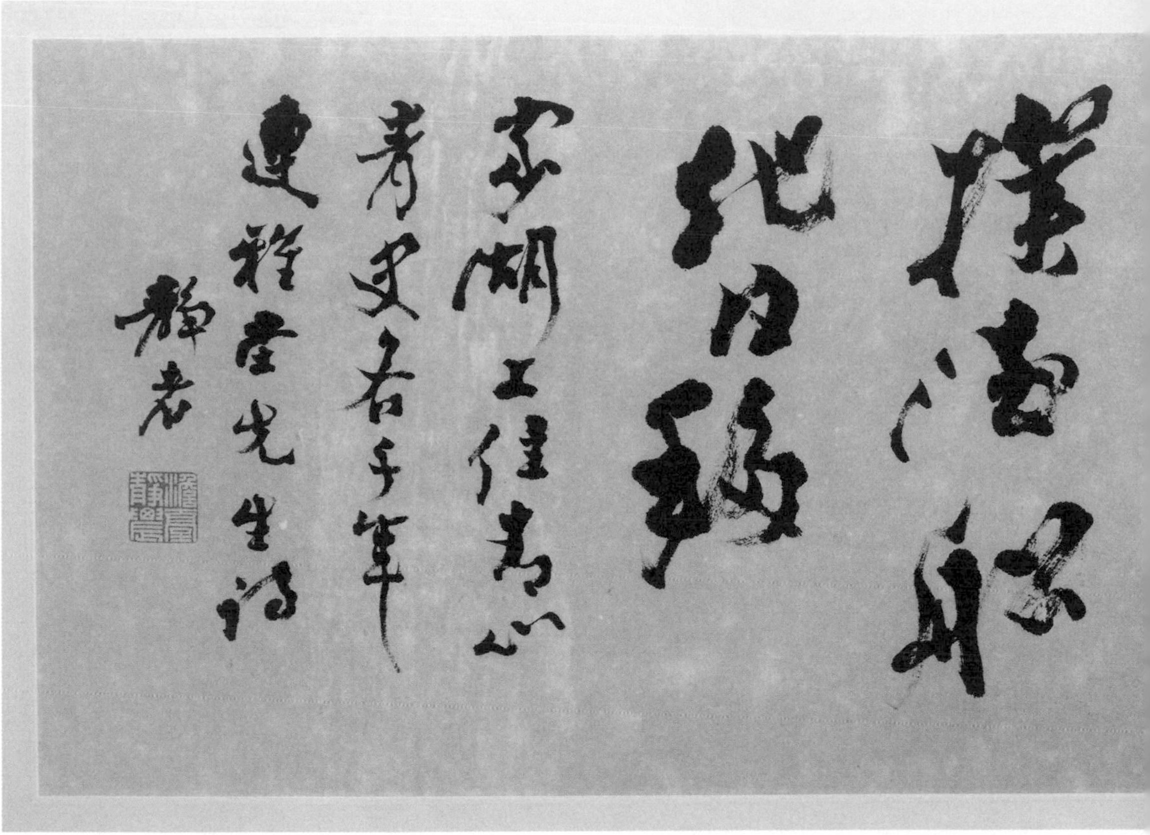
連雅堂先生詩
靜老

一葉落知天下秋

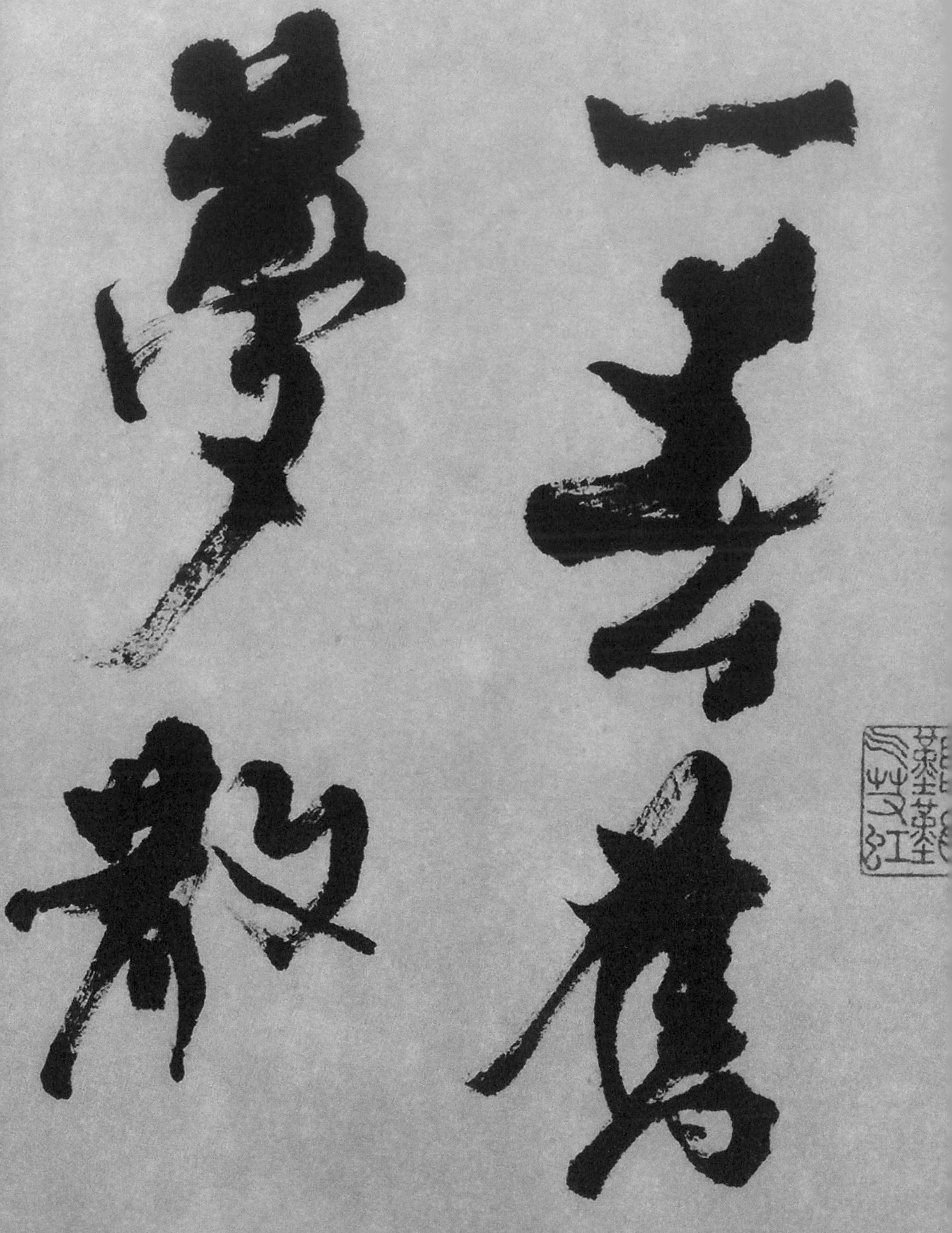

一春舊夢散如煙，三月桃花撲酒船。
他日移家湖上住，青山青史各千年。

連雅堂先生詩　靜者

●

連雅堂先生以撰述《臺灣通史》留名，他的詩人氣質卻常常使人覺得更勝於史家的身分。

身處於日本殖民台灣時期，雅堂先生出身台南文化世家，孺慕漢詩，自然在作品中充滿故國之思。

奮發欲為台灣作史的雅堂先生曾遊西湖，眺望青山，思惟青史，寫下這首七絕「西湖遊罷以書報少雲並繫以詩」。少雲，是連夫人的名字。

臺靜農這件書法落筆如驚風雨，文人詩中相見，各自有各自「青山青史」的感慨與胸懷吧。

文人書法不拘泥設計，信筆寫來，至第三句後空間不足，即以小字補成，別具趣味。

臺靜農先生此幅未落上款，過世後，家屬以此贈雅堂先生外孫女林文月老師收存。

—— 蔣勳

行書 連雅堂詩〈西湖遊罷，以書報少雲，並繫以詩〉

水墨紙本 | 37.5×109cm（畫心）| 林文月藏

蔣勳線上影音導覽

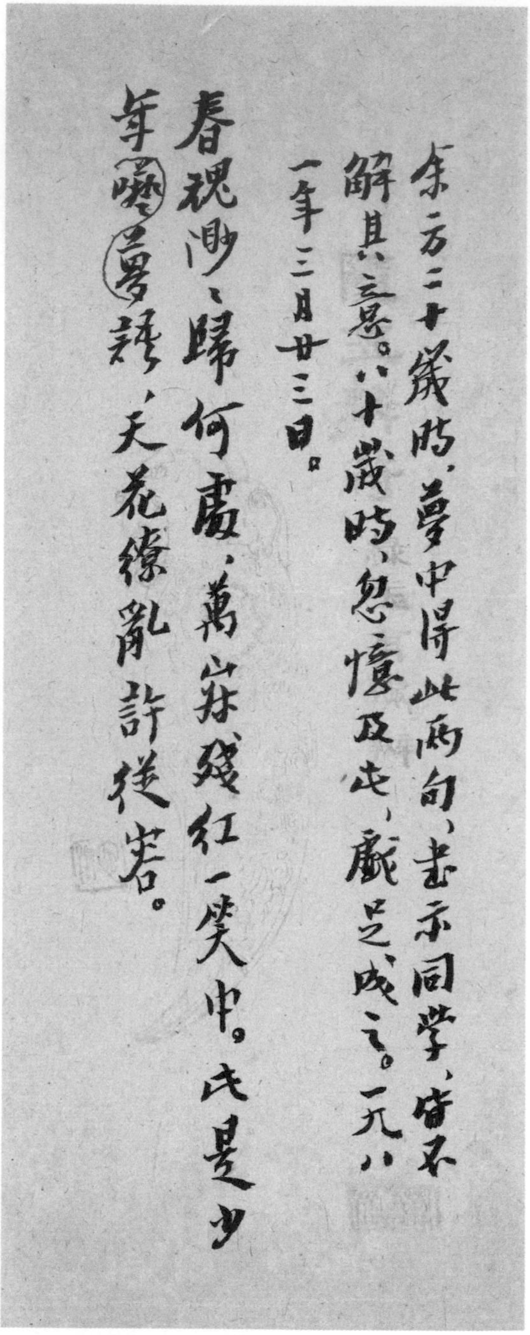

春魂渺，歸何處，萬嶺殘紅一笑中。此是少年囈夢語，天花繚亂許從容。

余二十歲時，夢中得此兩句，告示同学，皆不解其意。八十歲時，忽憶及此，遂足成之。一九八一年三月廿三日。

余方二十歲時　夢中得此兩句　書示同學　皆不解其意　八十歲時　忽憶及此　戲足成之　一九八一年三月廿三日

春魂渺渺歸何處，萬寂殘紅一笑中。
此是少年夢囈語，天花繚亂許從容。

行書〈余方二十歲時夢中得句〉詩箋

1981 | 水墨紙本 | 22.5×9cm（畫心）| 林文月藏

蔣勳線上影音導覽

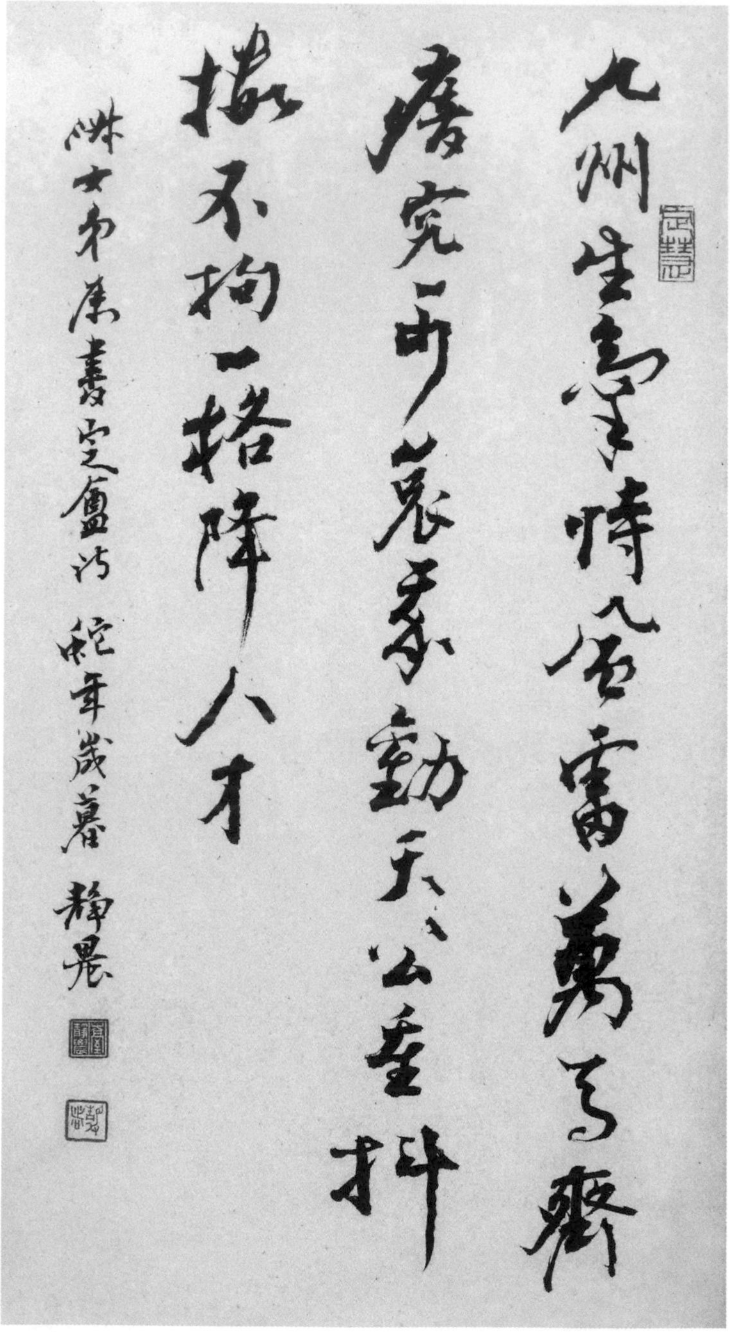
九州生氣恃風雷
萬馬齊瘖究可哀
我勸天公重抖擻
不拘一格降人才
蛇年歲暮 靜農

九州生氣恃風雷，萬馬齊瘖究可哀。
我勸天公重抖擻，不拘一格降人才。

淑女弟屬書定盦詩　蛇年歲暮　靜農

行草 龔定盦詩〈九州生氣〉

1977｜水墨紙本｜48×27cm（畫心）｜施淑藏

酒旗風暖少年狂

癸丑端午後　靜者

行草 陳獨秀詩句〈酒旗風暖少年狂〉

1973 | 水墨紙木 | 68×34.5cm（畫心） | 施淑藏

蔣勳線上影音導覽

一甌滄海橫流外

環瀛樓臺蜃氣間

此龔孝拱筆意孝拱為定盦子至才與性一如乃翁

靜農書於臺北龍坡里歇腳盦

此龔孝拱筆意孝拱為定盦子其才與怪一如乃翁

一甌滄海橫流外

環堵樓臺蜃氣間

靜農於臺北龍坡里歇腳盦

隸書 龔孝拱〈一甌・環堵〉七言聯

水墨紙本｜57×9.5cm×2（畫心）｜施淑藏

積雨空林煙火遲蒸藜炊黍餉東菑漠漠水田飛白鷺陰陰夏
木囀黃鸝山中習靜觀朝槿松下清齋折露葵野老與人爭席
罷海鷗何事更相疑
王維積雨輞川莊作　靜農書於龍坡

積雨空林煙火遲，蒸藜炊黍餉東菑。
漠漠水田飛白鷺，陰陰夏木囀黃鸝。
山中習靜觀朝槿，松下清齋折露葵。
野老與人爭席罷，野鷗何事更相疑。

王維積雨輞川莊作　靜農書於龍坡

行草 王維詩〈積雨輞川莊作〉

水墨紙本 | 136×34.5cm（畫心）| 林懷民藏

栗里奚童亦人子

樊山詩話 容齋詩云東山女伎即蒼生

東山伎女是蒼生

靜者書龍坡

樊山詩語　定盦詩云東山女伎即蒼生

栗里奚童亦人子

東山伎女是蒼生

靜者於龍坡

行書〈栗里・東山〉七言聯

1988 | 水墨紙本 | 69.5×11.5cm×2（畫心）| 蔣勳藏

蔣勳線上影音導覽

爛漫晉宋譚
出入儒佛間
靜農書於龍坡

爛漫晉宋諱

出入僊佛間

靜農書於龍坡

隸書〈爛漫．出入〉五言聯

水墨紙本｜89×24cm×2（畫心）｜蔣勳藏

蔣勳線上影音導覽

大江東去浪淘盡千
古風流人物故壘西
邊人道是周郎赤
壁亂石崩雲驚濤
裂岸捲起千堆
雪江山如畫一時多少
豪傑遙想公瑾當

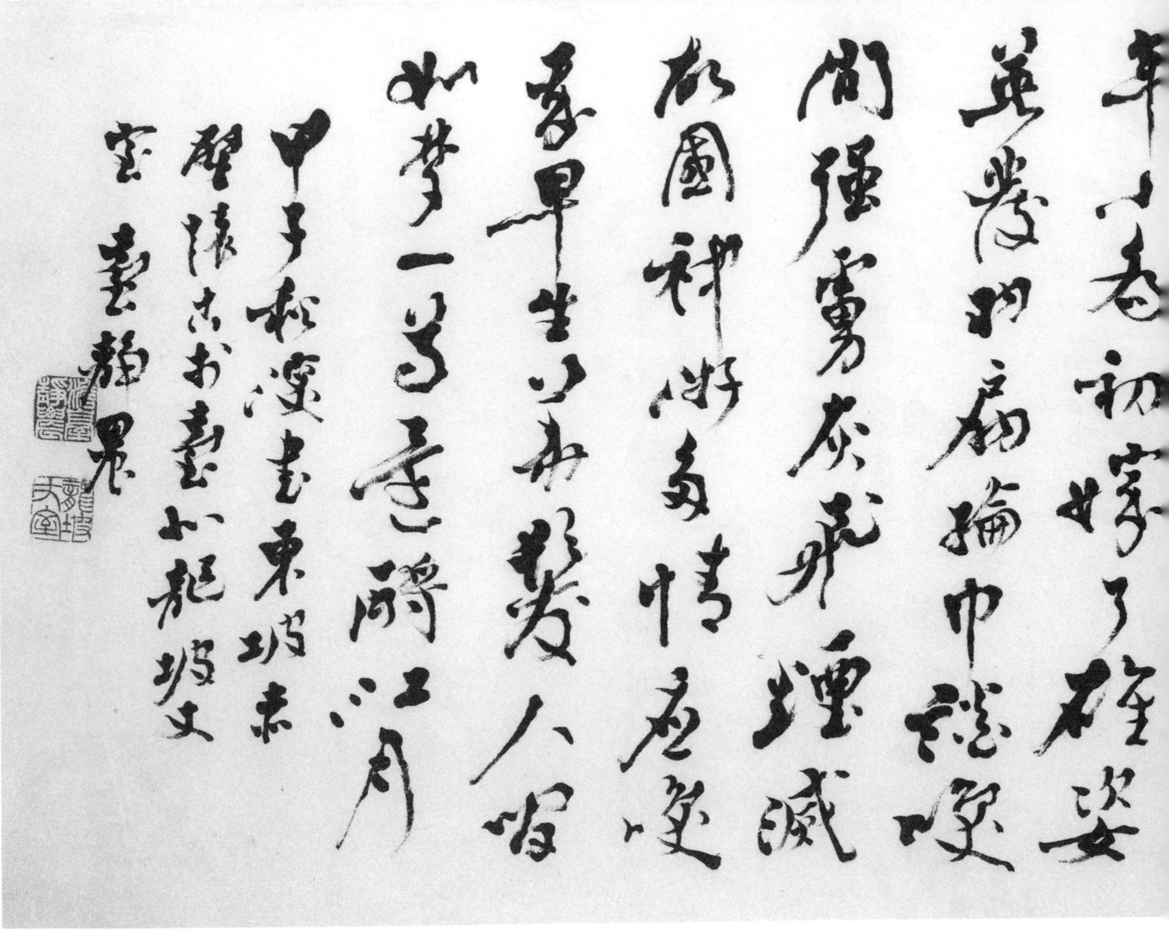
年小喬初嫁了雄姿
英發羽扇綸巾談笑
間强虜灰飛煙滅
故國神游多情應笑
我早生華髮人生
如夢一尊還酹江月
甲子秋深書東坡赤
壁懷古於畫小抱坡文
室 畫靜果

大江東去浪淘盡千
古風流人物故壘西
邊人道是三國周郎赤
壁亂石崩雲驚濤
裂岸捲起

大江東去，浪淘盡，千古風流人物。
故壘西邊，人道是，周郎赤壁。
亂石崩雲，驚濤裂岸，捲起千堆雪。
江山如畫，一時多少豪傑。
遙想公瑾當年，小喬初嫁了，雄姿英發。
羽扇綸巾，談笑間，強虜灰飛煙滅。
故國神游，多情應笑我，早生華髮。
人間如夢，一尊還酹江月。

甲子秋深書東坡赤壁懷古於臺北龍坡丈室　臺靜農

行草 蘇軾〈赤壁懷古〉

1984｜水墨紙本｜59.7×152cm（畫心）｜臺靜農家屬藏

書秋月和霜覓春先後見南枝放草堂

未許春登到橫斜先春梅鐵嶺試作之

南田梅花梅花靜暑十八房甲逸

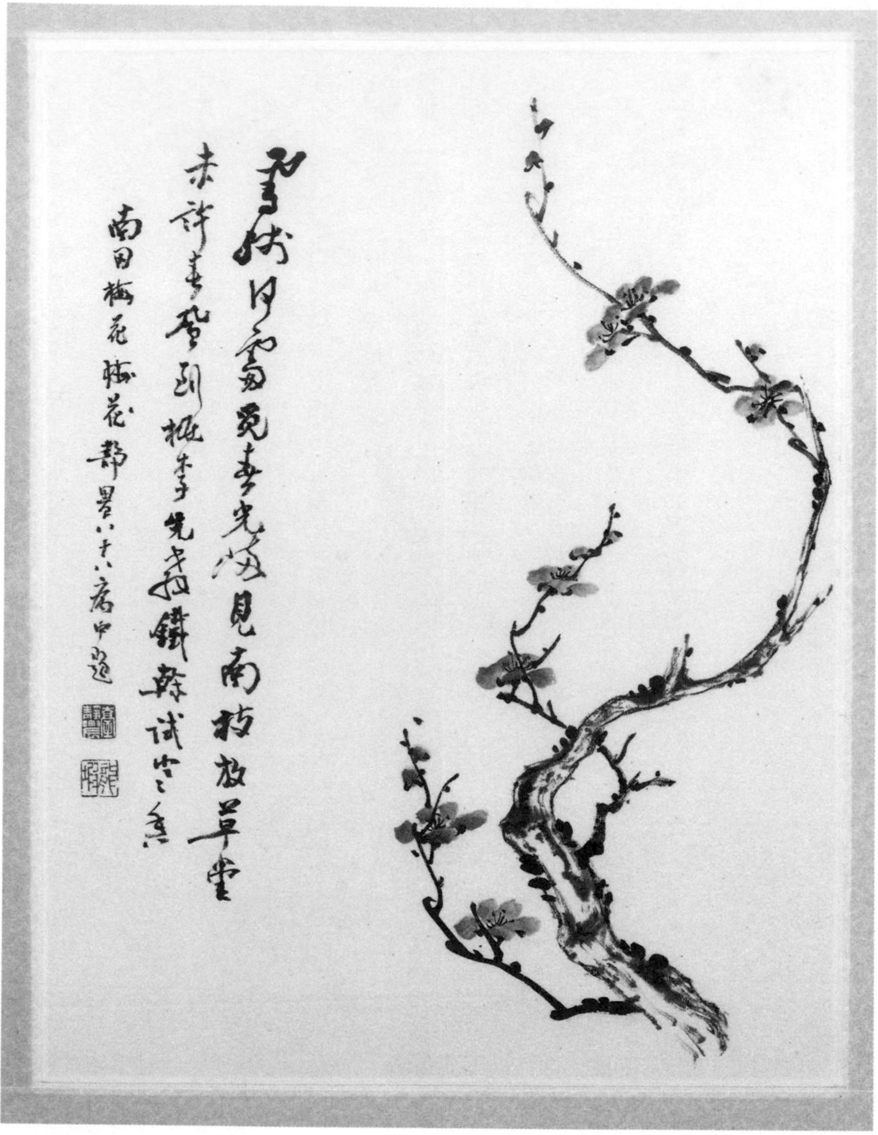

雪殘何處覓春光，漸見南枝放草堂。
未許春風到桃李，先教鐵幹試寒香。
南田梅花靜農八十八病中題

題〈梅花〉

1989｜水墨設色紙本｜43×33cm（畫心）｜臺靜農家屬藏

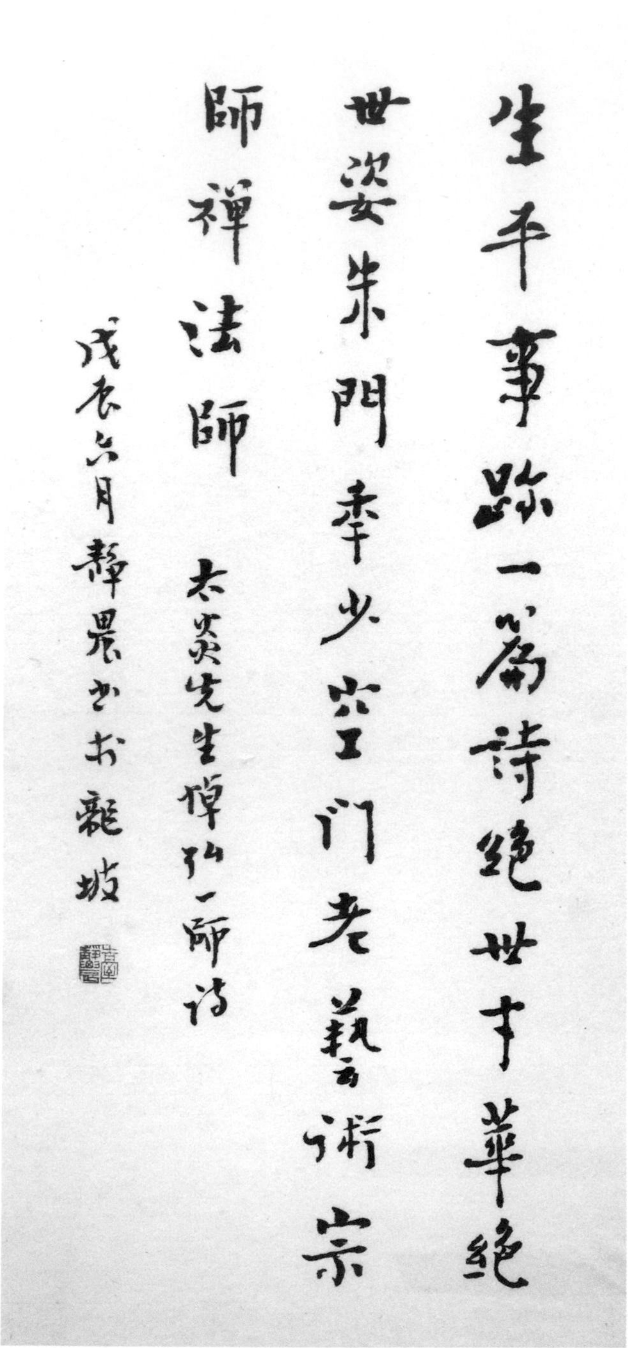
生平事跡一篇詩絕世才華絕
世姿朱門李少空門老藝術宗
師禪法師
太炎先生悼弘一師詩
戊辰六月靜農書於龍坡

生平事蹟一篇詩，絕世才華絕世姿，
朱門年少空門老，藝術宗師禪法師。

太炎先生悼弘一師詩
戊辰六月靜農書於龍坡

●

臺靜農先生書寫的「太炎先生悼弘一師詩」有幾個疑點。

首先，這是謝壽康先生委託臺先生寫的一件書法。謝壽康先生說的「太炎先生」應是國學大師章太炎。

章太炎逝世於一九三六年，弘一大師圓寂於一九四二年，所以不可能寫「悼弘一師詩」。經朋友查證過，寫這首詩的不是章太炎，而是朱大炎。

朱大炎寫這首詩是在一九四一年，弘一尚在世。因此也不是「悼亡」之詩，而是有人畫了弘一大師的像，朱大炎在畫上題的「像贊」。

原詩字句與臺靜農這幅作品中的稍有出入。茲附原詩如下：「絕代才華絕世姿，一生身世一篇詩。朱門年少空門老，藝是宗師禪法師。」

已無法確定內容的改動是謝壽康誤傳，還是臺先生有意修飾。

臺靜農老師曾私下和我談及在大陸寺廟見弘一題匾大字，極具功力。「非常佩服弘一書法」云云。

這首有許多疑點的詩，臺先生寫過很多次。這一幅，字體特別工整，謙遜內斂，在臺先生書法中獨樹一格。

—— 蔣勳

行書〈悼弘一大師〉詩

1988 | 水墨紙本 | 45.3×21.3cm（畫心）| 許悔之藏

蔣勳線上影音導覽

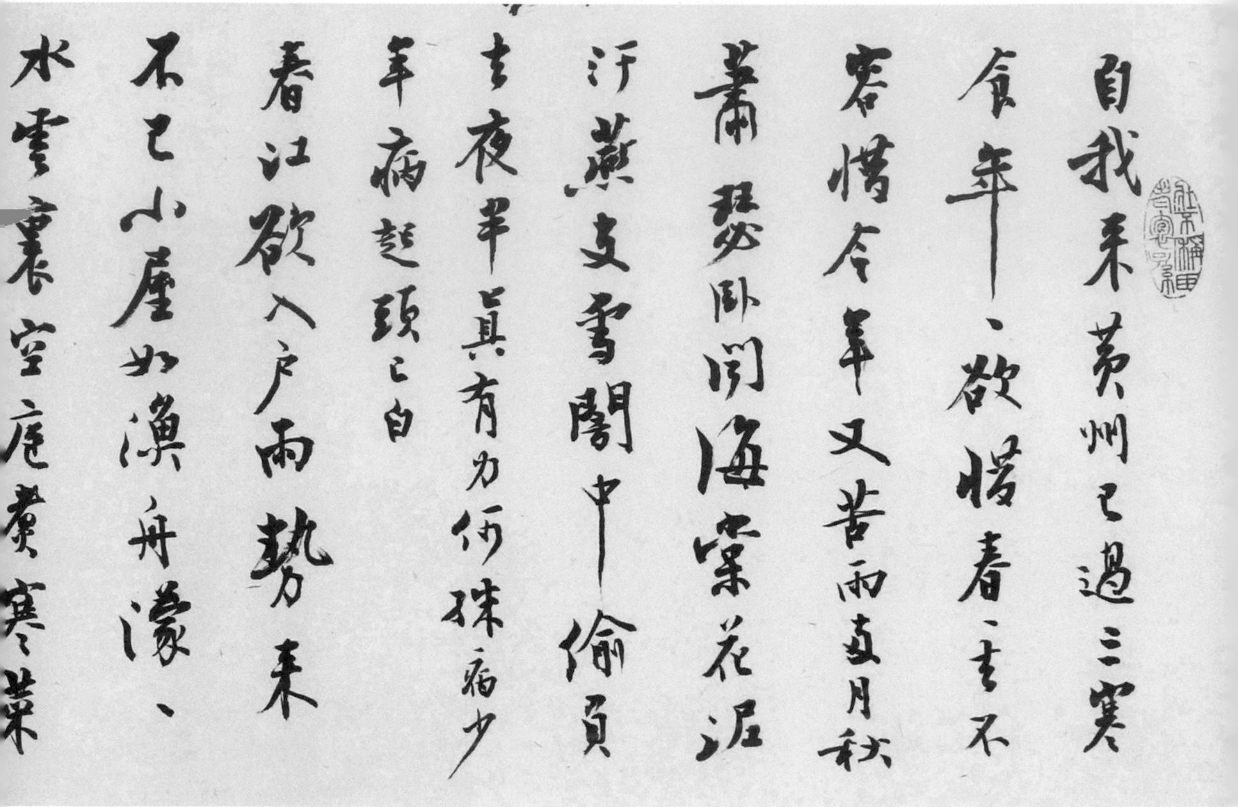

自我來黃州，已過三寒食。
年年欲惜春，春去不容惜。
今年又苦雨，兩月秋蕭瑟。
臥聞海棠花，泥汙燕支雪。
闇中偷負去，夜半真有力。
何殊病少年，病起頭已白。

春江欲入戶，雨勢來不已。
小屋如漁舟，濛濛水雲裏。
空庖煮寒菜，破竈燒濕葦。
那知是寒食，但見烏銜帋。
君門深九重，墳墓在萬里。
也擬哭塗窮，死灰吹不起。

右黃州寒食二首

喜髯公寒食帖由私家歸故宮博物院此國寶不再流入異域臨此不敢求其似也

丁卯閏六月靜者於龍坡文室

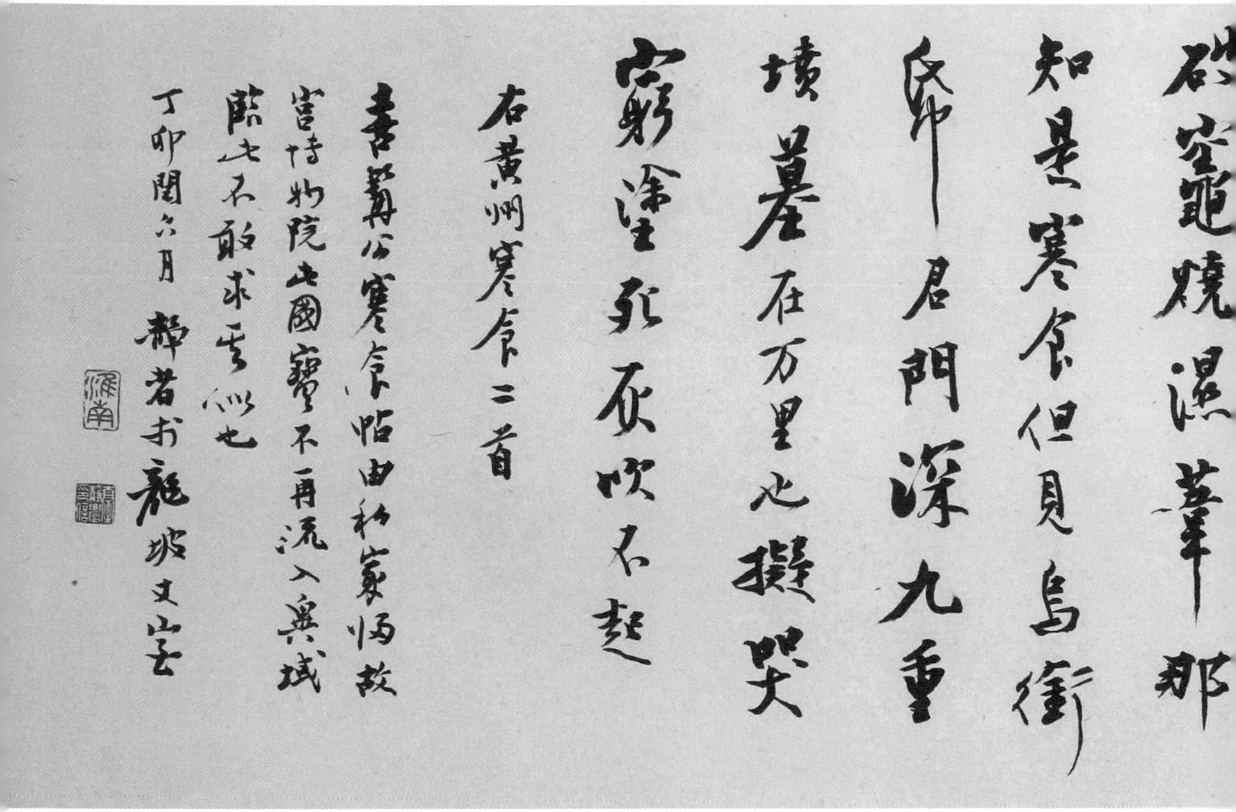

臨蘇軾〈寒食帖〉

1987 | 水墨紙本 | 34.8×109.5cm（畫心）| 許悔之藏

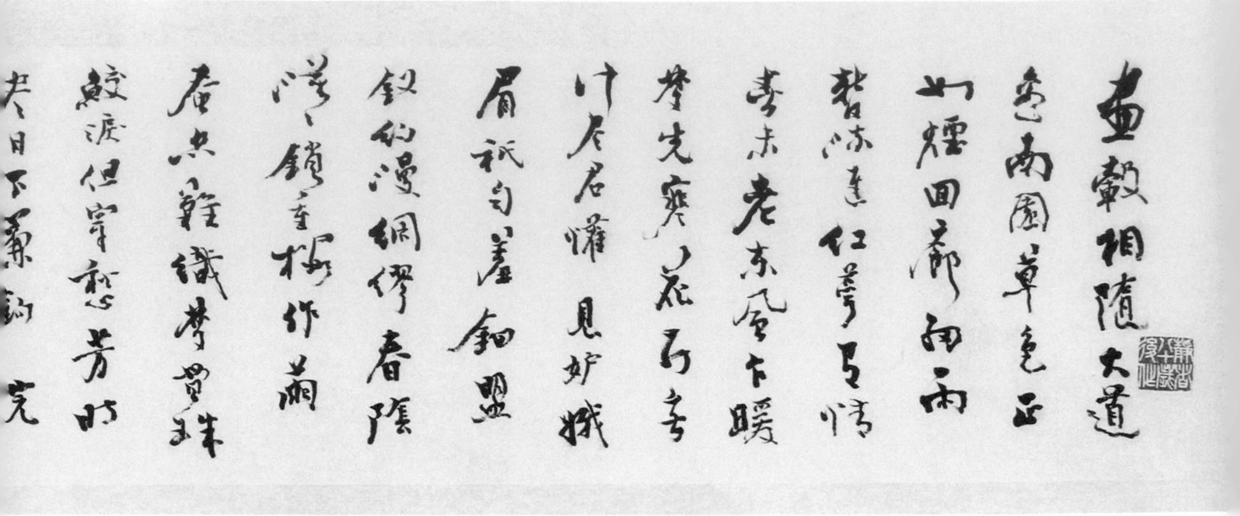

畫轂相隨大道邊，
南園草色正如煙。
回廊細雨暫流連，
紅蕚有情春未老。
東風乍暖夢先寒，
花前無計盡君懽。
見妒娥眉祇自羞，
鈿盟釵約漫綢繆。
春陰漠漠鎖重樓，
作繭蠶絲難織夢。
貫珠鮫淚但穿愁，
芳時盡日下簾鈎。
浣盡羅襟舊淚痕，
垂楊巷陌掩重門。
春風入幕故尋人，
似水柔情冰澌泮。
如醒新夢酒初醺，

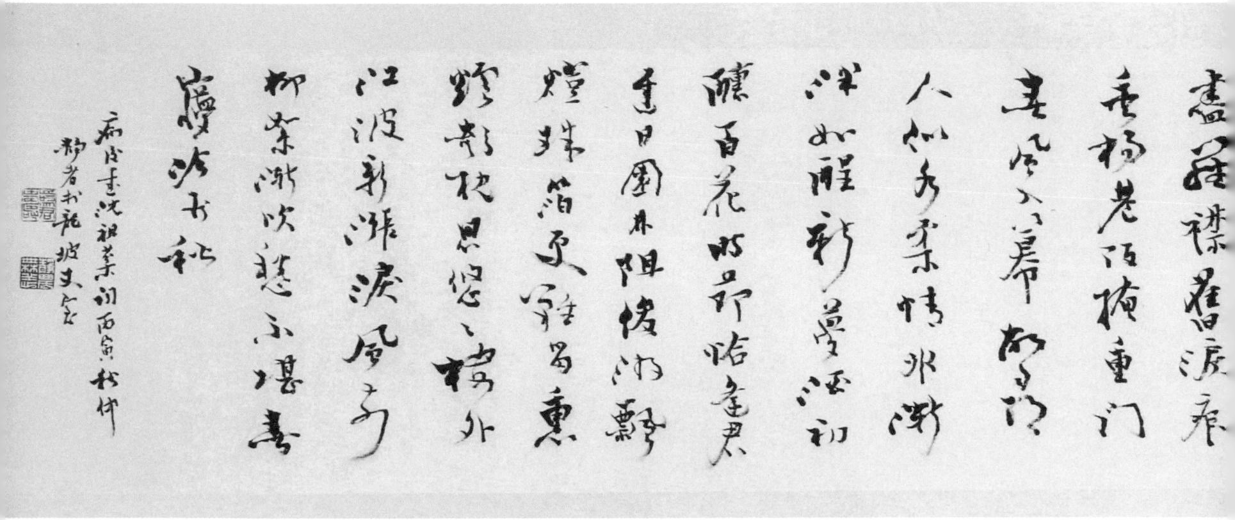

百花時節恰逢君。
遲日園林阻俊游，
飄燈珠箔更難留。
熏爐欹枕思悠悠，
樓外江波新漲淚。
風前柳絮漸吹愁，
不堪春夢冷於秋。

病後書沈祖棻詞丙寅秋仲
靜者於龍坡丈室

行草 沈祖棻詞〈浣溪沙〉

1986 | 水墨紙本 | 45×166cm（畫心）| 許悔之藏

鄰笛見戈矛邊溝塍青山碧血秋如羊田須文字
方成微伝頭顱不惜錢慈偶辭溢球籌難
漢牧帝覓桃源吉端罟命供刀俎真揚瀾
騰前凱旋歷歷新鋒照刼庚東璚臺認舊
樓臺霸憺萬姓成孤注悵雷千秋賦七氣朝
市結船來橫江鐵鎖為難開百年勝約悲辛
有絆壽書山骨可埋海目丘壑百戰場雲又
蔓潮丁特窺江寫年遙協其亡國此目勸羞競
受降盟反黍血言黃孔坤一攤孤夹狂中原
近廉黃雄事成敗倚心輪窛王
閩嶠頻年不解兵西川桂自喜奴京霸固
耀來當強弱民命村由問死生勒勢鬼吉參
悵红陳如曠渡此吞寥屋池院龕都多
蓋嘗窩陳山關慶典

右廣門黃墨者女士鶴琦天才首鉛作於廿七年後
墨者馬瘦大壯先生問弟子辭為易安居士補一人

鄰者錄之臺州龍坡里

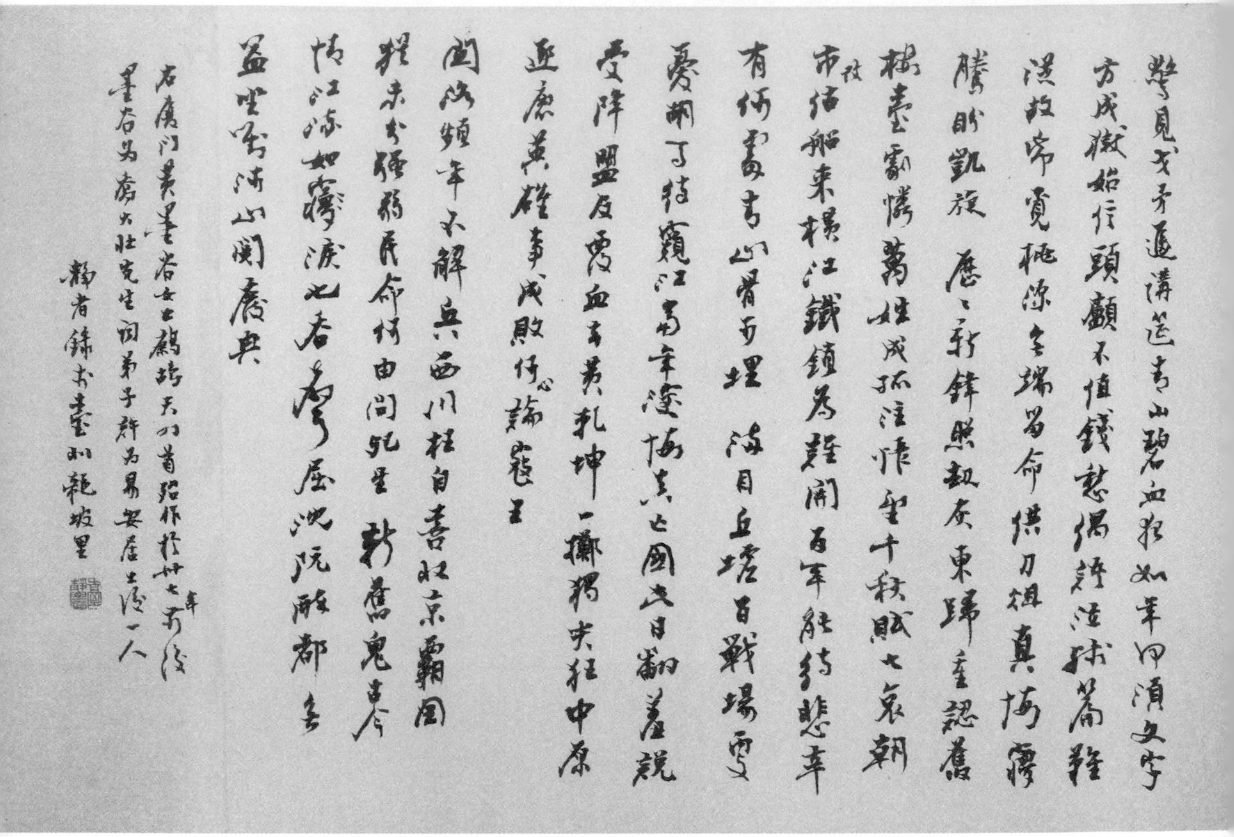

驚見戈矛逼講筵，青山碧血夜如年。何須文字方成獄，始信頭顱不值錢。
愁偶語，泣殘編，難從故帋覓桃源。無端留命供刀俎，真悔夢騰盼凱旋。

歷歷新鋒照劫灰，東歸重認舊樓臺。劇憐萬姓成孤注，悵望千秋賦七哀。
朝市改，估船來，橫江鐵鎖為誰開。百年能待悲辛有，何處青山骨可埋。

滿目丘墟百戰場，更憂胡馬待窺江。當年深悔真亡國，此日翻羞說受降。
盟反覆，血玄黃，乾坤一擲獨夫狂。中原逐鹿英雄事，成敗何心論寇王。

關洛頻年不解兵，西川枉自喜收京。霸圖猶未分強弱，民命何由問死生。
新舊鬼，古今情，江流如淚也吞聲。屈沈既醉都無益，坐對河山閱廢興。

右廈門黃墨谷女士鷓鴣天四首　殆作於卅七年前後
墨谷為喬大壯先生詞弟子　許為易安居士後一人
靜農錄於臺北龍坡里

行草 黃墨谷詞〈鷓鴣天〉

水墨紙本｜34×57.3cm（畫心）｜許悔之藏｜注：此詞作者應為沈祖棻（1909-1977）

〈臺靜農三絕冊〉

水墨紙本｜31×903cm｜國立臺灣大學圖書館藏品

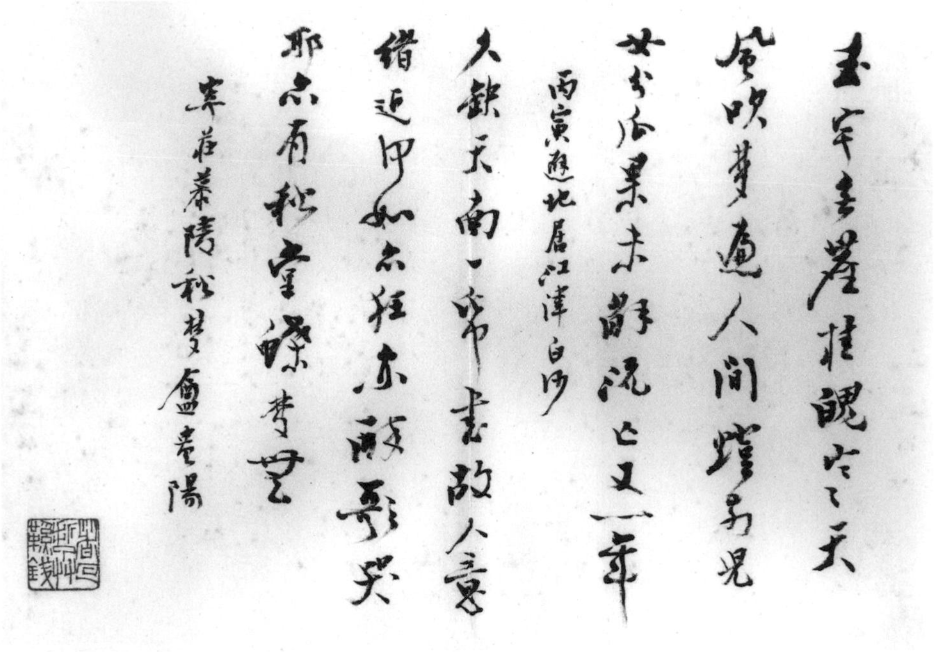

玉宇無塵桂魄寒，
天風吹夢遍人間。
燈前兒女分瓜果，
未解流亡又一年。

丙寅避地居江津白沙

久缺天南一帋書，
故人意緒近何如。
亦狂亦醉歌哭耶，
亦有秋堂蝶夢無。

寄莊慕陵秋夢龕貴陽
者回折了艸鞖錢（印）

〈臺靜農三絕冊〉

水墨紙本｜31×903cm｜局部，國立臺灣大學圖書館藏品

久不為此，
殊不成樣子。
靜農　臺靜農（印）

〈臺靜農三絕冊〉

水墨紙本 | 31×903cm | 局部，國立臺灣大學圖書館藏品

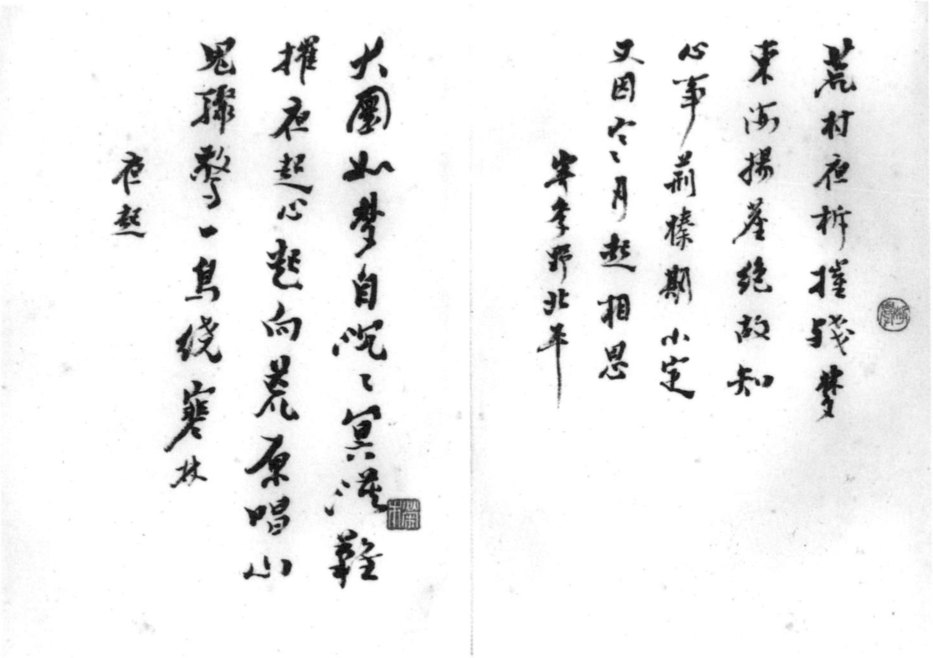

靜農（印）

荒村夜柝摧殘夢，
東海揚塵絕故知。
心事荊榛期小定，
又因寒月起相思。

寄季（霽）野北平

榮木（印）

大圜如夢自沉沉，
冥漠難摧夜起心。
起向荒原唱山鬼，
驟驚一鳥繞寒林。

夜起

〈臺靜農三絕冊〉

1975｜水墨紙本｜31×903cm｜局部，國立臺灣大學圖書館藏品

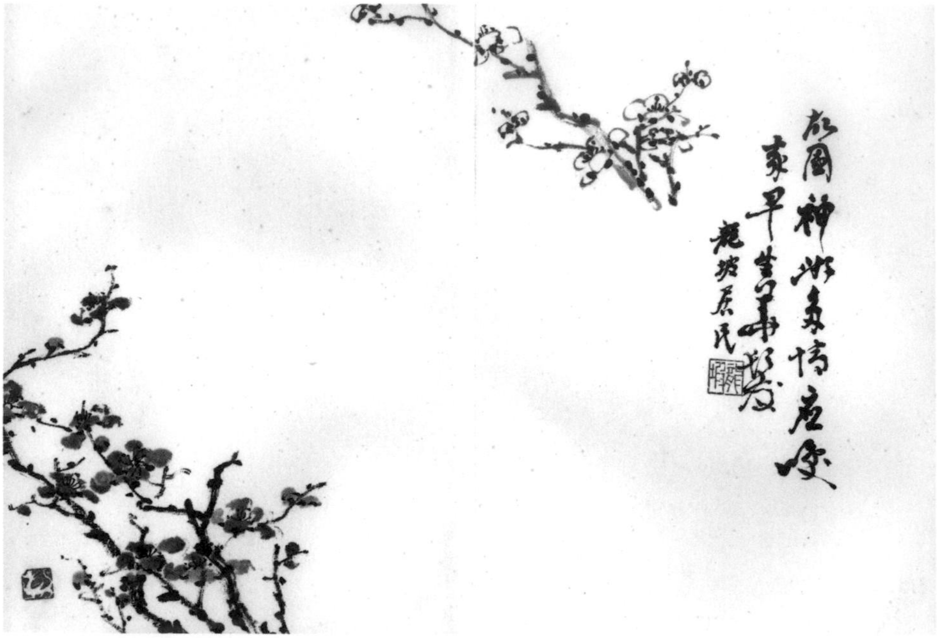

故國神遊，
多情應笑我，
早生華髮。
龍坡居民　龍坡（印）

〈臺靜農三絕冊〉

水墨紙本｜31×903cm｜局部，國立臺灣大學圖書館藏品

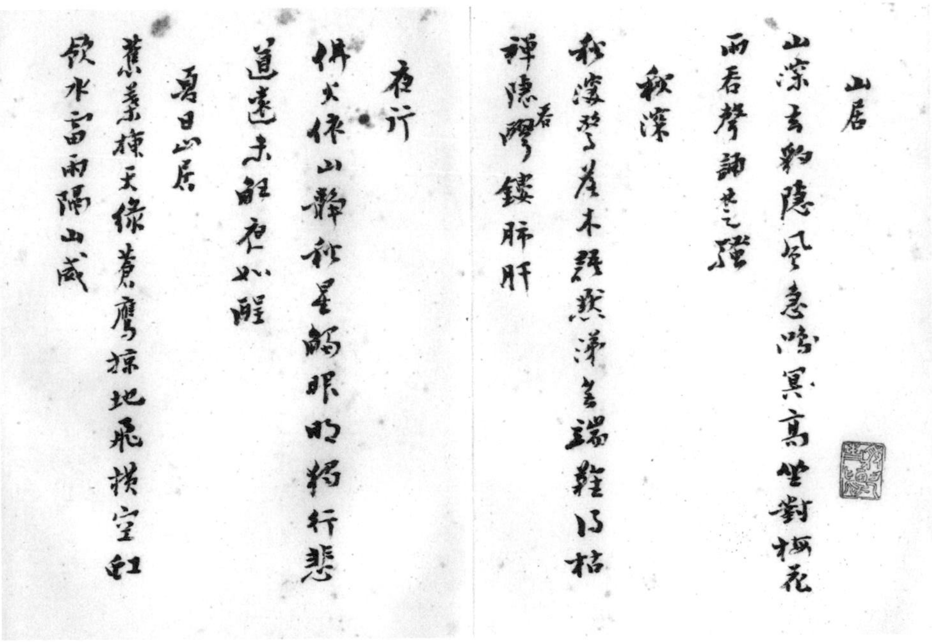

龍坡居民　龍坡（印）

山居

山深玄豹隱，風急鴻冥高。
坐對梅花雨，吞聲誦楚騷。

秋深

秋深驚落木，語默涕無端。
難得枯禪隱，吞醪鏤肺肝。

夜行

佛火依山靜，秋星觸眼明。
獨行悲道遠，未解夜如醒。

夏日山居

蕉葉插天綠，蒼鷹掠地飛。
橫空虹飲水，雷雨隔山威。

〈臺靜農三絕冊〉

水墨紙本｜31×903cm｜局部，國立臺灣大學圖書館藏品

醉夢（印）

依樣依樣，只是不像。

靜者　靜者（印）

〈臺靜農三絕冊〉

水墨紙本｜31×903cm｜局部，國立臺灣大學圖書館藏品

秋蘭以為佩
歐腳盦行者　歐腳盦（印）
為君長年（印）

〈臺靜農三絕冊〉

水墨紙本｜31×903cm｜局部，國立臺灣大學圖書館藏品

癸丑仲秋蓮生兄寄示近作迷金偈雜誌而
予偶不倦亦戲湊十六句時方退休名曰歌腳偈

行者歌腳法課打碎不禪不戒得大自在仁者素東意何悲既全迷夢醒良時難再山河大地幾番更代伊誰慧黠來主望殘胡盧沒藥擔盡莫菜瓶酒鈴閑何妨醉態日日暮掩扉任他狗吠

念家山

無邊雲鴻思舊侶且隨緣聚度生涯
丹心白髮著條甚板屋樓甚未是家

少年行

孤舟夜泊長淮岸怒雨奔濤亦壯懷
此是少年初羈旅白頭猶自走天涯

癸丑仲秋　蓮生兄寄示近作迷金偈　辭詭而多諷
不佞亦戲湊十八句　時方退休　名曰歇腳偈

行者歇腳，法螺打碎。不禪不戒，得大自在。
仁者書來，意何悲嘅。金迷夢醒，良時難再。
山河大地，幾番更代。伊誰慧黠，來去無礙。
胡盧沒藥，擔糞賣菜。瓶酒缽肉，何妨醉態。
日暮掩扉，任他狗吠。

歇腳盦（印）

念家山
每過雲鴻思舊侶，且隨蟻聚度生涯。
丹心白髮蕭條甚，板屋楹書未是家。

少年行
孤舟夜泊長淮岸，怒雨奔濤亦壯懷。
此是少年初羈旅，白頭猶自在天涯。

少年子弟江湖老（印）

〈臺靜農三絕冊〉

水墨紙本｜31×903cm｜局部，國立臺灣大學圖書館藏品

靜者 靜者（印）

龍坡（印）

〈臺靜農三絕冊〉

水墨紙本｜31×903cm｜局部，國立臺灣大學圖書館藏品

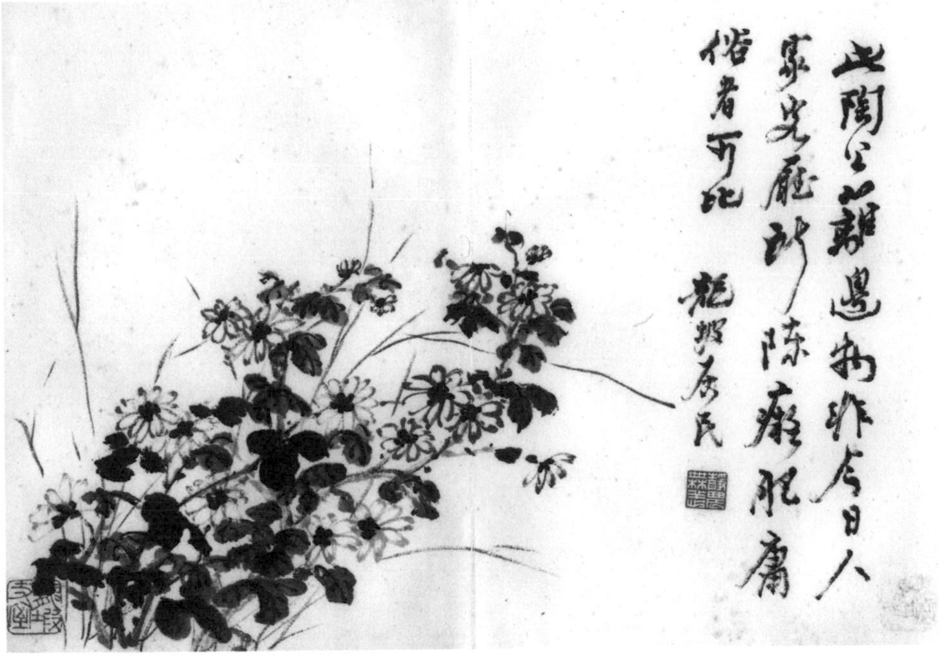

此陶公籬邊物，非今日人家客廳所陳癡肥庸俗者可比。

龍坡居民　靜農無恙（印）

龍坡丈室（印）

〈臺靜農三絕冊〉

水墨紙本｜31×903cm｜局部，國立臺灣大學圖書館藏品

歲在甲子命值磨蝎宮施淑女持素帛冊子
來云寫書詩稿因信筆為之遣懷遣於一時
余之詩書皆是外道萬不可示人留作紀念
可耳詩多居蜀時所作
靜者識於臺北龍坡丈室

歲在甲子命值磨蝎宮，施淑弟持素帋冊子來，云可書詩稿，因信筆為之，遣憤懣於一時。余之詩畫皆是外道，萬不可示人，留作紀念可耳，詩多居蜀時所作。

靜者識於臺北龍坡丈室

臺靜農（印）

山河大地更是幾番（印）

〈臺靜農三絕冊〉

水墨紙本 | 31×903cm | 局部，國立臺灣大學圖書館藏品

題墨筆牡丹

默黛墨如塵洋苑春休言傾國与傾城恐
看異種稱王日亦算沉香亭畔人

無題

又是早春寒料峭小桃風片雨如思
儘知此際情蕭索燈火搖搖欲曉時

題畫

怕上高樓望月明偶來桐院覓秋音
去問消息沉如夢誰識深閨萬里心

金陵病院中寄友

高樓濁酒明燈夜紅袖殷勤已醉時
今日竟成隔世感飢公消息最堪思

金陵病中述感

萬木飄零感逝波西風一夜渡黃河難平
孤憤惟餘淚休向人前喚奈何
血冷孤懷意猶嗔怕聞桀犬吠唁唁魯連
明辨成何濟舉目旁人不帝秦

少年子弟江湖老（印）

題墨筆牡丹

粉黛如塵漢苑春，休言傾國與傾城。
忍看異種稱王日，寂寞沉香亭畔人。

無題

又是早春寒料峭，小桃風片雨如絲。
儻知此際情蕭索，燈火搖搖欲淚時。

題畫

怕上高樓望月明，偶來桐院覓秋音。
玉關消息沉如夢，誰識深閨萬里心。

金陵病院中寄友

高樓濁酒明燈夜，紅袖殷勤已醉時。
今日竟成隔世感，虬公消息最堪思。

金陵病中書感

萬木飄零感逝波，西風一夜渡黃河。
難平孤憤惟餘淚，休向人前喚奈何。
血冷孤懷意猶嗔，怕聞桀犬吠唁唁。
魯連明辨成何濟，舉目無人不帝秦。

臺靜農先生手書詩稿〈白沙草〉卷

1975 | 水墨紙本 | 20×383cm | 國立臺灣大學圖書館藏品

白沙艸

畫梅

皁帽西來鬢有絲天山崩地坼此何時為
憐冰雪盈懷抱來寫荒山絕世姿

滬草 廿七首

一擊乎真抵敵萬夫翻憐此句竟全輸世年
倘使荊高侍不使淵明笑劍疏

誰使

誰使神州錯一籌山河兩戒民〻蒙羞要撰

玉碎爭全局淝水功收屐上渡

丙寅中秋

玉宇無塵桂魄寒天風吹夢遍人間燈前
兒女分瓜果未解流亡又一年

寄秋夢盦貴陽

久缺天南一紙書故人意緒近何如亦狂亦
酣歌哭耶更有秋堂蝶夢無

寄汪叟齋

苦憶山東亂髯公久無尺札到荒居料應
汪叟齋中坐白雪紅粧好著書
泥途

白沙草

壯不稱臣老衰（抱）孫（印）

畫梅

皁帽西來鬢有絲，天崩地坼此何時。

為憐冰雪盈懷抱，來寫荒山絕世姿。

滬事廿七年

一擊真堪敵萬夫，翻憐此局竟全輸。

他年倘續荊高傳，不使淵明笑劍疏。

誰使

誰使神州錯一籌，山河兩戒盡蒙羞。

要拚玉碎爭全局，淝水功收屬上游。

丙寅中秋
玉宇無塵桂魄寒，天風吹夢遍人間。
燈前兒女分瓜果，未解流亡又一年。

寄秋夢龕貴陽
久缺天南一紙書，故人意緒近何如？
亦狂亦醉歌哭邪，更有秋堂蝶夢無？

寄注史齋
苦憶山東虬髯公，久無尺札到荒居。
料應注史齋中坐，白雪紅妝好著書。

臺靜農先生手書詩稿〈白沙草〉卷

1975 | 水墨紙本 | 20×383cm | 國立臺灣大學圖書館藏品

行脚

感ゝ（蹀躞）多悰（陵陸）任所之長如行脚避塵煩顛墳
狐穴黃ゝ花老麋鹿鳥棲流馬尊山漈江
空愁帝子當年草綠送王孫前村日
落騰簫蘭數誰還巫陽下九閽

和青峯韻

擁絮顛然一張閑闘誰知吾道屬辛艱
雲中鳳嘯高人隱轅下駒嘶壯士顏未必
鬱林戊長往且隨永ゝ夜待春還盡虞
卿自有書千卷把筆沉（聲）杯子納刪

無題

望斷芳洲杜若殘甚ゝ銀燭感多端煉花

居然萬和調子夜哭沉沉漏已深夢裏淒涼

鸞照影月中消息誤鳴鸞分明恩甚成輕

絕惆悵何因寄佩蘭

感事

玉靨雲鬟絕世姿凝眸飛笑最嬌癡偶拈

紅豆佯羞意戲喚鸚哥醉時要負

今宵天豈許欲尋往事夢難期依依謝

傅池邊柳來歲春風屬阿誰

孤憤

孤憤如山霜鬢侵青燈濁酒但沉沉長門

賦賣文章、賤呂相書懸天下齊萬里烽煙

縈客夢一廬風雨誑初心推尊將欲依

幽鬼雲亂猨愁善木森

行腳

蹀躞陵陲（慼慼無悰）任所之，長如行腳避塵煩。
頹墳狐穴黃花老，廢殿烏棲泥馬尊。
此際江空愁帝子，當年草綠送王孫。
前村日落騰簫鼓，誰遣巫陽下九閽。

和青峯韵

擁絮頹然強閉關，誰知吾道屬辛艱。
雲中鳳嘯高人隱，轅下駒慚壯士顏。
未必豐林成長往，且隨永夜待春還。
虞卿自有書千卷，把筆擎杯子細刪。

無題

望斷芳洲杜若殘，茫茫銀燭感無端。
楝花風細尊初滿，子夜歌沉淚已闌。
夢裏凌波驚照影，月中消息誤鳴鸞。
分明恩甚成輕絕，惆悵何因寄佩蘭。

感事

玉靨雲鬟絕世姿，凝眸飛笑最嬌癡。
偶拈紅豆佯羞意，戲喚鸚哥薄醉時。
要負今宵天豈許，欲尋往事夢難期。
依依謝傅池邊柳，來歲春風屬阿誰。

孤憤

孤憤如山霜鬢侵，青燈濁酒夜沉沉。
長門賦賣文章賤，呂相書懸天下瘖。
萬里烽煙縈客夢，一廬風雨証初心。
推尊將欲依山鬼，雲亂猨愁落木森。

臺靜農先生手書詩稿〈白沙草〉卷

1975｜水墨紙本｜20×383cm｜國立臺灣大學圖書館藏品

余未嘗學詩中年偶以
五七言寫吾胸中煩冤
不推敲格律更不示人
今鈔付
文月女弟存之亦無量劫中
一泡影爾
一千九百七十五年六月九日
風雨聲中晨起書於龍坡
里之歇腳盦

余未嘗學詩，中年偶以
五七言寫吾胷（胸）中煩寃，
不推敲格律，更不示人。
今鈔付
文月女弟存之，亦無量刼中
一泡影爾。
一千九百七十五年六月九日，
坐雨，靜農於臺北龍坡
里之歇腳盦。
澹臺靜農（印） 身處艱難氣若虹（印）

臺靜農先生手書詩稿〈白沙草〉卷

1975 | 水墨紙本 | 20×383cm | 國立臺灣大學圖書館藏品

二

臺靜農先生書信珍藏

林文月〈臺靜農先生素描〉

1983 | 素描紙本（影本）| 26×19cm | 國立臺灣大學圖書館藏品

靜農先生大鑒：

久未晤教，比維起居安善為頌。

茲有懇者：王君詩農，畢業復旦大學，歷在各中學執教，已滿十年，學有專長，文筆亦健，報上常見「林辰」小文發表，即其筆名，現在北碚勉仁中學，因待遇微薄，難持生計，特為紹介，如 貴院或其他大學有「基本國文」「中國文學史」之類，當能勝任愉快，敬乞

考試院考選委員會用箋

鼎力提攜或設法紹介，不勝同感，此頌

曼福

附王君簡歷一紙

弟許壽裳敬啟　一月十一日

靜農先生大鑒
久未晤　教　惟　起居安善為頌
茲有懇者　王君詩農　畢業復旦大學　歷
在各中學執教　已滿十年　學有專長　文筆
亦健　報上常見「林辰」小文發表　即其筆名
現在北碚勉仁中學　因待遇微薄　難持生計
特為紹介　如　貴院或其他大學有「基本國
文」「中國文學史」之類　當能勝任愉快　敬乞
鼎力提攜　或設法紹介　不勝同感　此承
曼福
坿（附）王君簡歷一帋（紙）
弟　許壽裳　敬啟　一月十一日

許壽裳致臺靜農信函 I

紙上水墨｜26.3×18.7cm×2｜國立臺灣大學圖書館藏品

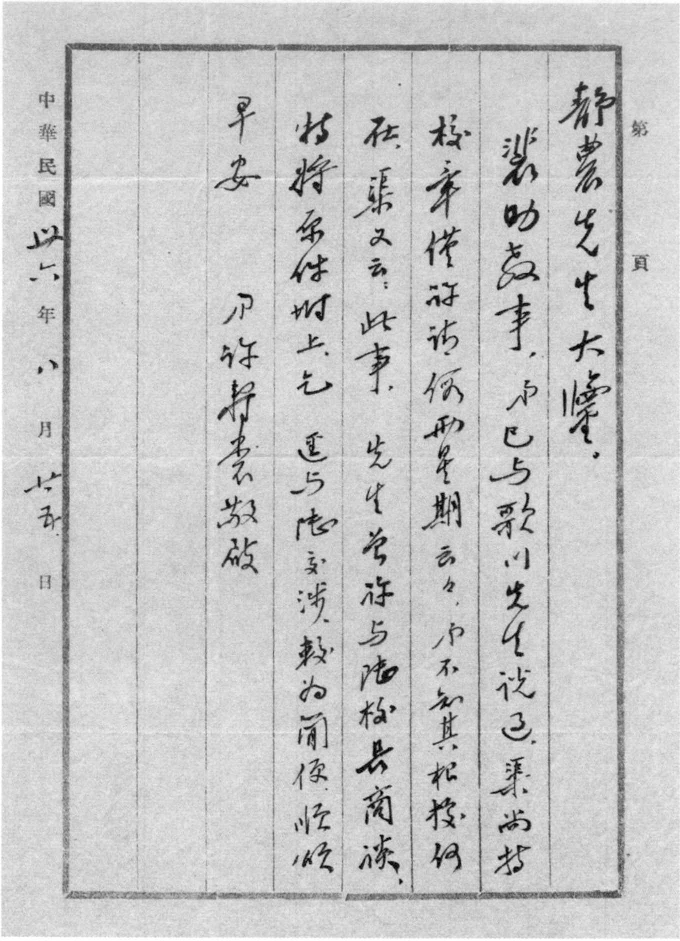
第　頁

靜農先生大鑒：

裴助教事，弟已與歌川先生說過，渠尚替校方准許請假兩星期云云，弟不知其根據何在，渠又云：此事 先生曾許與陸校長商談，特將原件附上，乞 速與陸氏交涉，較為簡便，順頌

早安

弟許壽裳敬啟

中華民國卅六年八月廿五日

靜農先生大鑒
裴助教事　弟已與歌川先生說過　渠尚持
校章　僅許請假兩星期云云　弟不知其根據何
在　渠又云　此事　先生曾許與陸校長商談
特將原件坿上　乞　逕與陸交涉　較為簡便　順頌
早安
弟許壽裳敬啟

許壽裳致臺靜農信函 II

1947 | 紙上水墨 | 27.5×19.4cm | 國立臺灣大學圖書館藏品

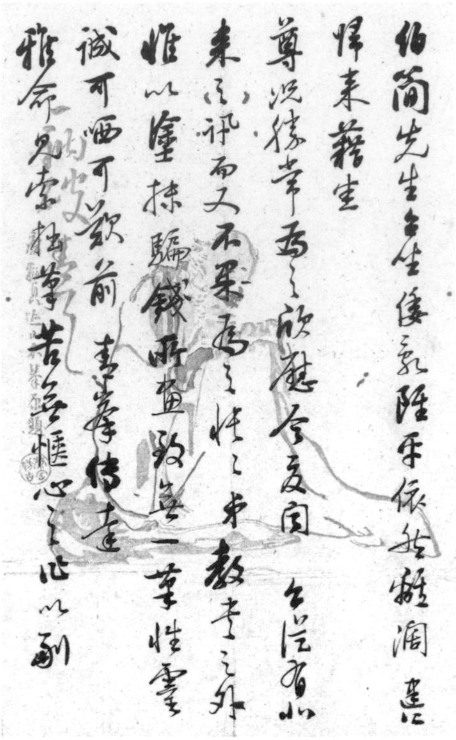

伯簡先生台坐 後氣陰雨依然難測 進悉
歸來藉生
尊況綏常為之欣慰 今夏因 台從有小
來之訊而又不果 為之悵之 來教 李之外
唯以塗抹騙錢 所蓄致無一草性靈
識可西可歎 前 書等 待達
雅命兄索拙筆 若無愜心之作以副

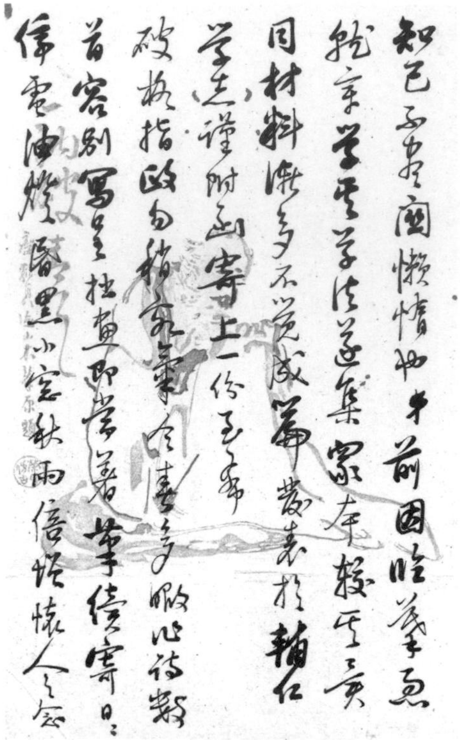

知己不異因懶惰也 年前因陰蓄筆意
鈍弟學書學法並集家本殺還矣
同材料漸多不覺成篇 散裝於輔仁
筆述謹附函 寄上一份 至希
破格指政 為種氣筆 令奉多暇此詩數
首 容別寫呈 拙畫即當畫筆續寄 日日
停電 油燈昏黑 小窗秋雨 倍增懷人之念

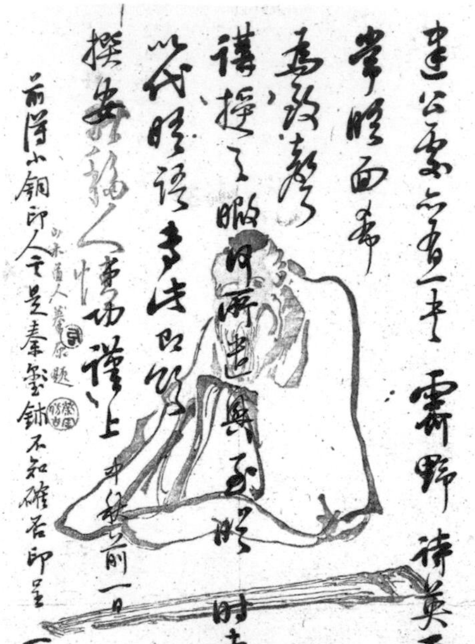

達公處亦當一書 靈野 徐英兩公想
常晤面耶
為致意
講授之暇 何所出與 所 時惠寶稿
以代晤語 專此即頌
撰安
懷切 謹上 中秋前一日
前得小銅印一 云是秦璽鈢 不知確否 印呈一葉

伯簡先生台坐　倭亂雖平依然離濶　建公
歸來藉悉
尊況勝常　為之欣慰　今夏聞　公從有北
來之訊而又不果　為之悵悵　弟教書之外
惟以塗抹騙錢　所畫致無一筆性靈
誠可哂可歎　前　青峯傳達
雅命　見索拙筆　苦無愜心之作以酬
知己不盡關　懶惰也　弟前因臨摹急
就章　學其草法　遂集衆本　較其異
同　材料漸多　不覺成篇　發表於輔仁
學志　謹附函寄上一份　至希
破格指政　勿稍客氣　今春多暇　作詩數
首　容別寫呈　拙畫即當著筆續寄　日日
停電　油燈昬（昏）黑　小窓（窗）秋雨　倍增
懷人之念

建公處亦有一書　霽野　詩英兩公想
常晤面　希
為致聲
講授之暇何所遣興　至盼　時惠寶翰
以代晤語　專此　即頌
撰安
弟　功　謹上　中秋前一日
前得小銅印　人言是秦璽（點去）鈢　不知確
否　印呈　一粲

啟功致臺靜農信函

1947 | 紙上水墨 | 27×16.5cm×3 | 國立臺灣大學圖書館藏品

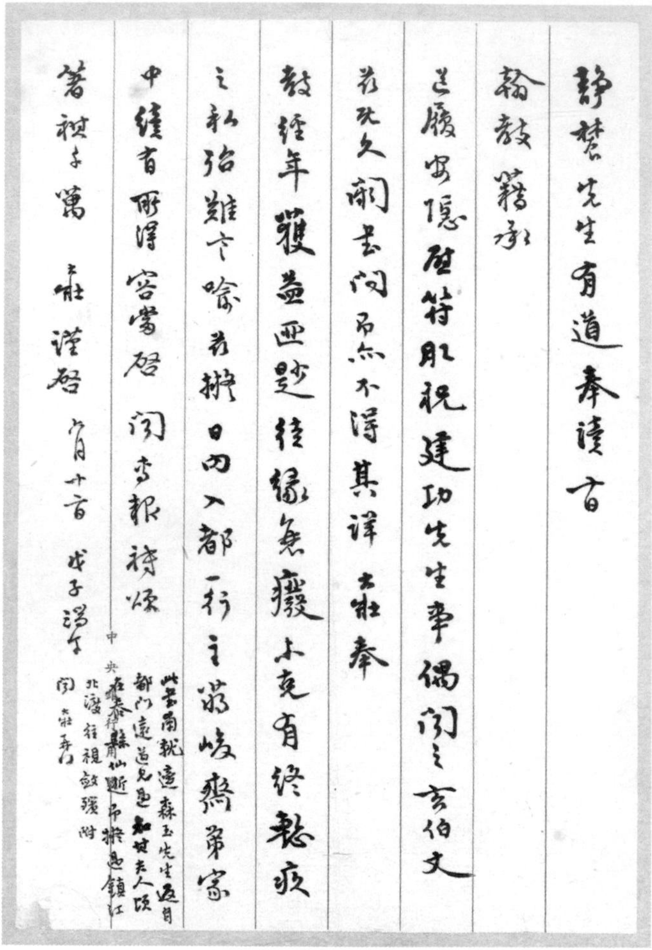

靜菴先生有道奉讀
翰教藉承
道履安隱慰符所祝建功先生事偶聞之玄伯丈
叔平久別去問而亦不得其詳 莊奉
教經年獲益匪淺往緣急發不克有終歉疚
之私殆難言喻前擬日內入都一行之將峻齋弟家
中續有所得容當趨聞再報特候
著祺千萬 莊謹啟 六月廿二日 戊子淮安
中央
此書為耕遠森玉先生返自都門遠道見惠知其夫人頃在春申仙逝弔撫過鎮江北渡往視斂殯附聞 莊再行

靜薐（農）先生有道　奉讀十日
翰教　藉承
送履安　隱慰　符肊　祝建功先生事　偶聞之玄伯文
茲既久闕書問　而亦不得其詳　大壯　奉
教經年獲益匪尠　徒緣衰廢　未克有終　慙（慚）疚
之私　殆難言喻　茲擬日內入都一行　主蔣峻齋　弟家
中續有所得　容當　啓　聞專報　禱頌
著祺千萬　大壯　謹啓　六月十二日　戊子端午
此書甫就適森玉先生返自
都門遠道見過　知其夫人頃
在泰縣仙逝　即擬過鎮江
北渡往視殮殯　附
聞　大壯　再拜

喬大壯致臺靜農信 I

1948 | 紙上水墨 | 28.6×19.3cm | 國立臺灣大學圖書館藏品

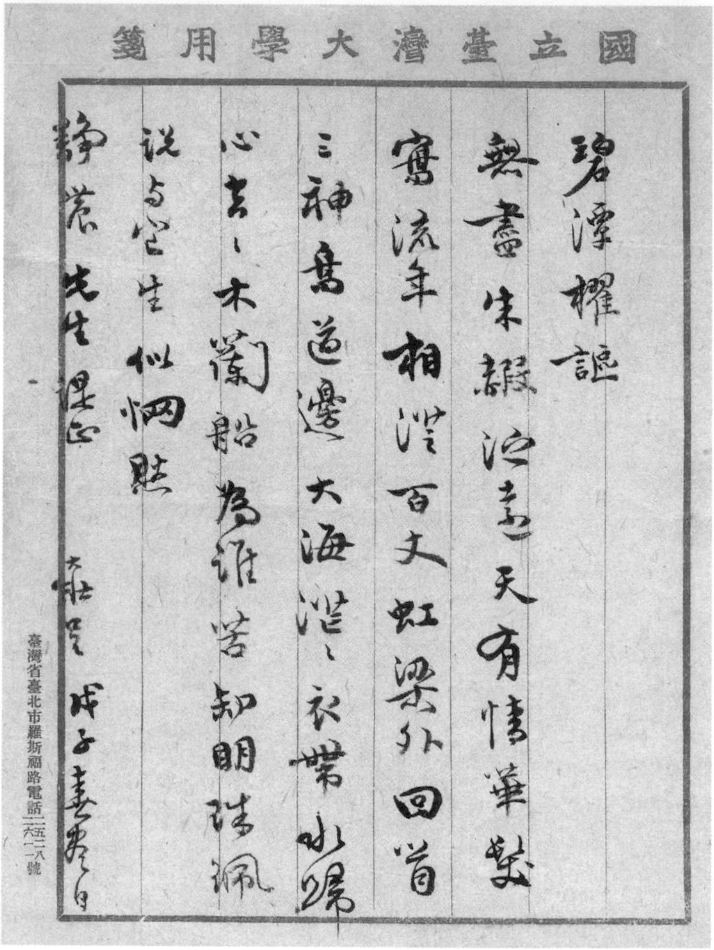
國立臺灣大學用箋

碧潭櫂謳

無盡朱殷泣素天 有情華髮寫流年 相望百丈虹梁外 回首三神島道邊 大海茫茫衣帶水 歸心片片木蘭船 為誰苦卻明珠佩 說與宓生似惘然

靜農先生 郢正

大壯[illegible] 戊子春[illegible]白

臺灣省臺北市羅斯福路電話二五二八 六一一號

碧潭櫂謳
無盡朱椵（霞）泛遠天　有情華髮
寫流年　相澄百丈虹梁外　回首
三神鳥道邊　大海茫茫衣帶水　歸
心去去木蘭船　為誰苦卸（卸）明珠珮
說與它生似惘然
靜農先生　諟正
大壯呈　戊子春盡日

喬大壯致臺靜農信函 II

1948 | 紙上水墨 | 31.7×31.7cm | 國立臺灣大學圖書館藏品

靜農兄：前書計達，在此數日中探詢拿門消息，約略知其梗概。變亂情形，從來所無，如能干戈稍息，[redacted]元氣恢復，實非短期間所可有望。最近即伯高鄭正加深熱。滬上書價賈人多以儲幣折合，故尚未如川中之昂。弟往來薰閣曾屬其經理隨意開列材料工具書數十種，注明價目，彼初自稱八折，臨郵寄時，循初重慶請改九折。兄等可總聚分期酌購，折扣再在函洽時磋商。現在圖書亦包可通，如還校有望，大可趁時募集捐置圖書也。弟已留話書店同學同人，如欲購書，可以通函（命璩弟作一介函）前來。袁守和自平中過滬，在張鳳舉處言伯西先生在中相晤，知豈明被捕後，八道灣被封，其家人曾託訪拘禁地址，經查詢在東城什方院某處，家人恐亦不得見其人。無家儲鬧錢絕食，前函述璩書事係大太太無以為活，欲出售藏書，非彼所賣，然究因彼不熟所致。蓮子已會到，正約印國語用件。其住宅在西愛咸斯路525號，作家書屋則在中正中路（舊名福煦路同孚路口）六一〇號。滬上苦撐八年之諸相識如西諦及馬夷初先生等，雖晤人談流亡中所見聞，無不歎歔而愕。亂中新出雜志吾人未見者不少。滬上舊書業盛興，蓋售日人所印書畫碑帖陶瓷（不中石）繡織各種圖錄譜輯佚。兄見之必大動心，如漆東之君有照改財定亦動收藏之念也。何子祥自渝乘車行二十三日到漢口，已有信來，擬候其到滬再同飛台。台署機構之靈弟國太少太老，實可赴日（調查之物）委會人數已減為五，改李濟之、圍長森老及鳳舉先生在此候信商，或須先去重慶再往日本云。附去書目可作參考，書店有一份寄綠初處。每此敬頌

健康

弟鈞書句　青芳

學術集刊能在滬印當較廉而佳，惜無人在此辦理了。

霽野兄統此

伯母已痊否念念

靜龢兄　前書計達　在此數日中探詢舍間消息　約略知其梗概　變亂情形從來所無　如能干戈掩息　元氣恢復　實非短期間所可有望　最近邵伯高郵正加深熱　滬上書價賈人多以儲幣折合　故尚未如川中之昂弟住來薰閣曾屬其經理隨意開列材料　工具書數十種　注明價目　彼初自稱八折　臨郵發寄循初重慶　請改九折　兄等可慫恿（恿）分期　酌購折扣　再在函洽時磋商　現在圖書小包可通　如遷校有望　大可趁時募集捐至圖書也　弟已留話書店　同學同人如欲購書可命　碧書作一介函　以通函前來　袁守和自平中過滬　在張鳳舉李玄伯兩先生座中相晤　知豈明被捕後　八道灣被封　其夫人曾託訪拘禁地址　經查詢在東城什方院某處　家人恐亦不得見　其家人無宿儲　聞幾絕食　前函述鬻書事　係大太太無以為活　欲出售藏書　非彼強賣　然究因彼不照顧所致　蓬子已會到　正約印國語用件　其住宅在西愛咸斯路525號　作家書屋則在中正中路（舊名福煦路同孚路口）六一〇號　滬上苦撐八年之諸相識　如西諦及馬夷初先生等　聽吾人談流亡中所見　聞無不欷歔而悵愕　亂中新出雜志　吾人未見者不少　滬上舊書業盛興　發售日人所印書畫　碑帖　陶磁　繡織　各種圖錄譜輯佚　兄見之　必大動心　如漆秉之君有興致則定亦動收藏之念也　何子祥自渝乘車行　二十三日到漢口　已有信來　擬候其到滬再同飛台　台署機構不靈　弟固不必太老實耳　赴日調查文物委員會人數已減為五　改李濟之團長　森老及鳳舉先生在此候信　聞或須先去重慶再往日本云　附去書目可作參考　書店有一份寄循初處　匆此敬頌

健康

弟　制　建功頓首　十二月廿九日

霽野兄統此伯母已痊否　念念

學術集刊能在滬印　當較廉而佳　惜無人在此辦理耳

魏建功致臺靜農信函 I

紙上水墨 I 27.3×21.5cm I 國立臺灣大學圖書館藏品

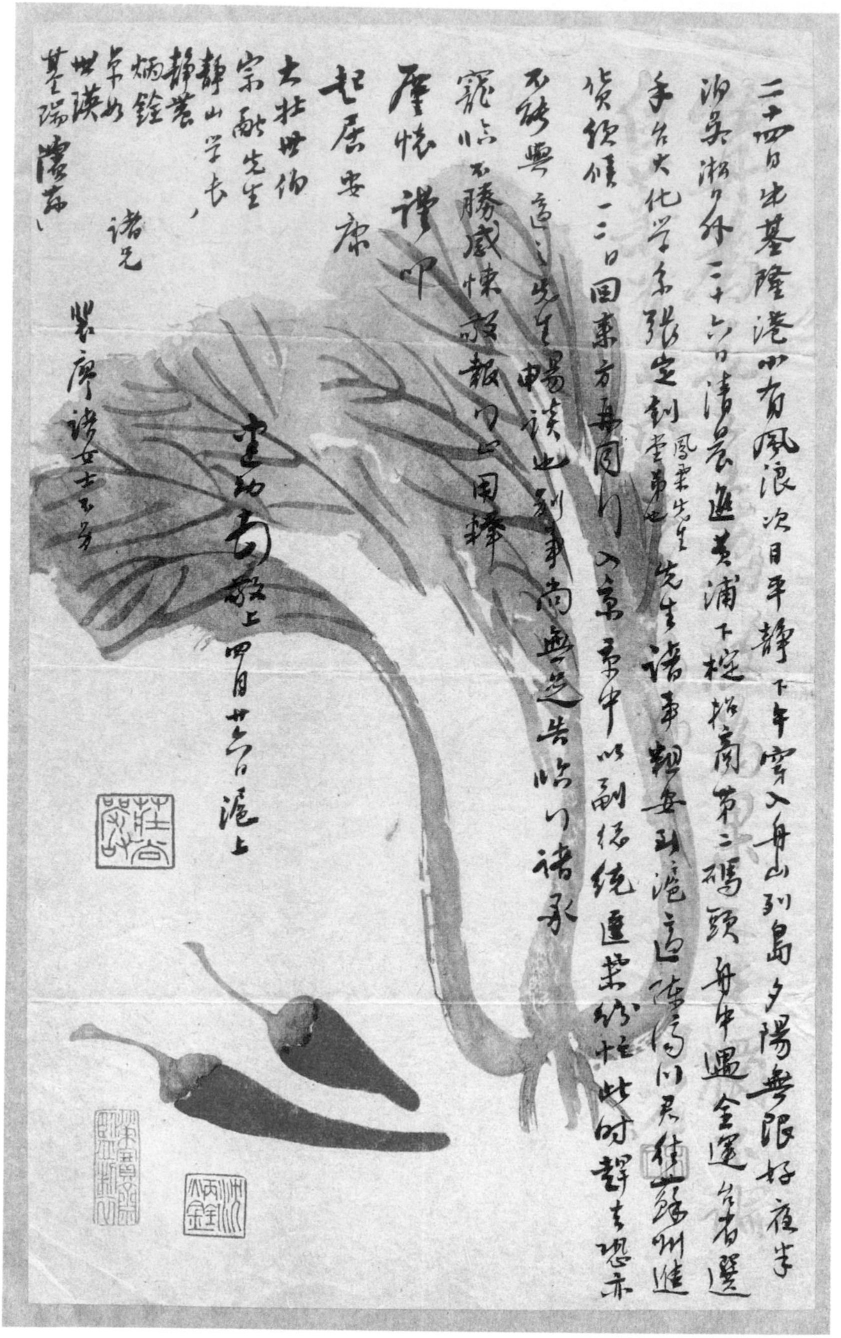
二十四日出基隆港，四面風浪，次日平靜，下午穿入舟山列島，夕陽無限好。夜半泊吳淞外，二十六日清晨進黃浦，下椗招商第二碼頭。舟中遇金龍台省選手台大化學系張定釗（鳳棠先生之弟也）先生，諸事賴其照安。到滬適陪同君往蘇州進貨，總須一二日回來，方再同行入京。京中以副總統選舉紛擾，此時聲者恐亦不能無意，之先生暢談也。到京事尚無從告。臨行諸承
寵臨，不勝感悚，敬報行止，用釋
厪懷。謹叩
起居安康
大壯世伯
宗融先生
靜山學長、
靜農
炳銓
卓如
世璜
基瑞
濟蒼 諸兄
裴溥言女士互勞
尚嚴 敬上 四月廿六日 滬上

二十四日出基隆港　小有風浪　次日平靜　下午穿入舟山列島　夕陽無限
好　夜半泊吳淞口外　二十六日清晨進黃浦下椗招商第二碼頭　舟中遇全
運台省選手臺大化學系張定釗　鳳舉先生堂弟也　先生　諸事粗安　到滬
適陳濟川君往蘇州進貨須候一二日　回來方再同行入京　京中以副總統
選舉紛忙　此時趕去恐亦不能與適之先生暢談也　別事尚無足告　臨行諸
承寵臨　不勝感悚　敬報行止　用釋
廑懷　謹叩
起居安康
大壯世伯　宗融先生　靜山學長　靜葼　炳銓　卓如　世瑛　基瑞　濱蓀諸兄
裴　廖　諸女士不另
建功　頓首　敬上　四月廿六日　滬上

魏建功致臺靜農信函 II

紙上水墨 | 27×16.7cm | 國立臺灣大學圖書館藏品

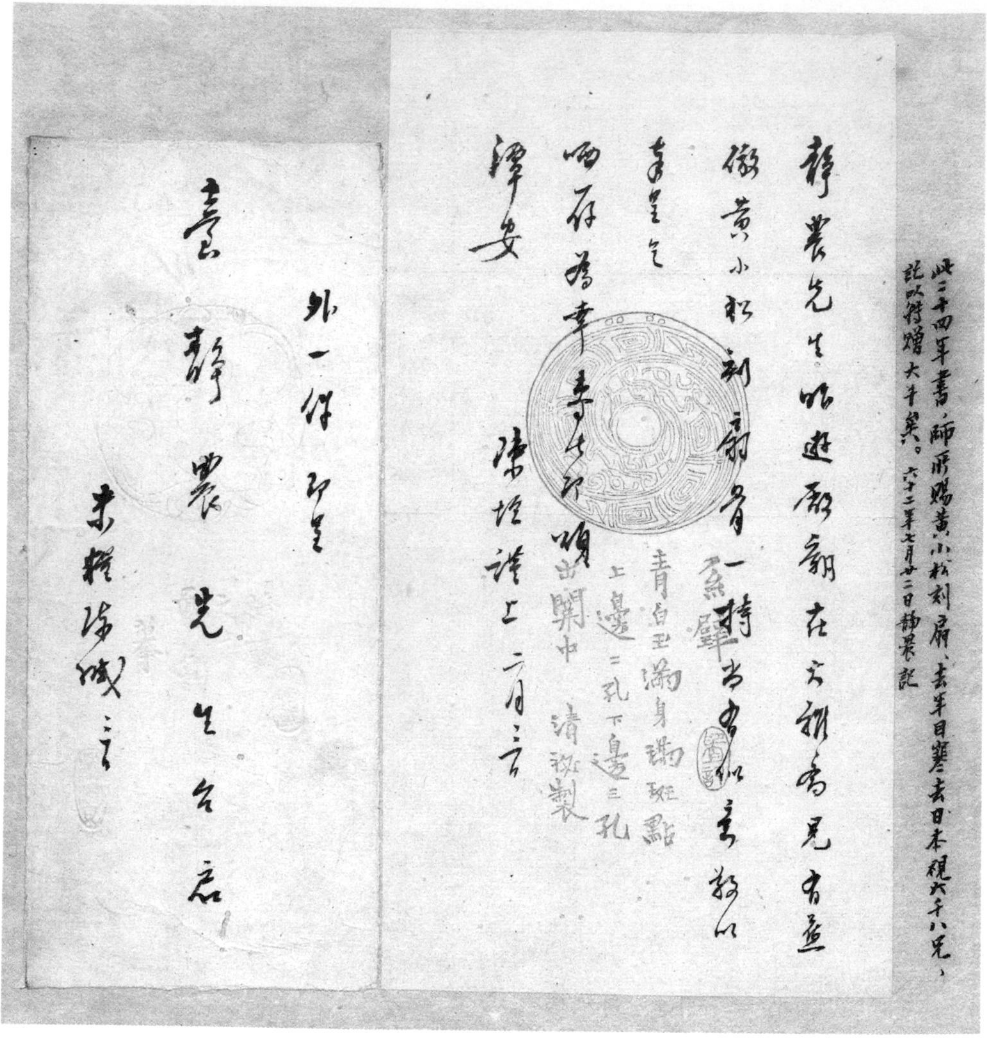

靜農先生：昨遊廠甸，在火神廟見有孟
徵黃小松刻扇骨一持，特為奉贈，敬以
奉呈，乞
哂存為幸。手此即頌
譯安
陳垣謹上 二月二日

外一件 印呈
臺靜農先生台啟
米糧庫緘

此二十四年書，師所賜黃小松刻扇，去年目寒去日本，視大千八兄，託以轉贈大千矣。六十二年七月廿二日靜農記

此二十四年書　師所賜黃小松刻扇去年目寒去日本　視大千八兄
託以轉贈大千矣　六十二年七月廿二日　靜農記

靜農先生　昨遊廠廟　在大雅齋見有舊仿黃小松刻扇骨一持　尚有似意
敬以奉呈　乞
哂存為幸　專此即頌
潭安
陳垣謹上　二月三日

外一件　即呈
臺靜農先生　台啟
米糧　陳緘　三日

陳垣致臺靜農信函 I

1935 | 紙上水墨 | 30.5×31cm | 國立臺灣大學圖書館藏品

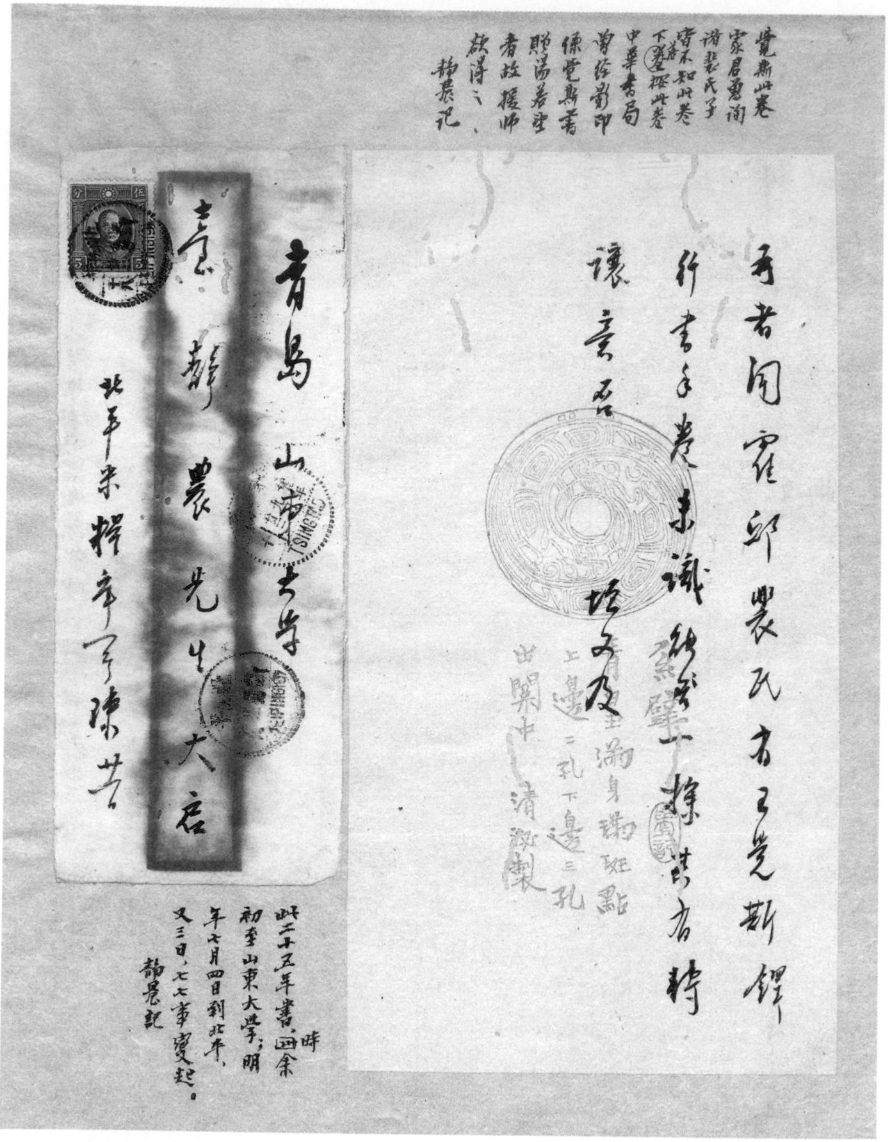
覺斯此卷
家君舊藏
諸裴氏子
皆不知此卷
下落探此卷
中華書局
曾經影印
係覺斯書
贈湯若望
者故援師
欲得之、
靜農記
弄者聞霍邱裴氏有王覺斯鐸
行書手卷未識能探其有轉
讓意否
垣又及
青島山東大學
臺靜農先生大啓
北平米糧庫一號陳
此二十五年書，時余初至山東大學；明年七月四日到北平，又三日，七七事變起。
靜農記

覺斯此卷　家君曾詢諸裴氏子　皆不知此卷下落　按此卷　中華書局曾經影印　係覺斯
書贈湯若望者　故援師欲得之　靜農記

再者　聞霍邱裴氏　有王覺斯鐸（王覺斯即王鐸）
行書手卷　未識能（否：點去）一探其有轉
讓意否　垣又及

青島山東大學
臺靜農先生　大啟
北平　米糧庫一号（號）陳　廿一日

此廿五年書　時余初至山東大學　明年七月四日到北平　又三日　七七事變起　靜農記

陳垣致臺靜農信函 II

1936 | 紙上水墨 | 30.5×31cm | 國立臺灣大學圖書館藏品

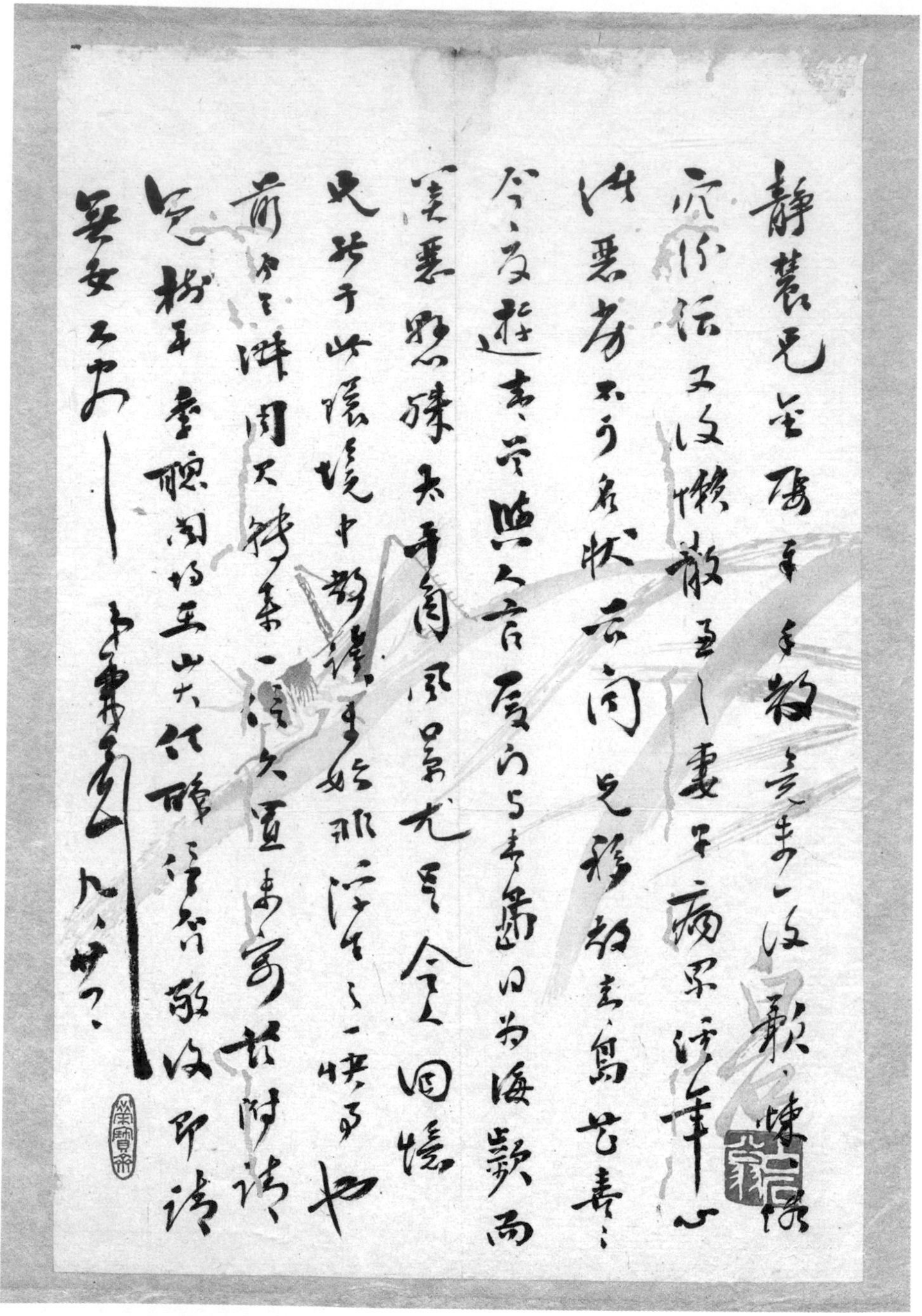
靜叢兄足下：手教奉悉，未即復，歉悚歉悚。
所作詩久廢，懶散至此。妻子病累經年，心
緒惡劣不可名狀。六月間兄移居青島，嘗嘗
今夏擬遊青島，與人言屢約至青島，日為海霧所
厭惡。聽殊太平角風景尤足令人回憶。
史於此環境中亂讀書，始亦浮生一快事也。
前月迭聞大鈔來一談，久置未寫，於附詩
足樹耳。壹聽聞均至山大，竹晴佇問，敬候即請
著安不宣
弟東蓀　九月廿七

靜農兄鑒　屢奉手教　竟未一復　歉悚歉悚　俗宂（冗）紛紜　又復懶散
兼之妻子病累經年　心緒惡劣　不可名狀云　聞　兄移教青島　甚喜甚喜
今夏遊青　曾與人言　廈門與青島同為海頻（瀕）而美惡懸殊　太平角風
景尤足令人回憶　兄能于（於）此環境中教讀　未始非浮生之一快事也
前弟與淑周見轉來一信　久置未寄　茲附請覽　樹年　季聰聞均在山大任
職　信否　敬復　即請
著安　不盡
弟　兼士頓首　九、廿一

沈兼士致臺靜農信函 I

紙上水墨 | 29.5×19.5cm | 國立臺灣大學圖書館藏品

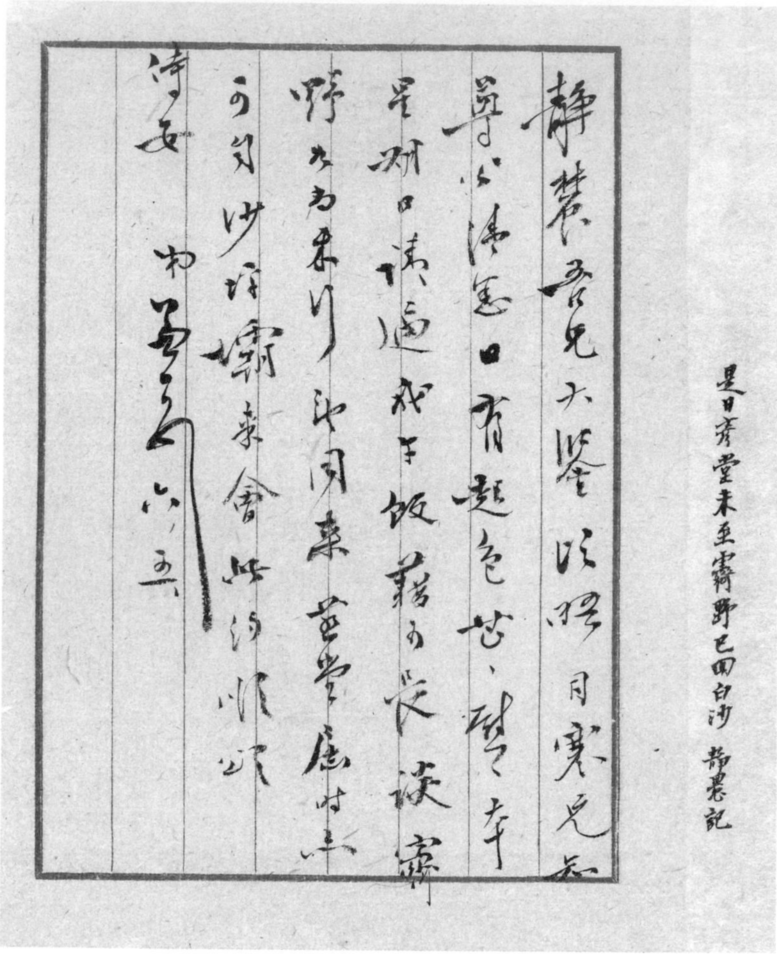
是日齋堂未至霽野已回白沙 靜農記

是日彥堂未至　霽野已回白沙　靜農記

靜薎（農）吾兄大鑒　頃晤　目寒兄　知尊公清恙　日有起色　甚慰甚慰
本星期日請過我午飯　藉可長談　霽野如尚未行　望同來　燕堂屆時亦
可自沙坪壩來會此約　順頌
侍安
弟　兼士頓首　六、五

沈兼士致臺靜農信函 II

紙上水墨 | 24.3×17.4cm | 國立臺灣大學圖書館藏品

石印孟蜀石經八巨冊（非賣品）如欲出手需價
若干有友來問先愧不知
公儻約知其數可否　示悉　至深感荷敬上
靜農先生左右　弟含光拜上

石印孟蜀石經八巨册　非賣品　如欲出手　需價
若干　有友來問　光　愧不知
公儻約知某數　可否　示悉　至深感荷　敬上
靜農先生左右　弟　含光　拜上

陳含光致臺靜農信函

紙上水墨｜31.5×31.3cm｜國立臺灣大學圖書館藏品

與老舍小聚 天壤閣甲骨 唐蘭先生函也

靜農兄左右：兄與
老舍去年來此小聚，別
來許久，誤為悵悵！同學
返自沙坪，始悉風疾
險，甚矣，嗣乃漸癒也，
頗健為慰。同學佈已附呈
清 此間所印 天壤
閣甲骨文存一冊寄下，甲
骨文以著初至劉，於研究最
近研究院此次精印為最可觀
也。同學無書，收穫亦少，心緒亦痛，
留白沙之同學者，奔勤苦？常
住津者，知有幾人，往會晤
否？來示時寄此，遲
健康 弟 蘭 頓首 六月九日

是日彥堂未至　霽野已回白沙　靜農記

靜蕽（農）兄左右　兄與

老舍來此小聚即別　未能久談為悵　聞兄返白沙時　頗涉風

濤之險　甚矣　蜀道難也

魏建功同學倘已到白沙　請代向其乞贈　天壤閣甲骨文存

一冊寄下　甲骨文以最初王　劉所收　及最近研究院所獲者

為最可靠也　聞蔡先生故耗　心頗悲痛留　白沙之北大同學

有牽動否　留江津者不知有幾人　能會合而公祭之否　此祝

健康

弟獨秀手啟　三月九日

陳獨秀致臺靜農信函 I

1940 | 紙上水墨 | 31.4×31.4cm | 國立臺灣大學圖書館藏品

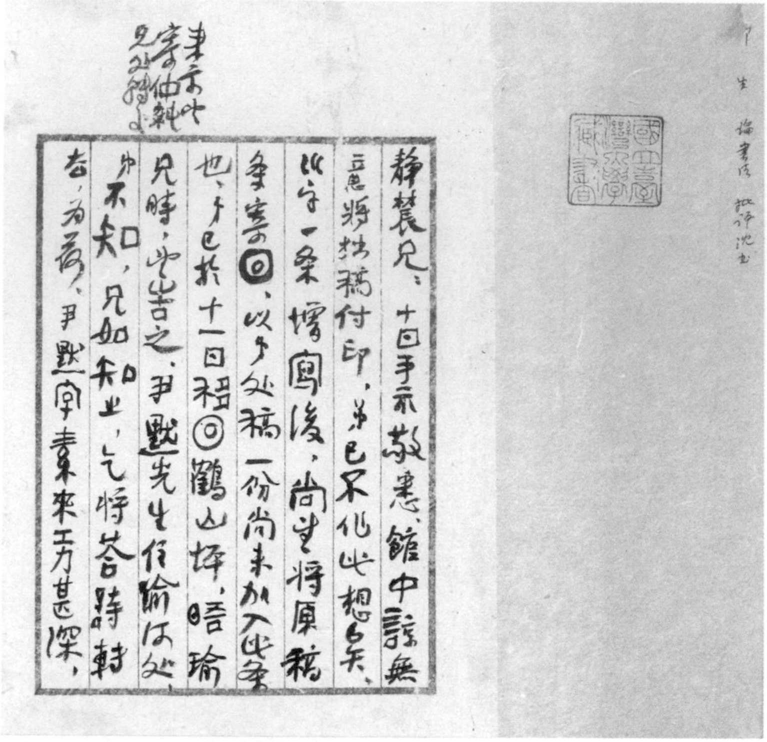

東方此
寄仲純
兄處轉上

靜農兄、十四手示敬悉、館中諒無
立意將拙稿付印、弟已不作此想矣、
此字一条增寫後、尚望將原稿
条寄回、以弟处稿一份尚未加入此条
也、弟已於十一日掛回鶴山碑、暗瑜
兄時、必告之、尹默先生作喻何处、
弟不知、兄如知之、乞將答詩轉
去、為感、尹默字書來工力甚深、

生 論書法 批評沈書

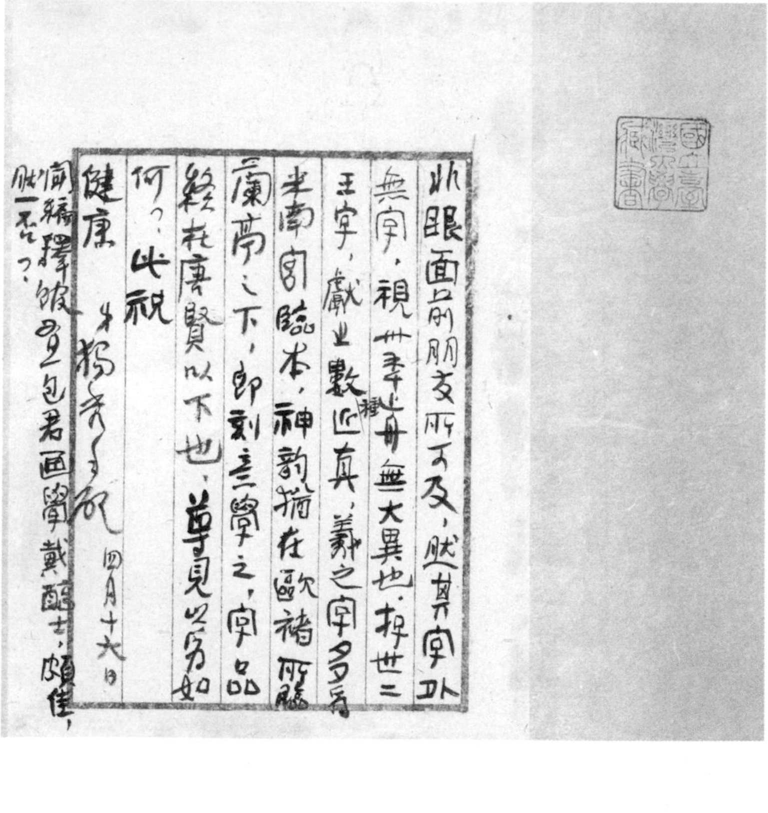

非眼面前朋友所可及、然其字外
無字、視卅年來冊無大異也、抑世二
王字、獻之數近真、羲之字多有
米南宮臨本、神韻猶在歐褚所臨
蘭亭之下、即刻玄學之、字品
縱越唐賢以下也、尊見以為如
何？此祝
健康 弟 [illegible]
四月十六日
聞編譯館包君圖學戴醇士、頗佳、
然一否？

印生論書法　批評沈書
靜農兄　十日手示敬悉　館中諒無
意將拙搞付印　弟已不作此想矣
巛（川）字一条增寫後　尚望將原稿
条寄回　以弟　處稿一份尚未加入此条
也　弟已於十一日移回鶴山坪　晤瑜
來示　望寄仲純兄處轉交
兄時　望告知　尹默先生住渝（重慶）何處
弟不知　兄如知之　乞將荅（答）詩轉
去為荷　尹默字素來工力甚深

非眼面前朋友所可及　然其字外
無字　視卅秊（年）歬（前）無大異也　存世二
王字　獻之數種近真　羲之字多為
米南宮（米芾）臨本　神韵猶在　歐褚所臨
蘭亭之下　即刻意學之　字品
終在唐賢以下也　尊見以為如
何　此祝
健康　弟獨秀手啟　四月十六日
聞編譯館有一包君畫學戴醇士　頗佳　然否

陳獨秀致臺靜農信函 II

1941 ｜ 紙上水墨 ｜ 31.4×31.3cm ｜ 國立臺灣大學圖書館藏品

蔣勳線上影音導覽

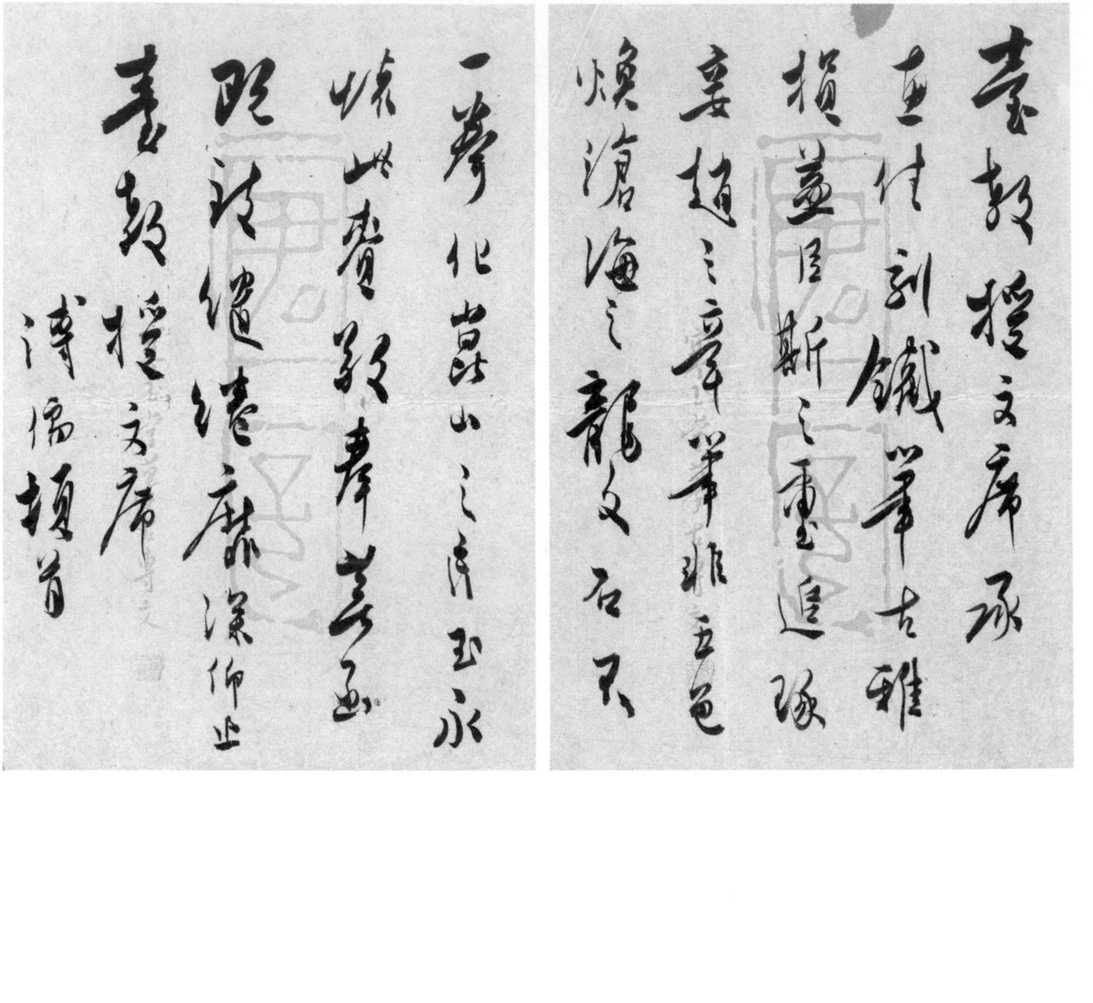
春穀撰文席
溥儒頓首

臺教授文席　承
惠佳刻　鐵筆古雅
損益臣斯之璽　追琢
妾趙之章　筆非五色
煥滄海之龍文　石不
一拳　化崑山之片玉　永
懷此賚　敬奉蕪函
既致繾綣　靡深仰止
臺教授文席
溥儒頓首

溥心畬致臺靜農信函

紙上水墨｜26.5×18.5cm×2｜國立臺灣大學圖書館藏品

新緑之え、忌み子もふ〜申し候、
あ子〜あ之道、あ公松生一ふ。やゝ自由
まて訪祀託。
又出ル亭〜〜〜…申由ば日まてと

きくり

…十二

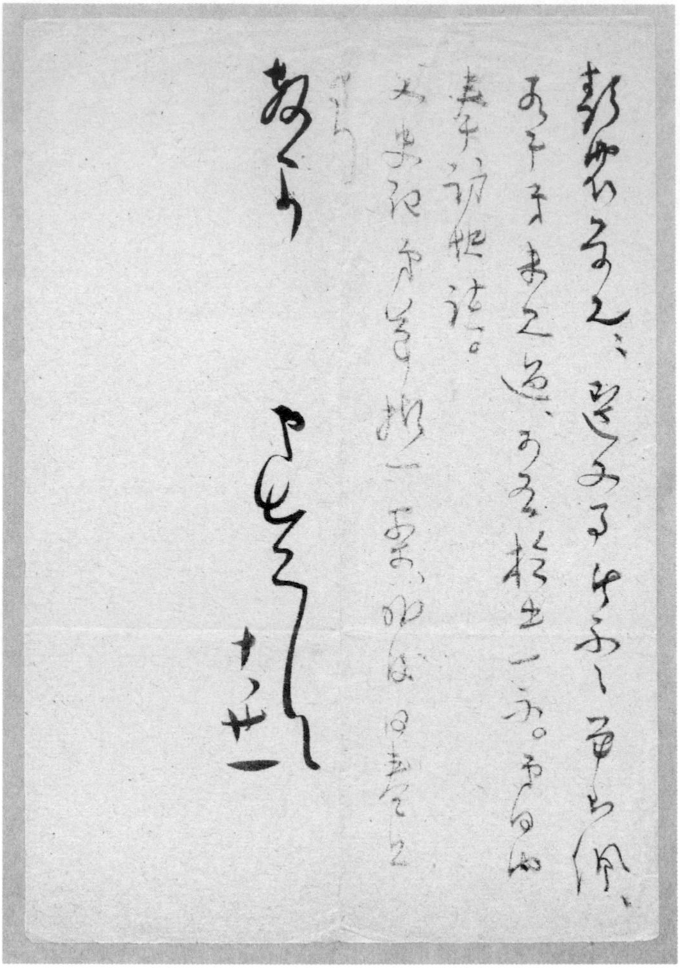

靜農學兄　選文事　所示之單　至佩
若干弟未見過　可否檢出一示　弟　日內
奉訪快談
又史記　弟草擬一案　明後日奉上
專拜
教安　弟　斯年　十、廿一

傅斯年致臺靜農信函 I

紙上水墨 | 20×13.5cm | 國立臺灣大學圖書館藏品

弘中仁兄先生：張部長者東汀轉月廿

八告以今春教育部派員來台視察教

人，公已錫本校聯絡（同教部長）來台

稍批若，仍欽部諸同仁來台參加

之，可留之來台者也。今有教育部息

此作聯萬號，修文襄持之冊。請速

示一書。

專此奉復，即頌　冬綏

國立臺灣大學用箋

似宜在組織規程（規程內尚未）以後，研究所編，以為

師範學院教授之參考（譯作文義也），以其子

教授細……。此因文學院之書頗多，

如何文獻考慮也。至若大一國文無他

不太妥，實未必也。至於其他，祈早示

諸弟，以便籌酌為荷。

敬頌　時安

弟　斯年

九月七日

臺灣省臺北市羅斯福路電話二五二八 二六二一號

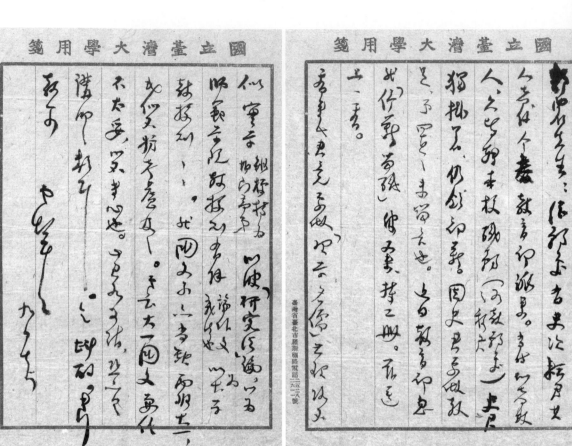

靜農先生　總務處有史次耘君　其人者　係今春教育部派來
當時似有數人　久皆轉本校職務（如教務處之？君）史君獨掛著
仍領部薪　因史君要做教員　予　置之未留意也
近日教育部忽然「停薪留職」彼又來　捧二冊　玆送上一看
看來此君竟要做「碩學名儒」其理路不似實學
雖標持為柳門高弟　以彼「研究法」論　以為師範學院教授則有餘
論作文義法也　以為大學教授則
然國文系亦尚缺兩班大一　或似不妨考慮及之
弟云大一國文兼任不太妥　以不專心也　此君如可請　恐亦具講師類耳
乞斟酌　專拜
教安
弟斯年　九、十八

傅斯年致臺靜農信函 II

紙上水墨 | 27.4×19.4cm×2 | 國立臺灣大學圖書館藏品

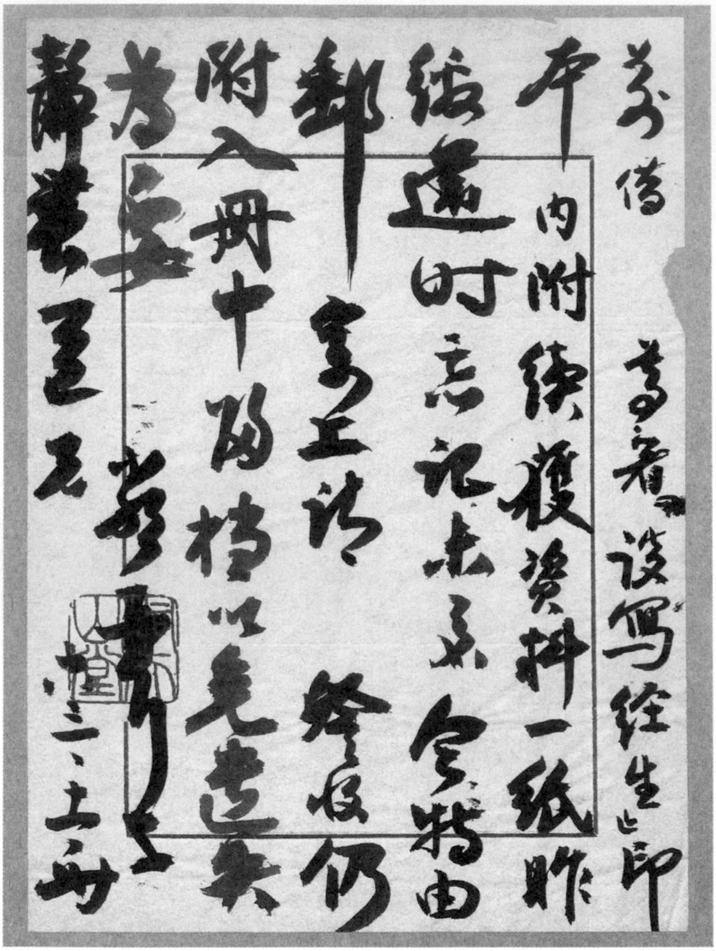
[illegible]儒
[illegible]兄著席：託寫經生之印
序內附續獲資料一紙，昨
緘遞時忘記未系，今特由
郵寄上，請 察收，仍
附入冊中為禱，此候
著安
弟 [illegible]
[illegible]
[illegible]

前借　尊著「談寫經生」
印本內附　續獲資料一紙
昨繳還時忘記未交
今特由郵寄上
請　詧（查）收　仍附入册中歸檔
以免遺失為要
嚴　再拜　上
靜農道兄
六三、十一、卅

莊嚴致臺靜農信函

紙上水墨 | 30.5×18.2cm | 國立臺灣大學圖書館藏品

嚴兒覽：收到十二月來函，得悉一切。汝母年內不得往
台，只好俟諸來春，今有機会与之同往更好。望和春
華學費既已匯去，今又匯去廿萬元為年假零用。
老祖年內恐不得往滬，汝母与之同住甚覺妥善。前
楊和生已搬至新華市，与其女同住矣，伊在家与陸
郁氏及其父隨筍亦不能相安，情状甚可憐，據來信云陸
兒依新待遇每月可得四百萬之譜，現時生活滬得不可思
議，仍不專用，現在無機關正積極裁人，不出其樣，保持
得住否。上海生活除米炭外無物皆比京為高，得無
新待遇不知何時才實行，此地向係三級，去次不出為辦紀念
日大雪，弄堂業有炭，可烘，較在京舒適多矣。汝之患痔已痊
否，甚為盼，務加意調養為要。父字 元廿五下

嚴兒覽　收到十二日來函　得知一切　汝母年內不得往台　只好俟諸來春
余有機會與之同往更好　堅孫本季學費既已匯去　余又匯去廿萬元為年
假零用　老姐年內恐不得往漢　汝母與之同住甚覺妥善　聞楊和生已搬至
新菜市與其女同住矣　伊在家與陸毅民及其父陸翁亦不能相處　情狀甚
可憐　據來信云澤兒依新待遇　每月可得四百萬之譜　現時生活漲得不可
思議　仍不敷用　現在各機關正積極裁人　不知其能保持得住否　此間生
活除柴炭外　各物皆比京蕪高得多　新待遇不知何時才實行　此地向係三
級　此次不知為何分配　今日大雪奇寒　幸有炭可烘　較在京舒適多矣　向
之患疹已癒　慰甚　病後務加意調養為要
父字　元、廿五

臺肇基致臺靜農信函 I

1948 | 紙上水墨 | 26.9×19.5cm | 國立臺灣大學圖書館藏品

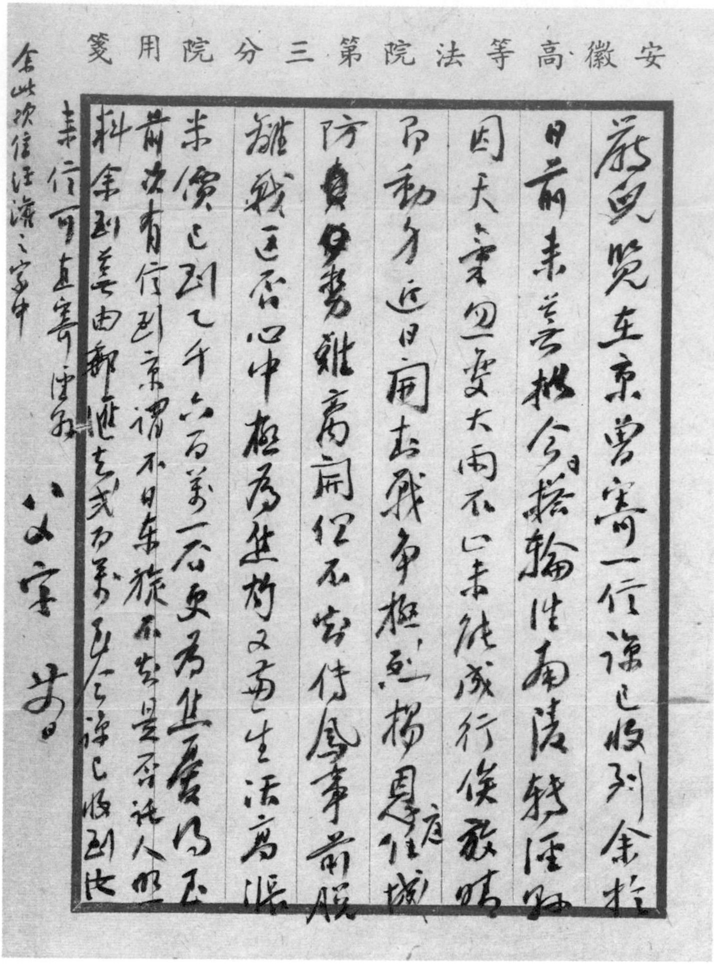
安徽高等法院第三分院用箋

歲兒覽：在京曾寄一信諒已收到。余於日前來蕪，擬今日搭輪往南陵轉涇縣，因天氣回變大雨不止，未能成行，俟放晴即動身。近日國共戰爭極烈，揚周庭往城(?)防員實難為開往不安，侍風事前脫離戰區否？心中極為焦灼。又為生活為難，米價已到乙千六百萬一石，更為焦慮乃至。前次有信到京，謂不日來蕪，不知是否託人帶料。余到蕪由鄉匯去式百萬元，今諒已收到。此次信往洪濟之寄中(?)，來信可直寄蕪湖(?)。

父字 廿日(?)

嚴兒覽　在京曾寄一信　諒已收到　余於日前來蕪　擬今日搭輪往南陵
轉涇縣　因天氣忽變　大雨不止　未能成行　俟放晴即動身　近日開封戰
爭極烈　楊恩庭任城防責任勢難離開　但不知傳鳳事前脫離戰區否　心
中極為焦灼　又兼生活高漲　米價已到乙千六百萬一石　更為焦憂　得
至前次有信到京　謂不日東旋　不知是否託人照料　余到蕪由郵滙去弍
（貳）百萬　至今諒已收到　汝來信可直寄涇縣
父字　廿四日
余此次住汪灌之家中

臺肇基致臺靜農信函 II

1948 | 紙上水墨 | 27.3×19.8cm | 國立臺灣大學圖書館藏品

靜農〻

今日接得內人信，言兄之衣箱已交四川旅行社，與兄運去，並附來代運提單一紙，來信語焉不詳，不知兄之衣包是否已裝入衣箱內，又不知此衣箱是否直運至白沙或交江津，內人做事無經驗，故使我不明白，我日內即往成都一行，俟問清楚後再詳告，茲將該項提單附此信內奉上，萬一兄接得該社通知取貨單（即運費已付）在弟下次信之前，兄可持單往取，匆〻

不能一一，敬祝

壽伯以次安好，

令妹之疾已痊否，至念，

弟 慶 拜啟

十月十七日。

靜農(農)
今日接得內人信　言　兄之衣箱已交四川旅行社　與　兄運去　並附來代
運提單一紙　來信語焉不詳　不知兄之衣包是否已裝入衣箱內　又不知
此衣箱是否直運至白沙或交江津　內人做事無經驗　故使我不明白　我
日內即往成都一行　俟問講楚後再詳告　茲將該項提單附此信內奉上
萬一　兄接得該社通知取賀(貨)單在弟下次信之前　兄即可持單往取
運費已付　匆匆不能一一
敬祝
老伯以次安好
令妹之疾已痊否　至念
弟　麐　拜啓　十月十七日

葉麐致臺靜農信函 I

紙上水墨 | 25.2×30cm | 國立臺灣大學圖書館藏品

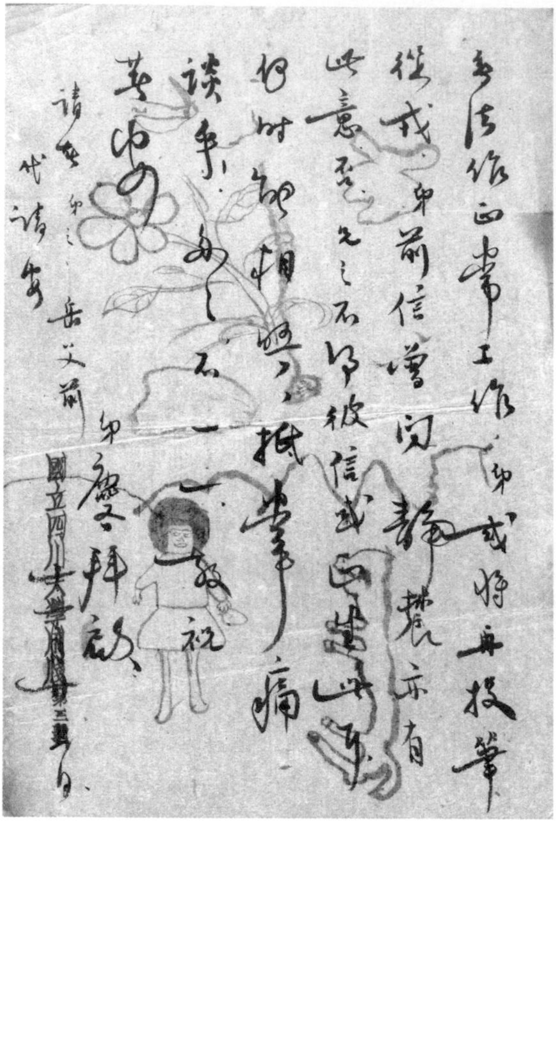

兄信所述西席工作，弟或將再投筆
從戎。弟前信僅問 靜農兄亦有
此意否？兄之不得被信或正是此乎？
但對知相與，一概丟筆痛
談乎！如之不一一。
並問
岳父前 弟之 請安
代請安
弟 慶之 拜啟

國立四川大學用箋 第三號

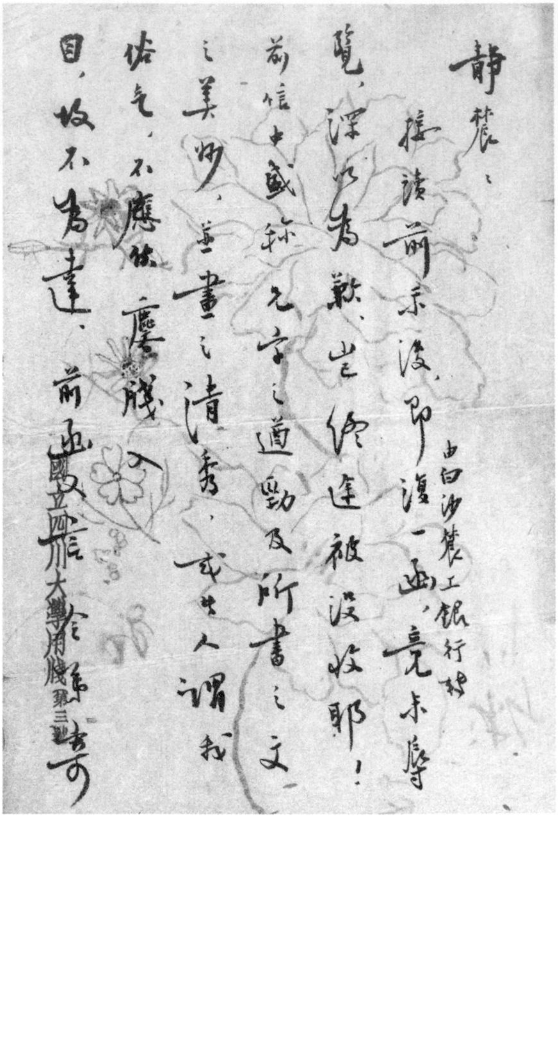

靜農：
接讀 前示後，即復一函，竟未得（由白沙農工銀行轉）
覽，深以為歎，豈終途被沒收耶！
前信中戲稱兄字之遒勁及所書之文
之美妙，無畫之清秀，或生人謂我
諂兄，不應於廳賤入
目，故不為達。前函及今寄

國立四川大學用箋 第三號

靜儂（農）
接讀前示後　即由白沙儂工銀行轉復一函　竟未辱覽　深以為歉　豈終
途被沒收耶　前信中盛稱　兄字之遒勁及所書之文之美妙　並畫之清秀
或者人謂我俗氣　不應使　麐櫼入目　故不為達　前函又言　令弟寄
無法作正常工作　弟或將再投筆從戎　弟前信曾問　靜儂亦有此意否　兄
之不得彼信或正坐　此耳何時能相晤　抵掌痛談乎　匆匆不一一　敬祝
著安
弟　麐拜啟
請在弟之　岳父前代請安
十一月廿五日

葉麐致臺靜農信函II

紙上水墨 | 28×19cm×2 | 國立臺灣大學圖書館藏品

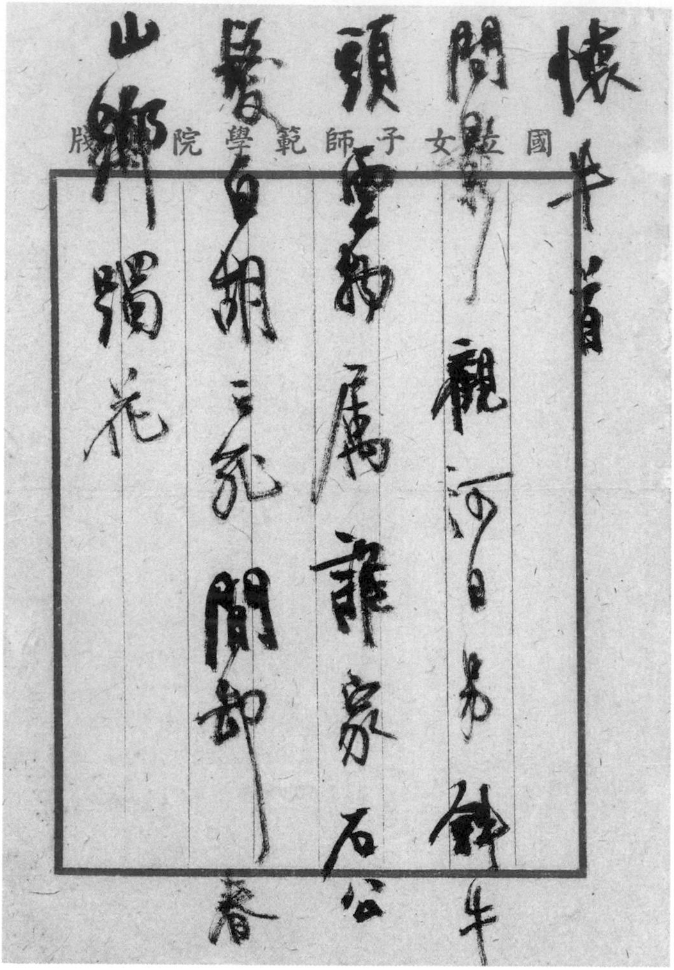

國立女子師範學院牋

懷半農

閒[illegible]觀河日易餘
半頭霜雪屬誰家
石公鬢白消元氣
閒卻春山躑躅花

懷牛首

問影觀河日易斜
牛頭雲物屬誰家
石公髮白胡云死
閒却春山鄉躅花

胡小石致臺靜農信函

紙上水墨 | 31×31cm | 國立臺灣大學圖書館藏品

報上消息，重慶的朋友設備為老舍先生二十年紀念，這
確是一樁可喜的事，因為一個人能不斷的寫下去，並不是容
易的。二十多年前，也許有二十年了，我也想寫，寫作下去，可是
開始一年，也就停止了，回想起來，還有點惆悵，生命
空虛的，總歸是悲哀的。

我在青島大學的一天他到我宿舍來，他送我一本新出版的「老牛
破車」，我向他說「我很喜歡你的駱駝祥子」，那時候
駱駝祥子還沒單行本，他說「只能
寫到那里，再下不敢寫下去了」，笑着，嘻嘻——他總喜歡這樣的。

我初到青島，是廿五年，我們第一次見面，便在這年的初秋。
當時久居青島的朋友請我們喫飯，晚上，在一家老館子，室內的陳設，
很像北平的集賢樓，他給我的印象，面目有些
嚴肅，也有些書獃，衝出一句兩句的笑話時，不但
大家高聲笑，他自己也嘻嘻的笑，又像小孩子的天真
那神世的……
……
經山，我們便廝熟了，于是常常同幾个朋友喫小館子，
喝青島的姜老頭，山東青島有一種土釀的老酒，黃色，像紹興
酒，竹葉青，後來又釀大沽，紫黑色的，味苦而微甜，因
此他喜歡老酒，達到老酒其味之醇美，在我生平喝過的酒除了

報紙上登載，重慶的朋友預備為老舍兄舉行寫作二十年紀念，這確是一樁可喜的消息。因為二十年不算短的時間，一個人能不斷的寫作下去，並不是容易的事，我也想寫作過，——在十幾年以前，也許有二十年了，可是開始之年，也就是終止之年，回想起來，惟有惘然，一個人生命的空虛，終歸是悲哀的。

我在青島山東大學教書時，一天，他到我宿舍來，送我一本新出版的《老牛破車》，我同他說：「我喜歡你的《駱駝祥子》。」那時似乎還沒有印出單行本，剛在《宇宙風》上登完。他說：「只能寫到那裡了，底下咱不便寫下去了。」笑著，「嘻嘻」的——他老是這樣神氣的。

我初到青島，是二十五年秋季，我們第一次見面，便在這樣的秋末冬初，先是久居青島的朋友請我們吃飯，晚上，在一家老飯莊，室內的陳設，像北平的東興樓。他給我的印象，面目有些嚴肅，也有些苦悶，又有些世故；偶然冷然的衝出一句兩句笑話時，不僅僅大家轟然，他自己也「嘻嘻」的笑，這又是小孩樣的天真呵。

從此，我們便廝熟了，常常同幾個朋友吃館子，喝著老酒，黃色，像紹興的竹葉青，又有一種泛紫黑色的，味苦而微甜。據說同老酒一樣的原料，故叫作苦老酒，味道是很好的，不在紹興酒之下。（節錄自《靜農佚文集》，聯經出版）

臺靜農〈我與老舍與酒〉原稿

1943 | 紙上水墨 | 21×29cm | 局部，國立臺灣大學圖書館藏品

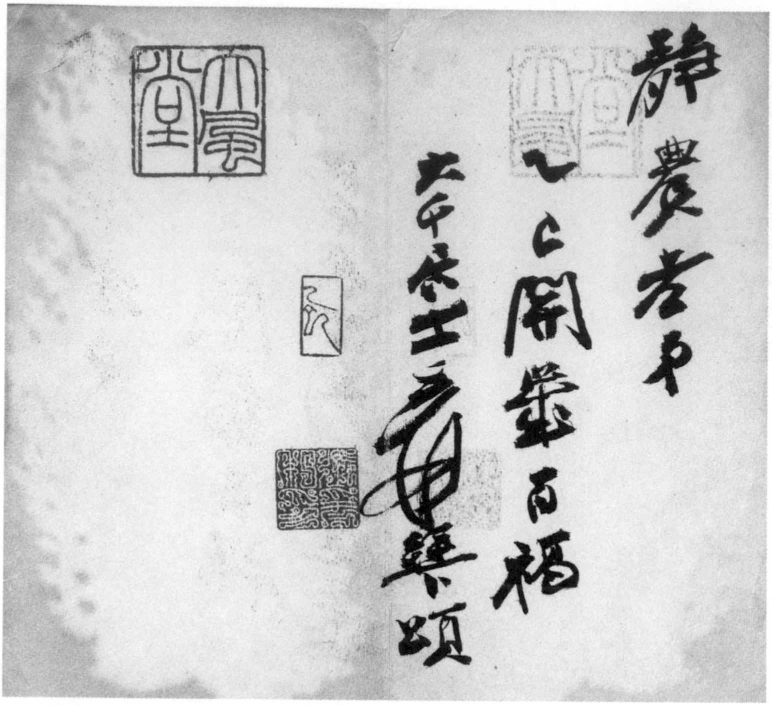

靜農老弟

乙巳開歲百福

大千居士爰拜頌

乙巳（印）張爰私印（印）

大風堂（印）

張大千致臺靜農賀卡 I

1956 ｜ 紙上水墨 ｜ 22.8×12cm ｜ 國立臺灣大學圖書館藏品

靜農老弟
甲辰開歲百福
張大千爰
拜頌
摩詰山園（印）

張大千致臺靜農賀卡 II

1956 | 紙上水墨 | 12×9cm | 國立臺灣大學圖書館藏品

三

臺靜農先生影像紀錄

臺靜農先生於「龍坡丈室」，1970年代，攝影／莊靈

臺靜農先生於「龍坡丈室」庭院，1970年代，攝影／莊靈

臺大中文系畢業旅行訪霧峰北溝的故宮庫房，1956，圖片提供／ 莊靈
（左立一：臺靜農先生，前排右三：林文月，左立四：莊嚴先生）

左起：莊嚴先生、張大千先生、張目寒先生、臺靜農先生，1970年代，攝影／莊靈

臺靜農伉儷合影於「龍坡丈室」庭院，1970年代，攝影／莊靈

臺靜農先生（右）與莊嚴先生（左），1969，攝影／莊靈

《肖像論－臺靜農》，1977，攝影／王信

臺靜農先生伉儷與林文月，攝影／王信

臺靜農先生與林文月，攝影／王信

臺靜農先生於「龍坡丈室」，1979，攝影／張照堂

臺靜農先生於「龍坡丈室」，1979，攝影／張照堂

臺靜農先生於「龍坡丈室」，1979，攝影／張照堂

特別刊載。

一

墨的斑斕與筆的虬結——書法之美與靜農先生

（原文出處：《雄獅美術》，一九八三年九月號，第一五一期）

◎蔣勳

一

《周禮·考工記》，把中國上古時期的藝術按物質的特性，分為六大類，就是：木、金、皮、設色、刮摩、摶埴。每一類之下，又有細分。如，摶埴之工，下面分為「陶」和「瓬」兩項。前者是器用類的陶業，如壺、罐、缶……等，後者則是建築用的瓦和磚。

這一套完整的分類，包容了廣泛的工藝，同時是實用的器物製作（如，攻木之工中的「輪」、「輿」）；同時又可以是提高了的裝飾藝術或今天所謂的「純藝術」（如，設色之工中的「畫」、「繢」（同「繪」））。

在實用的器物製作與為了美的目的發展出來的「藝術」逐漸分離以後，在這《考工記》中劃分的六大類三十小項的分類中，依然有幾項可以與今天高度發展了的藝術相關的，如「畫」、「繢」、「玉」、「雕」、「陶」……等，分別發展成造形美術中的繪畫、玉雕、石雕、陶瓷。

有趣的是，當我們嘗試把今天藝術中的項目一一納入《考工記》的分類，覺得大都可以契合之時，忽然會發現，有一項在中國高度發展了的藝術，竟然在《考工記》中沒有列入，那就是「書法」。

二

書法在中國是一項高度發展了的藝術，已經是不爭的事實。文人藝術建立以後，一千年間，書法甚至有凌繪畫之上的趨勢，成為中國各類藝術中最被崇奉的一種。

除了中國，和被中國影響到的日本、韓國……等地區，存在著書法藝術以外，類似阿拉伯民族的文字圖案化或西方書體中的花式體，至多只能是設計性的、裝飾性的藝術，與中國書法中所包蘊的豐富內容，不能比較。

書法最早的存在，應該從新石器時代骨器上的刻文符號或陶器上的圖繪符號算起。中國藝術中流行著「書畫同源」的說法，就是說明了中國文字與圖繪中的繼承關係。在其他民族，雖然，最初也有圖繪文字的發展，但是，大多逐漸改變成為拼音文字。文字以記音為主，便脫離了視覺上概括造形的能力，與造形美術的關係便遠離了。

中國書法從初民最早對山川星辰、蟲魚鳥獸的觀察，繼承了形象的提昇能力。雖然，到商周金文，已大致從原始象形圖繪文字蛻變成抽象的符號，重新組合了文字本身的符號關係，但是，甚至直至今日，中國文字雖然歷經改變，簡而又簡，卻還是精煉地涵存了遠古初民觀察萬事萬物的經驗。中國的文字，比任何一種造形，更集中地庫存了豐富的民族情感與歷史經驗，因此，雖然只是點、畫、撇、捺，卻完成了一種最高的藝術。

三

《考工記》整理的時代，書法顯然並沒有高度發展。在《考工記》的分類中，書法顯得有點尷尬，納入不進。一方面，書法似乎有實用性，卻又不純粹是靠某一種物質建立起來的技藝。另一方面，書法的抽象形，純美感的欣賞，又遠遠脫離了《考工記》所立足在工藝基礎上的選拔標準。因此，書法在《考工記》中只好付之闕如了。

書法與藝術開始結合，恐怕關鍵的時代在漢。

我們目前看到，最早有專業性，以美的角度來討論文字書法的論著，出現在漢代。崔瑗的《草書勢》，蔡邕的《篆書勢》，趙壹的《非草書》，無論傳世與否，至少說明著一種「書法藝術」觀念的形成大約在漢代前後。

秦漢之際，有關書法演變的關鍵性改革，大概可以提出幾點來討論：

一、毛筆的改革：世傳秦蒙恬造筆，顯然不合史實。出土的文物證明，早在新石器時代，就已經存在著以動物毫毛為筆的書寫和圖繪痕跡。但是，蒙恬造筆，大概說明了一個事實：即是在秦代毛筆有突破性的改變。這一點，近幾年秦始皇墓的大發現，已經找到了秦的毛筆，是一中空竹筒中塞入圓錐狀的動物毫毛製成，與以前把動物毫毛綁紮在一木棍或竹棍上顯然不同。這一項改革，出現了中國書法中所謂的「鋒」，具備了毛筆線條多樣的可能性，與西方水彩筆也不同了。因此，從書法藝術的立場來看，蒙恬的「造筆」，確實有劃時代的意義，此後隸書中許多從中鋒轉側鋒的波磔便由這樣的工具改革中完成了。

二、書寫記錄的改變：在秦以前，毛筆的書寫只是過程。今天我們發現殷墟中少數甲骨，上面用朱筆書寫了文字，還未經刻鑿。這種發現不但是少數，也是特例。一般來說，甲骨文字，除了書寫人本身以外，其他人接觸到的線條是「刻」的，而不是「寫」的。同樣地，在商周銅器上，我們看到的文字，也是「刻」、「鑄」的，而不是「寫」的。這說明了一個事實：在秦以前，毛筆直接書寫的線條，大部分只是草稿，並不保存。因此，毛筆處理出來線條的重要性也一定大大減低。到了秦以後，大量增加了竹簡上的書寫文字。這種公文牘札的繁多，一方面促使了字體由繁而簡，從篆變為隸；另一方面，也第一次使毛筆的線條，脫離了附屬於「刻」、「鑄」的地位，真正獨立了起來。使用毛筆的書寫者，對於這將廣泛與人的視覺直接接觸的每一筆每一劃，因此也開始有了一種慎重愛美之心，書法的為求美感的心理便從此蓬勃生長了。

四

以現今出土的實物來看，隸書中的波磔，早在漢初武帝太始三年的竹簡上已經出現。一九八一年十一月號「文物」上公布新出土的江蘇邗江胡場五號漢墓文告牘，「墓主的亡卒日期為宣帝本始三年十二月十六日，其下葬日期：即宣帝本始四年夏」。這些例證，都說明了，毛筆一旦改良了之後，中國書法的某些求美的特色，立刻活躍了起來。以前書法著錄中：

一　如千里陣雲，隱隱然，其實有形。
、　如高肇墜石。磕磕然，實如崩也。
，　如陸斷犀象。
丿　如萬歲枯藤。
㇏　如崩浪雷奔。
㇃　如百鈞弩發。
㇆　如勁弩筋節。

大抵認為隸的波磔在東漢末形成（如：康有為的《廣藝舟雙楫》分變第五），顯然是不正確的。

隸書波磔的出現，說明了文字除了實用的達意功能以外，有了單純從結體、線條、筆觸上來欣賞創作者的氣度、情感的要求，書法美學於是完成了。

中國的文字，於是在實用的達意與抽象的心理活動之間，若即若離，完成了一種既有限又無限，既具象，又純粹是心靈活動的特殊藝術。

到魏晉時代，書法美學已經有專業性的理論著作。衛夫人的《筆陣圖》，把中國文字分開拆散成最基本的七項元素，賦予每一項元素一種強烈的感覺經驗。譬如，文字中的「點」(、)，她注為「高峯墜石」。這一「點」，因此便不只是構成達意符號的一個元素，而是美的感動。高峯墜石，包含了力量、速度、運動的節奏，有震驚駭人的效果。當書寫者以筆觸紙的一刻，他便不只是在寫一個字，而是集中了他過去許多現實經驗中的種種，完成了這一個「點」。這裡面，有舒坦，有挹鬱，有焦慮，有向遼闊山川長嘯而起的曠達與激越，也有在深山荊棘中踽踽獨行的蕭索與落漠。

衛夫人《筆陣圖》的「千里陣雲」、「高峯墜石」、「陸斷犀象」、「百鈞弩發」、「萬歲枯藤」、「崩浪雷奔」、「勁弩筋節」，便都是從自然經驗中攝取或一種感覺來比附書法中的線條。使這單純的線條，不但具備了模擬任何自然質地的可能，也具備了運動、力、速度、開闊或虬結等等節奏情感的可能。同時是視覺造形，卻又能擺脫掉形的束縛，向音樂一般自由流動的無限世界爬升。書法，從魏晉以下，便高度成熟，明顯地成為中國造形藝術的領導者。許多唐以後的著錄中，以書法比附音樂、舞蹈……，都說明了書法中的節奏、韻律、情感，已經精煉到是藝術最本質的層次，因此概括性也特別大。

五

從唐五代以後，文人藝術突起，書法的各種成績轉而豐富了中國的繪畫。到此時，「書畫同源」的說法，便不再是圖繪與文字合一的意思，而是說明著中國書法線條與繪畫線條的一致性。

由於繪畫採納了書法的成績，而書法本身具備的抽象性，又使書法家比畫家更能淋漓盡致地把情感、氣質自由表現出來；因此，五代以後，中國書畫史，一直有著書法領導繪畫的跡象，而書家的地位也往往較之畫家更高一籌。

中國書法，借助於最普通的文字，發展出了一種高妙的藝術，使中國人，一方面尊重於最平凡的「形」，另一方面卻又能從「形」中解放出來，海闊天空，自由遨翔。書法，界於形似、規矩，與放縱、抽象之間，的確是「從心所欲不踰矩」的中國哲學最高境界，因此，在表現上，也特別困難。每一個時代，能有突破性，有創意的書法家都不多。能把藝術上的創意、突破性，與個人的品格、性情、學養、氣度結合在一起，完成一種風範，更是難之又難。也因此，中國的書家，往往到相當年齡才能成熟，那種老辣蒼樸，厚實穩拙的氣味，便往往分不清究竟是藝術，還是人？是技巧、形式的經營，還是性情、氣度自然的流露。

靜農先生的書法，在近代書家中特別給我這樣的感覺。面對他的作品，常常不自禁會被那墨的斑爛，與筆的虬結所吸引，渾忘了那是字，也渾忘了那是書法；最後所見到的，只是這墨的斑爛與筆的虬結組合成的一種無以言宣的情感的波盪。好像那斑爛是老牆上風雨漫漶的痕跡，好像那虬結是歷經了阻折以後生長起來的強韌的生命。抵抗著時間，抵抗著風雨，抵抗著艱難的環境，從那幽曲闇暗的谷地中，向上生長著，那艱難中便有了跌宕自喜，那幽屈闇暗中，也有了淩厲的生的意志。

第一次有這樣的感覺，是好多年前，剛從國外回來，路過重慶南路一家裱褙店，看到櫥窗裡懸著靜農先生的一幅對子，我便驚住了。站在那櫥窗前，看了將近一小時，捨不得離開。一幅書法，卻使人忘了是書法，忘了是字，在那點劃的盤屈擢掠之間，竟然看到的是人的品格、氣度、性情。我忽然覺得彷彿印證了自己一直在尋找著的什麼東西，心裡便也交纏著激動，感謝與敬愛之情。

六

近幾年來，由於私下喜愛靜農先生的書法，便一併瀏覽了先生早年的小說創作，了解了先生的治學。知道先生不但早年才華縱溢，在藝術創作上能脫出窠臼，為新文學的始創時期留有優秀的作品；更難得的是，在治學上，卻能以與創作不同的態度，蒐羅資料，排比史實，尤其對於書學史上幾個關鍵人物，皆能提綱挈領，指出承續中間的重要關係。〈鄭義碑與鄭道昭諸刻石〉、〈智永禪師書學及其對於後世的影響〉，〈書道由唐入宋的樞紐人物楊凝式〉，所談都不是書法史上經常被提到的人物，但是，確實是形成重要書法風格的關鍵人物。在藝術發展史上，形成風格的時代，如詩中的李杜，書法上，唐的歐、虞、顏、柳，宋的蘇、黃、米、蔡，都需要有特殊的條件。我們往往欽羨讚嘆於這風格的完美成熟，卻忽略了一種風格的完成，需要十分漫長而艱困的探索、試驗，甚至大膽的、突破性的對習慣的破壞，對俗世風格的叛逆。在這一點上，靜農先生數量並不多的幾篇書學論著中，有趣的是大都關心於這承繼傳統、開創新局面的轉型時期的樞紐人物。他們本身或者流傳下來的作品不多，也並不成為一個明顯的時代典型，不是藝術史上的高峰人物，但是，他們處於藝術形式十分尷尬或俗媚的時期，卻能一洗因循討好的風氣，以特立獨行的姿態出現，終於能排除惡習，為新藝術的發生清出了一方乾淨的天地。靜農先生對他們的注意、研究與介紹，便似乎寓藏著十分重要的精神。「不得中行而與之，必也狂狷乎？」中國似乎自古便有這樣既愴痛又傲世的傳統，在「前不見古人，後不見來者」的茫漠中，往往寄望於狂狷兩種典型，以叛逆的行徑來抵抗著俗世對自己的腐蝕與軟化。被稱為「楊瘋子」的楊凝式，生於五代末季，大概可當中國士人中的狂者，靜農先生所評的幾句話十分發人深省：

值暴亂之世，為保身家，不能不隨世宛轉，藝術且棲心於一藝，以求得精神上的寧靜，是殆如老聃之學，受天下之垢而又巋然有餘者。東坡覺得「可怪」的，大概以為五代是歐陽修對之恐習「鳴呼」的時代，居然有「與顏、柳相上下」的人物，「不為時世所汨沒者」的「豪傑」。

他又說：

若楊凝式身仕五代，周旋於豺狼狐鼠間，而其書逞興揮灑，多在寺壁，不書諸竹帛為傳世想，則其為人必有不同於人人之處。東坡、山谷，一生皆扼於小人，猶泰然自得，曠懷逸韻，時時流露筆墨間；然志士酸辛倔強傲岸之氣，亦於其中見之。

從酸辛中養成了倔強傲岸之氣，許多與楊凝式一樣處於暴亂之世，扼於小人的文人、藝術家，便在他們的文學或藝術作品中走出了虬勁凌厲的風度，對抗著軟媚，對抗於流俗，對抗於對生命的沒有意見。

如果說，生於五代末世的楊凝式是「狂」的典型，那麼，生於陳隋末世的智永，為了學書，退居永欣閣上三十年，「因自誓曰：書不成，不下此樓。」靜農先生說：「這般勤勵，在書學史上他（智永）要算是少見的一人了。」這又是「狷」的典型了。

靜農先生寫智永與楊凝式，有著十分不同的行文方式，寫智永，寫得周到穩練，資料的排比，引證的詳實，似乎特別有一種對「勤勵」者的尊敬。寫楊凝式的一篇則充滿了濃烈的情感，許多動人之處，又像是寫楊凝式，又像是敘寫靜農先生自己的襟懷，使後學者讀起來特別有一種對藝術背後人品風度的仰望。

七

幾次訪問靜農先生，談到書法，他總謙說：「所知不多。」靜農先生今日以書法得名，大概的確也非當初自己所能預料。少年時，從家庭教育中得到了很好的書法基礎，出入於漢隸（華山碑、鄧石如）、唐楷（麻姑仙壇記）之間，到了大學，受到五四運動影響頗深的靜農先生，卻以書法為「玩物喪志」。這個奇特的歷程，不知道是否反而使靜農先生能夠不同，這似乎與中國藝術中最高的意境相通了。

由於靜農先生在四川時受沈尹默先生的指導，學過倪元璐的字，後又與張大千先生相互切磋，臨摹過雙鉤的倪字，大千先生過世前，並以僅存的一件倪字贈與靜農先生，並認為靜農先生是「三百五十年來寫倪字的第一人」。

倪元璐傳世作品不多，仔細比較，並不覺得靜農先生與倪字有相似之處。倪字基本上還是屬於晚明行草一派的風格，狂放而老辣。比較起來，靜農先生的書法，雖然似乎一直嚮往晚明之風，卻形成另一種險峭虬勁，在凌厲的走勢中帶著佻撻和嫵媚，比晚明的狂辣，多了一種謹嚴的力的戰掣，而這種線條，我以為，恐怕更多來自於〈石門頌〉、〈楊淮表〉等漢隸，甚至北碑的書風。

靜農先生的書法與倪字最相通的地方大概還是在「倚側」的結體上，常常是左低右高，向左去的筆勢通常延展得較長。靜農先生在轉折處則特別多勁健的稜角，造成了力度極強烈的虬結，這一點，恐怕與晚明書風並不相同，而許多方形的尖角起筆，也都使人想到隸與魏碑，也不是晚明。

大體說來，靜農先生的書法，動勢的狂辣嚮往晚明，線條的起落和移動則來自於漢隸北碑，是頗為複雜的綜合。

八

寫靜農先生的書法，心中有一種惶恐。幾次去探訪，也只是感覺著前輩那樣平易近人的言談中蘊藏著的那麼守正不阿的風範，實在是斤斤於藝術形式與技巧的我們不能企及於萬一的。

書法以藝術視之，大概還只是門外的徘徊，在書法中見人品，見風度，見情操，見懷抱，才真正是中國書法不可言喻的境界吧！

靜農先生在寫楊凝式的文字中，引用董香光的話說：「參得哪吒骨肉還諸父母，是大難事。」一個人，拆骨還父，割肉還母，卻還剩了什麼呢？把一切辛苦成形的「形」全都歸還了，在那拆割骨肉的大痛中，才有了藝術創造的新生命，這氣魄膽力，大概就不僅是在藝術上努力可以獲得，而必須要在生命本身的歷練上痛下苦功吧！

我願意仍回到靜農先生的作品本身，去看那墨的斑爛與筆的虯結，去感受那斑爛與虯結背後一個生命在倔強傲岸中迸放的華彩。而這篇不成熟的文字中也只是表示著作者對那精神的華彩敬重愛慕的心意，以此願意更謹慎謙虛地去學習那種風範與氣度。

二

屋漏痕——獻給臺靜農老師

（原載一九八七年十一月十七日《中國時報》）

◎蔣勳

牆上有一塊水濕的漬痕，顏色非常淡，泛黃中有一點點淺褐。

水，本來是沒有顏色的。被水濡濕了的衣服，乾了以後，也並不見留下什麼痕跡。

牆上留下像拓印一樣的水的漬痕，因此是日長月久累積的歲月的痕跡罷。說它是「淺褐」，也並不正確，它事實上不像一種顏色。是水在牆上漫漶流滲，日復一日，那無色的水，竟然也積疊成一塊漬痕。彷彿歲月使一切泛黃變老，那水的漫漶流滲，也使牆起了心情上的質變。

中國書法繪畫都常提到「屋漏痕」。「屋漏痕」暗喻著中國美學追求的意境。長久以來，許多人以為「屋漏痕」是一種筆觸、形態或色彩，然而，面對著牆上這一片水濕的漬痕，我想，也許「屋漏痕」更是一種心境罷。是發現了水與歲月都無蹤跡，但是，日久天長，水與歲月竟然又都留下了漬痕：從斑駁漫漶的淚漬般的牆上水痕，古老的中國，因此了悟了歲月，了悟了美，也了悟了生命。

用飽含水墨的毛筆拖過容易沁透的宣紙或棉紙，水墨隨筆勢滲開、渙散。墨跡在紙上留下的筆觸、形態、色澤都比較明顯，隱藏在墨線之間及墨線邊緣那水痕的流走卻不易察覺。

但是，水痕確實是存在的。當握著筆的手靜定到一定程度，在靜定中點捺牽連，在點捺牽連中呼應著自己均勻謹慎的呼吸與心跳，這時，常會發現，墨的內在，原來有流動的水痕，像一片遊走的光，使墨有了層次，使墨不呆滯死寂。

使用現代工業製造的墨汁便很難體會這種變化。水與墨，有交融與不交融的部分；水與墨，有衝突，有抵消，也有沁透、融滲與渙化；水與墨，一有色，一無形，有色在無形中消融，無形日積月累，疊積了歲月與年代，竟成紙上一片漫漶的水的漬痕。

「屋漏痕」暗喻的正是歲月與年代罷！

在大阪博物館看到一幀明末倪元璐的水墨奇石，草草勾來，墨線與墨點流蕩錯落，只覺淋漓渾茫，滿紙都是歲月的水痕。

倪元璐的書、畫都不多見。他的書法虬勁老辣，筆的走勢中全是凌厲的頓挫，占了畫軸上半的位置。下面勾勒奇石的線卻輕鬆自在，從規矩形式中解放出來，像麻索敗絮，像流走的雲嵐煙靄，水與淡墨拖帶出線的牽連，幾點濃黑的墨的苔點，驚心駭目，在線的流走牽連中排比成靜定的秩序。

線與點在複製上都還可以領略一二，然而水痕是不可見的。水痕只在這唯一的紙上，隨歲月輾轉流離，三百年前明亡時的水墨塵緣，未曾劫毀，也另有了畫面的滄桑。

水墨畫其實是水痕的領悟。水不同於油，有特別靈透變幻的生命。西方的油彩在畫布上凝結固定，中國的水墨卻在紙絹上沁滲渙散；前者追求具體可見的形象，後者融墨於水，水痕交疊，只是漸淡漸遠的一種心境罷。

飽含水分的墨與色彩，結合著水光，在濡濕的紙上顯現出層次的迷離。水與墨的交疊融蕩是水墨畫創作過程中最動人的部分。但是，畫水墨的人，也大都經驗過紙張乾透，水痕消失那種惋嘆又莫可奈何的心情罷。

墨，一旦失去了水痕的滋養，便從明靈變得黯淡，從瑩潤變得枯槁了。因此，水墨畫要一次一次渲染，每一次都是為了積疊水痕，使紙張乾透之後猶保持著淋漓蒼潤的效果。

畫工筆畫的人手上總離不開一支「水筆」。「水筆」是一支飽含清水的筆，在每一次上彩之後，又用這支「水筆」洗掉，然後再上彩，再洗掉，反覆洗到十多次以上，使水痕與色彩積疊成淡而有韻的光澤。不耐煩的人很難理解，一次又一次洗掉後積疊的色彩，與一次濃刷上去的俗豔之色差別在那裡罷。

寫意潑墨，看來瀟灑奔放，墨瀋淋漓，彷彿全是急躁快速的潑灑。其實，真正精采的寫意畫，從墨線外緣水痕細緻的婉轉收放，可以看出運筆的謹慎之處。寫意經營水痕，也算是另一種形式的「工筆」。

倪元璐的墨線與墨點外圍都有極細緻的收斂的水痕。簇新時不知是不是這麼明顯，年代久遠了，水痕泛黃，特別如珠玉，有樸穆內斂的光。

中國美學上說「惜墨如金」，似乎「惜墨」是為了領悟水痕。特別「惜墨如金」的畫家，元朝如倪瓚，明末有八大山人，畫上的水痕，前者空透，後者渾茫，都值得細細咀嚼玩味。

西方當代極限主義（Minimalism）的畫家，AD Reinhardt，在整個畫面的黑中營構不易覺察的黑，近於中國墨的單色系中層次的變化。但是畢竟不是「水」墨，只有形色的積疊。而中國的水痕，卻是從形色的羈絆中一跳而出，使視覺藝術的形色，一轉而為哲學心靈上時間的探索。「屋漏痕」的美學若不從這一點去領悟，也還只能落於形色實相的糾纏罷。

這牆上一塊水濕的漬痕，看久了，可以看到雲嵐變滅，看久了，可以看到山河蜿蜒，現象與心事的風景都在其中，有悲辛沮鬱，也有歡唱飛揚：具象與抽象原無分別，自古而今，不過是為了參悟生命本質的滄桑，美與了悟都在這「屋漏痕」中了。

三

（原載一九九〇年十一月二十四日《中國時報》）

夕陽無語——敬悼臺靜農先生

◎蔣勳

一九七〇年代以前，我對臺靜農先生是十分陌生的。那時台灣的文藝在政治箝制下，三〇年代大部分的作品都被列為禁書。在偶然機會中借閱到魯迅的《吶喊》、《徬徨》，我就手抄了其中幾個短篇。以後又讀到老舍的《駱駝祥子》以及《純文學雜誌》選載的沈從文的《邊城》，當時所知道的三〇年代文學大概也就僅止於此了。

一九七二年我赴歐洲讀書，開始有大量機會在巴黎的圖書館借閱中國近代的文學作品。甚至以文學為基礎改編的四〇年代的電影，如老舍的《我這一輩子》也都在電影圖書館看到了。

以後，我完整地看魯迅全集，在他的雜文、札記、書信中陸續讀到「臺靜農」三個字。魯迅集子中看到的臺靜農，是一個才華極高的文學青年，創作了一些不同於流俗的落實在現實生活中的小說，有著來自泥土的樸拙及對低卑生命的關懷。魯迅集子中的這個文學青年又似乎不只是關心文學，他滿腔熱血，和志同道合的朋友組成「未名社」，參與《莽原》雜誌的編務，譯介外國文學，從事創作，並且，因為理想的堅持，在那政治迫害的年代，數度被誣下獄。

一九七六年我回到台灣，不多久，臺靜農先生早期的小說在台灣重新刊印出版了。事隔半世紀，臺靜農先生與他的同代人所努力建立的文學理想與人的生存尊嚴，再一次在台灣醞釀成運動。七〇年代後期，隨併著靜農先生小說集的出版，台灣一群思考文學與社會關係的作家自發地匯成一種反省的力量。廣義的「鄉土文學運動」從現代詩的檢討與反省開始，陸續擴及到不同領域的藝術。「鄉土文學運動」從自發的文化反省演變到悲劇的政治事件，從文學本身而言，似乎流失了大批優秀的作家，從社會催化的角度來看，卻容納了更多在各個層面強大的助力。

然而，文學在社會中究竟扮演了什麼角色呢？

重讀靜農先生的小說，看到他早年那麼銳利的文學創作卻在盛年突然中斷，一個狂熱追求文學理想，數度因為文學刊物而出入牢獄的青年，他的創作戛然而止，究竟透露著什麼樣沉痛的訊息呢？

我閱讀著靜農先生重新出版的半世紀前的舊作，遇到剛剛從高雄政治選舉中回來的朋友，他激切地告訴我群眾的力量，以及社會轉型時知識分子的取決與定位。這位曾經以極動人的筆觸細細刻劃了他的家鄉的作家，這位藉由文學作品第一次呼籲了家鄉居民低卑的生存處境的作家，他激切地、結論式地說：「文學真是沒有用！」是的，臺靜農先生在盛壯的年齡戛然中斷的文學生命，半世紀以後，重複發生在另一群優秀的台灣文學青年身上。

文學究竟扮演著什麼角色呢？我仍然深深困惑著。

我在大學裡兼課，課餘和好友慶黎、萬國一同到蘭陽平原和基隆河河谷的幾個礦場去做田野調查。猴硐、貢寮、瑞芳，煤礦區的生產不復往昔盛況。白天我們和礦工們閒聊，夜晚在小小的旅舍討論一日的觀察，也爭辯對觀察所得的分析。

文學與社會的互動我仍然在懂與不懂之間。但是願意聽到誠懇激動的言語，願意看到年輕閃爍著天真理想光采的面容，如同靜農先生在《建塔者》中描述的青年。有人在礦工窘困的生活前落淚，有人在礦工窘困的生活前大聲疾呼，有人在礦工窘困的生活前特別安靜深沉。此後二十年，大約便是繼續看著這些落淚的、疾呼的、安靜深沉的如何使他們的落淚、疾呼和安靜變成一種工作——持續不斷地、為之生為之死地工作。

這些瑣細的近二十年前的瑣事常常糾纏著當時耽讀的靜農先生小說中的人物，揮之不去。

然而我尚未見過臺先生，只知道他在臺大。

一天偶然經過一家裱褙店，看到櫥窗中懸掛著一幅對聯，字體盤曲扭結，彷彿受到極大阻壓的線條，努力反抗這阻壓而向四邊反彈出一種驚人的張力。筆劃如刀，銳利地切割過茫然虛無的一片空白。我一下子想到李白〈行路難〉中我甚愛的一個句子：「拔劍四顧心茫然。」

生命的困頓、沮鬱、挫折，理想幻滅後的自苦，像虛空曠野中狼的嗥叫，淒厲尖銳，卻又連回音也沒有。

燕子來時，更能消幾番風雨。
夕陽無語，最可惜一片江山。

這是我第一次被靜農先生的書法震動了。也是第一次如此清楚地感覺到中國書法成為一種美學的理由。經歷數千年，這一迭經困頓的民族，不是不斷在書法中寄託著生命的悲苦與喜悅嗎？文學、戲劇、繪畫似乎都更具體有形，在政治禁抑的年代，倒是解脫了一切形似的書法在點捺撇畫中全部展露了中國士人的憤怒、不屑、悲哀與傷痛罷。蘇東坡「烏臺詩獄」後流放黃州的《寒食帖》成為蘇書第一，不過也只是東坡死而後生的另一種生命的堅持吧。

書法是隱晦，書法又是銳利的批判，做為一種美學，它常常在政治的禁無可禁的年代，卻自在點捺撇畫中留著生命的墨淚斑駁與如刀的劍戟鋒芒。

以後《雄獅美術》整理在台灣的前輩書畫家，我就推薦了臺靜農先生，並且蒐集了他所寫的有關書品畫論一類的論述文字。臺先生的論文並不多，但少數的幾篇大大改變了我過去對台灣「學術論文」的偏見。臺先生論文絕不只在引證上堆砌賣弄，相反地，他的論文總是糾結著生命的理想，使人覺得是在理解一個古史資料，卻又彷彿就在讀著現代。〈由唐入宋的關鍵人物——楊凝式〉一篇便是極好的一例。從史的角度，這篇書法史的論文抓住了唐代美學過渡到宋朝四大家的關鍵，而且，楊凝式在五代亂世之中，個人的生命藉由書法完成，臺先生在行文中有一種痛入心髓的體會。臺先生藉中國神話中的人物「哪吒」的故事來寓意藝術生命的自我完成與自我超越，因為「哪吒」在叛逆一切之後必要「割肉還母，拆骨還父」才有此後蓮花化身的復活的哪吒真身。

讀完這篇論述，我很想去拜望這位前輩了。

《雄獅美術》上討論臺先生書法的一篇文章發表後，我接了東海美術系的工作，一時忙起來，沒有機會去看臺先生。不多久卻在臺中接到臺先生寄贈的書法：一件中堂，寫的是〈石門頌〉，一幅集宋人詞的對聯：

鴻雁在雲魚在水，
青梅如豆雨如絲。

我匆匆回台北謝他，才第一次走進臺先生在溫州街十八巷宿舍的簡樸書房。

臺先生的相貌倒是與他的書法不同。他有一種寬坦平和的大氣，待人特別從容自在，行書中頓挫奇屈的剛硬在生活中是看不見的。

此後我從台中北返，大都要到溫州街十八巷臺先生的書房坐一坐。他的書房很小，寫字兼讀書的一張書桌也只是一張普通的辦公桌。我問他這樣的書桌如何寫大字，他自嘲地說，也曾經用活動栓鍵加了一塊板，原以為撐開後面積較大，方便寫字，結果並不好用，因此還是襲用老法，寫一個字拖一下。

有一次他寫了一張十二公尺全張的中堂，十分高興，便喚我去看。把整幅字拉開，房間容納不下，便拉開了日式紙門，一直展放到臥房去了。

有幾位朋友隨我去過臺先生住處，在他簡陋樸素的書房坐過，都驚訝於他在四十餘年中如此讀書、寫字、做研究，大家都不敢再隨便抱怨自己書房不夠大云云了。

徐國士兄為臺先生栽了兩缸荷花，放在院中，有一段時間長得不好。我和幾個朋友每年三月間就去幫忙下肥，用舊報紙包了雞肥塞在荷缸內的泥濘處。臺先生怕麻煩別人替他做事，看著我們一手汙泥，總是忙著端水拿毛巾。今年二月，我從貴州回來，知道臺先生搬了家，又患了病，便去看他，也順便帶了雞肥。下肥的事弄妥當，我在院中洗了手，上屋去看他，他已十分憔悴疲倦，身上穿了孔，帶著管子，很不舒服，但仍招呼我坐，先感嘆地說：「不能再喝酒了」，接著謝我照顧荷花，若有所思的冒出一句：「也好，再看一次荷花罷。」

臺先生對生死看得很淡。數年前，臺師母在臺大醫院去世，臺老師在電話中告訴我細節，遺體隨即在醫院火化，親友奠儀只收外函，現金全數奉還。臺先生在電話中細談師母病情及臨終過程，語調平靜，他似乎知道我關心，又不要我特別回台北看他，因此把事件說得特別平靜仔細，情感至深，到了生死大限，彷彿也只能如此。

臺先生在待人上的從容自在形成了一種美學，使我近幾年在工作疲倦煩厭之時，特別想去他的書房坐一坐。他招呼我喝酒、看字畫，談一些近代人物光風霽月的事。他從不談他的困頓挫折，我也立刻覺得個人的疲倦煩厭不能流為自傷自憐。

有時候在他的書房，恰巧人多，我便退到角落，細看臺老師與客人的對談。

有人說台灣光復後，臺先生為了避政治之災而舉家遷台，也有人說他是為了貢獻教育於剛脫離日本殖民的偏遠之地，臺先生聽了哈哈大笑，他回答說：實在是因為家眷太多，北方天氣冷，光是一人一件過冬的棉衣就開銷不起，台灣天氣暖和，這一項花費就省了。

又有人說五〇年代初期臺先生家門口總是有一輛吉普車，是否在監視他，他聽了又哈哈大笑，搖著頭說：「不，不，我對門住的是彭明敏。」聽者也哈哈大笑。

臺先生與客人的對答常常使我忽然覺得是在讀《世說新語》，南朝沮鬱的年代，人與人的率性率情似乎也只是這樣短簡有一句沒一句的機鋒，各人有各人的了悟罷。

歷史上許多真相往往隱晦不彰。一個年屆九十的近代人物，他身上的歷史真相也許對許多人都是一個期待去探索的礦藏罷。然而，除了近代人物的光風霽月，臺先生又從不願多談往事。他青年時代出入牢獄的事，我無一次問到，他也從來沒有提起。在政治上受迫害的生命，往往終生帶著政治的畸型活著。我痛惡政治對人的傷害，但是看到政治受害者一生曲扭地活著，也有一種心痛。臺先生是極少數從政治的迫害中活出了自己的坦蕩大度的一人，他在政治之外另有嚮往，他似乎也知道，被政治傷害的生命應當在更大的時空中被撫平，而不是永遠活在人與人的猜疑、仇恨與鬥爭之中，不是為了反對政治的迫害而結果走到了迫害人性的悲慘之途罷。

對許多人而言，臺先生也許應當留下更多早年政治迫害的資料罷，然而，臺先生把歷史的真相升高成為一種生命的美學。生命而沒有了光風霽月的嚮往，生命而沒有了美與幸福的期待，一切的鬥爭就將扭曲變形成可怕的自我傷害與對他人的傷害。臺先生的重要不僅是前半生對外的鬥爭，也更是後半生內在的完成，臺先生的作品價值也絕不止於早期的文學，而更是後期書法美學的完成。

然而，臺先生對卑鄙的政治誣陷自然是痛惡到了極點。一次在晚餐席間，有人提及文化界一位擅長以政治誣陷栽贓他人的事例，臺老師露出少有的不悅表情說：「他也做這樣的事！」

臺先生無論閒談或下筆論介人物很少有偏激刻薄的言語，何況談的對象是晚輩，然而這是我看到他對人的最深重的一次不屑與厭棄。

一九八九年底，知道臺老師一住四十餘年的宿舍要被收回改建，心中就有些擔心，畢竟是上了年紀的人，突然改換熟悉的環境也許是難以適應的罷。果然，年初搬家不久他就病倒了。病中他也總是撐持著與朋友寒暄，但是受病苦折磨，治療的方式又頗使人狼狽，使一向瀟脫自在的臺先生感覺著尷尬罷。

最後幾次去新搬的家看他，他已在斷續的昏迷中，家人告訴我他常常昏睡著不願醒來，必須不時把他叫醒。他的長子益堅兄一次引我到臥房，囑我叫醒他。臺老師從懵懂中醒來，認出是我，握我的手，忽然感慨地說：「以前有四句詩，現在終於懂了。」他因食道癌惡化，發聲很不容易，咿咿哦哦唸了四句詩，我只聽出是七言的，卻一個字也聽不懂。若是平日，我想一定會央他把這詩再說一遍，然而看他那麼費力發聲，要讓我聽懂，我也只有不斷點頭，似乎完全懂了，完全懂了，只希望他不要再那麼費力，那麼嘔心瀝血地把生命的傷痛與領悟說給我聽。

臺先生留給我最後的話語竟是我永遠也解不開的四句詩，我應當追問，卻沒有追問，知道他已盡了全力了。

走在嘈雜混亂的街市中，很想繞到溫州街十八巷他的舊書房再坐一坐。看院中陽光斜照在他簡陋樸素的書桌一角，看他寬坦平和的神情，聽他口中敘述的光風霽月的人物，沒有特別的憤怒，也沒有特別的哀傷，歷史戰亂過後，還要有對生命圓滿的期望，南朝的困頓沮鬱中，也要有一部《世說新語》記錄著光風霽月的品貌人物罷。然而，溫州街十八巷的舊居已夷為一片平地，只剩下一些殘瓦碎磚了！

四

臺靜農先生的書法美學

（原載一九九〇年十一月二十五日《聯合報》）

◎蔣勳

近代中國書法中達到美學完成的，也許臺靜農先生是特別值得一提的人物。

臺先生的書法有人從〈石門頌〉來看，也有人從明代的倪元璐來看。

當然，臺先生的寫〈石門頌〉用力甚勤，我曾在東海大學張愍言女士處看到臺先生撫臨的全本〈石門頌〉。臺先生也常常寫「書學石門頌，圖觀山海經」這樣的句子。

〈石門頌〉對清代金石一派的書家都有影響，但凡成書家，我們又似乎看到他們都能從〈石門頌〉中走出自己的風格。中國書法的有趣，也許正在於大家遵守的規格都大同小異，但從大同出發，卻又可以寄託非常個人的解釋。漢隸在清代金石派如金農、鄧石如、伊秉綬、何紹基的手上如百花爛漫，各自開出奇葩。臺靜農先生的「書寫石門頌」也當作如是觀罷。

我曾多次聽到臺先生自嘲地說「從來沒有好好把一本書帖寫完過」。東海張慇言女士是臺先生舊識，她求臺先生寫一遍〈石門頌〉，寫完之後，臺先生也曾面告：「從來沒有完整寫過一次〈石門頌〉。」

這種寫書法的態度似乎對許多提倡書法的教育家來說是不足為訓的罷。但是，臺先生書法的美學意義也許恰好可以從這裡找到一些端倪。與臺先生相識十餘年，出入他的書房，閒聊，或一同看字畫，他總給我一個感覺，似乎做人比書法重要得多。

藝術使人為之生為之死，然而生死之間，一切的憂愁、鬱悶、挫折、憤怒，最後只是借一方小紙，幾點墨痕留在人世；留或不留，也與創作者無干，他也許對斤斤計較於這一方小紙墨痕的人引以為知己，卻又拂袖而去，了卻了生死之間難以排遣的憂鬱、鬱悶、挫折與憤怒罷。

〈石門頌〉確實是臺先生所愛的書法。本質上，臺先生親近摩崖和北碑的沉拙重澀，而較少南帖的甜美流熟。

〈石門頌〉刻在山壁摩崖之上，人為的刻劃與自然草木一同榮枯。兩千年來，字畫間斑駁漫漶，彷彿經歷歲月滄桑還能辨認出曾經有人如此努力活過，要在山石硬耿之處留一點痕跡。

臺先生的喜好〈石門頌〉似乎是喜好那生命的頑強、剛硬、執中鋒，如錐劃沙，行筆甚慢，墨痕如刀，一點一點刻切入紙。

布局上〈石門頌〉有遼闊氣象，筆勢甚張，使筆力的沉拙重澀中另有一種向四方盪漾的線條造成悠遠的感覺。臺先生「問道赤松子，授書黃石公」一聯，特別明顯可以看出氣勢上的開張，把〈石門頌〉的開闊變成悠遠久長的新的美感。

臺先生用一般墨汁，也不講究紙筆，我數次與他談工具，他都愧疚地說一無所知，只是隨手抓來用而已。去過臺先生工作了四十年的書房的人，也大都驚訝他如何在小小斗室之中，在一張簡陋的小書桌上寫出如此動人的書法。

一次臺先生寫了一張十二尺長的中堂，似乎很高興，喚我去看。他說俯在案上寫，寫一字拉一下，幸好中間沒有電話響，也沒有人來，完整寫好，腰背卻痠痛不已。我們展開這張中堂，他的書房不夠大，便拉開了紙門，一直拖到臥室去了。

臺先生的行書是學倪元璐。

據他自述，早在四川抗戰時期，從沈尹默先生習書，他已親近了明人的行草，似乎原是寫王覺斯，從沈尹默先生的建議才改寫倪元璐。

張大千先生曾經贈給臺先生數幅倪元璐的書法，臺先生在今年患病後已全數捐贈給了故宮博物院。

以結構來看，臺先生的字確實像倪元璐，在行書的夾緊結體中另有一種反力的開張，使視覺上張力特別強。但是，如果仔細辨認，臺先生在線條上的轉折較多，挫力特別重。一般而言，明人行書用筆如煙，常常在絹紙上做出流動性甚強的飛白，傅山的行書就是最好的例子。

倪元璐用筆較重，但仍不離明人風格。臺先生的線條特別緊勁，起筆方硬如〈石門頌〉，轉折的瘦硬也有隸書的精神。

以美學風格而言，臺先生的書法似乎是北碑的遼闊大氣混合了南帖的悲情與自苦。臺先生早歲以新文學崛起，小說創作中全是新時代奮勵上進的聲音，對窮愁絕望的中國懷抱著悲憫與淑世的心情。然而南渡以來，侷促一隅，在政治的隱晦下常常書寫六朝詩文，向秀的〈思舊賦〉寫嵇康的孤傲自負，寫嵇康臨刑的「顧視日影」，在字體中有壓抑，有反壓抑的奮張的努力，筆勢行走如刀，我以為是臺先生南渡後完成個人風格的重要轉捩。其中的個性或有部分相同於晚明倪元璐，但主要還是先生自己與時代掙扎的結果罷。

與臺先生來往並不多。每次從台中東海大學北返，總要過臺先生溫州街的宿舍一坐。臺先生給我倒酒，閒聊一些事，又拿字畫同觀。我告辭出來，他一定堅持下玄關，親自送到大門口。

臺先生相貌寬坦大氣，其實他的書法是較生活中的他多一些緊張的。然而那緊張的力度竟構成了他書法中最動人的美，在扭曲掙扎中那似乎不斷要向四方開張的蜷曲的生命，使我們看到了書法美學的傳統再次借著一個南來的人物復活了。

讀臺先生的書法，因此也許更應該讀他早年的小說，讀他論述南唐《韓熙載夜宴圖》的一篇文章，讀他極具功力的一篇論文〈由唐入宋的書法關鍵人物——楊凝式〉，這些都構成了臺先生書法完成的重要因素。因為，書法在中國已絕不是為了視覺享受的藝術，書法正是中國傳統文人的生命美學。

五

手跡情誼

◎林文月

纏綿病榻十個月，臺先生於一九九〇年十一月九日去世。同年十二月十日（農曆十月二十四日）是他九十榮壽之期。門生故舊先已紛紛撰文以為祝壽，而香港《名家翰墨》也特別製作專號以表敬意。然而，只差一個月，先生竟未及目睹而逝去，委實遺憾！十一月二十五日，大殮之日，《名家翰墨》的主持人許禮平先生兼程從香港飛來台北參加葬禮。他攜來兩本剛剛印好尚未及裝訂的第十一期《名家翰墨》〈臺靜農、啟功專號〉。一本納入棺中，另一本送給我。這一本書的籌畫約莫是在一年以前，我到香港演講，許先生同我談起，我答應提供所珍藏的臺先生的墨寶，並撰一文。返台後，又代為邀約朋輩共襄盛舉。豈料祝壽的初衷，竟成為送終之心香。

臺益公送來陳獨秀先生自傳稿，不知是因為我居中奔走促成那本《名家翰墨》出版的緣故嗎？然而，這又是何等的巧合啊，我一眼看出那就是臺先生搬家前後所掛心，甚至於生病住院時仍思思念念的稿子。「你在哪裡找到這個呢？」我等不及地問益公。「在保險箱裡呀。」他若無其事地說。「你父親為這個操心了很久。他以為搬家時丟了。」「唉，他自己收得好好的。大概是年紀大，記性衰退，忘掉了吧。」想到他老人家暮年最後一段日子裡所牽掛的事情，竟永遠無法告曉以為安慰，我心裡十分傷痛。「這太寶貴了，我不能接收。」「哥哥、姊姊都在國外。爸爸的保險箱要結束，這東西不知該怎麼辦？還是送給你吧。」

或許，益公處理臺先生的後事，也有很多複雜的問題的吧。「這是重要的文獻，我絕不能私自收下。今天你給我，就算是讓我暫時代為保管，以後再做妥當的安排吧。」陳獨秀先生的自傳手稿，遂一度到了我手中。

節錄自〈手跡情誼——靜農師珍藏的陳獨秀先生手跡〉，收在林文月《文字的魅力：從六朝開始散步》，有鹿文化出版

六

蹤跡——懷念臺靜農老師

◎施淑

我沒練過寫字，更不懂書藝，能夠親近臺靜農老師的書畫天地，是無法言說的幸運和幸福的事。

一九六〇年代臺老師指導我寫《楚辭》研究論文時，有一天到他家，不記得為什麼會談到他寫字，只記得老師起身打開客廳旁邊一扇門。一霎間，我看到那原來該是書房的日式宿舍邊間地板上，隨意堆疊的沒裝裱的字畫。應該是看到我迫不及待翻看的神情，臺老師說：喜歡就拿去。不知天高地厚的我，於是歡歡喜喜地擁有臺老師的字，渾然不知那帶著奇特的美的字跡間，該含藏老師多少情感和心志，只是直覺地認定，在當年保守封閉的中文系，會帶領我走向楚文化考古發現和中國神話傳說，開啟我探討《楚辭》文學的新視野的臺老師，本來就該寫出那樣別開生面的字來。

古典的書畫世界之外，那個時候，引起我更大的好奇的是傳聞中，臺老師曾是五四新文學作家，而且遭受白色恐怖迫害的傳奇故事。

一九六八年葉嘉瑩老師從美國講學回來，見面時免不了談到臺老師，談到他年輕時寫小說的事。有一天，葉老師要我陪她到中研院查資料，在史語所圖書館，我從她找給我的「中國新文學大系」小說集，於是讀到了臺老師寫的〈天二哥〉、〈紅燈〉、〈新墳〉、〈蚯蚓們〉等四篇被魯迅高度評價的短篇，找到了戰後台灣神祕恐怖的中國現代文學史禁區裡的臺老師新文學創作的第一塊拼圖。

往後幾年出國讀書，尋找臺老師的創作蹤跡，尋找與他同時代的左翼文學思潮，成了我給自己的重要功課。哈佛燕京圖書館裡不齊全的《莽原》、《未名》半月刊，小說集《地之子》、《建塔者》，以及牢獄之災……陸續找到的資料，雖不致完全在我意料之外，但仍大幅度改寫一直以來臺老師給予我的，像魯迅筆下那在庸眾中清醒的、落寞的孤獨者的形象——原來他曾有過那樣激越鷹揚的青春歲月，原來他有過那樣政治受難者的孤絕日子。

記得第一次讀《建塔者》，在整個集子高亢的革命語言和若隱若現的〈國際歌〉、〈馬賽曲〉聲中，感覺特別強烈的是當讀到小說裡不只一次描繪，被拘捕的年輕政治犯，入獄的當晚驚愕地發現：必須依照監獄的規矩，大家一齊壓著右膀子睡覺，「其餘什麼睡法都不許」。一下子，卡夫卡式的荒謬就回到我心頭。而在我讀這部小說集的當時，在一九七〇年代初北美校園反越戰和嬉皮運動的餘緒裡，原先在台灣現代主義作品中遭遇到的卡夫卡式的荒謬，或人的生命意義的潰滅，早已隨著新讀到的切．格瓦拉的《革命前夕的摩托車之旅》，消失無蹤，不知去向了。而它居然在臺老師滿布創傷經驗，做為革命時代證言的《建塔者》系列小說，不是經由肉體的刑殺，而是藉著囚禁的儀式附身還魂，著實讓我驚顫於他的藝術表現力和承受的痛苦。

回台灣教書，我像交作業一樣把我寫的關於胡風、關於中國左翼文學運動和作家的幾篇文章拿給臺老師。再次見面，臺老師跟我說：妳寫的有些我都不知道。然後就沒有下文。不擅應對，不知怎麼回答的我，只有把他的話當作是老師對學生的鼓勵。這麼多年來我一直懊悔錯失良機，沒接著追問他知道和不知道的是什麼，因為做為胡風和中國現代文學思潮的同時代人，他應該會說出一些文學史的重要證言。只不過有時又想到，正因為他是現代中國最早一代的左翼作家，在二十世紀海峽兩岸如出一轍的文藝迫害史中，我能夠而且應該追問那等同於他的創傷經歷的創作經歷的細節麼？

我的遲疑和瞻前顧後，加上一直覺得他身體健康，松柏常青，如同他八十過後寫成丈二巨幅的鮑明遠〈飛白書勢銘〉時說的「老子尚堪絕大漠」的豪語。再等等，我總是有機會聽到他的心聲，看到他們那一代理想主義者留給後世的夢想和憧憬。

接下來，一九八〇年代初那幾年，因為兩岸還未通航通郵，臺老師偶爾會教我轉請葉嘉瑩老師趁著到大陸講學之便，替他查詢他念北大時搜集的淮南民歌手稿的下落，探問他抗戰時流徙四川的故交的情況。葉老師回信時偶爾會附上她到大陸旅遊的照片要我轉交。印象特別深刻的是有次她寄來曲阜孔府照片，裡頭有一張是孔德成老師新婚洞房。我送照片到臺老師家的那個晚上，孔老師已在座。看到兩個斑白的頭顱緊靠在書桌上那盞光照不足的檯燈下，聚精會神地看葉老師用傻瓜照相機拍下來的像用肉眼直視的舊時影像，伴著輕輕的喟嘆。那情景真教人神傷，多年難忘。

另外一次，我把大陸改革開放後創刊的《新文學史料》上找到的，臺老師老友李霽野先生的回憶文章拿給他。他接過去看了標題，不發一語，停頓片刻，再重拾話題。幾天以後，我再去看他，他用慣有的呵呵笑聲起頭，談起李先生和他當年在北京加入魯迅創立的未名社，辦《未名》半月刊，美麗的丁玲常往他們那兒跑，因為她大概私下喜歡馮雪峰，而馮雪峰常到未名社拿他翻譯好的稿子請魯迅先生改正，因為他老是把日語否定句譯成肯定。這是唯一一次我從臺老師口中聽到比較有情節，比較故事性的新文學掌故。估計那時是一九二八年臺老師因未名社出版托洛茨基《文學與革命》，與李先生一道被捕下獄，丁玲到上海發表讓她名揚文壇的《莎菲女士的日記》，被李先生稱道為所有善良的人都會喜歡他的馮雪峰，正開始譯介馬克思文學理論，而「青年叛徒領袖」魯迅還未南下廈門、廣州避難的稍前時段。

同樣是以呵呵笑聲起頭，晚飯後微醺、興致好時的臺老師會以開玩笑的口吻說起他的「新式炸彈」的往事，也就是他一九三二年被北平警察局以共黨嫌疑犯逮捕，第二次入獄的事。他笑著說：被搜查到當罪證的所謂新式炸彈，事實上是朋友寄放他家的化學實驗儀器，而他們還煞有介事地拿到北京城牆根試爆。這個故事，我後來在來台訪問他的魯迅研究者陳漱渝先生的紀念文章裡也看到他提過。

大約就是一九八〇年代初那個時候吧，有一天，談到台灣創作界情況，臺老師突然以比平常高的聲量問我：「你們怎麼那麼迷張愛玲？我們都不寫那些！」

（無獨有偶，在天津南開大學退而不休的葉嘉瑩老師，最近正為大陸文青順口溜式的：南有張愛玲，北有葉嘉瑩。寢食難安，忿忿不平。）

就是在那些聆聽臺老師隨興清談的日子，最快樂的一件事是跟他談秦始皇陵兵馬俑。因為大陸資料的限制，我那時只能盡量從國外考古學刊物蒐集兵馬俑發掘資料和圖片，影印翻譯給他看。看他驚嘆興奮地看那些出土俑像，按二分之一尺寸複製的銅車馬，聽他一邊評斷秦代藝術的寫實主義，而不是漢朝畫像磚僵化制式的表現手法，恍如回到當年他指導我寫論文，討論楚墓文物發現的時光。後來他果然寫了〈觀秦始皇墓中兵馬〉那首七言絕句。

臺老師會寫舊詩，我本來不知道，只知道他喜歡用小楷抄錄舊詩詞。去找他時，他有時會從雜亂的書堆裡找出他用寫字剩下的紙頭抄錄，看來是讀後有所感觸信手抄下的民國文人詩詞送給我。有次到東京，在鳩居堂看到一個素雅的冊頁，心想老師可以拿來抄寫他喜歡的詩詞，不用再寫在零零散散的紙頭上，於是買回來送給他。沒想到過了一陣子他打電話給我，去到他家，居然看到是一整冊寫滿他自己的舊詩和畫作的冊頁！後來有次跟柯慶明聊天，提到我真是腦殘，送東西也不說明白，害得老師不知花多大心神寫那個冊頁。柯慶明安慰我幸好這樣，否則就看不到老師留下的這麼珍貴的墨寶。我只有接受他的安慰，相信是個美麗的錯誤。

這次池上穀倉藝術館與冊頁等一道展出的尺幅〈鷓鴣天〉詞四首，是臺老師抄錄民國文人詩詞少見的有落款跋語的一件，只不過作者誤寫為黃墨谷，經臺老師書藝研究者盧廷清先生查證，應為著名女詞人沈祖棻作品。

＊＊＊

一九八九年毫無疑問是個災年。六四天安門事件，臺老師要被掃地出門，搬離他住了四十多年的臺大宿舍，他一輩子住最久的台北溫州街十八巷六號的家。然後是診斷得了食道癌。看他為房子事煩惱，聽他說他食不下嚥，落寞的神情，一向讓人感覺八風吹不動的老師，真的老了。

聽老師告訴我他食不下嚥的那天，我記起不久前他送我的一條橫幅，是辛稼軒那首京口北固亭懷古的〈永遇樂〉：「千古江山，英雄無覓，孫仲謀處……」，結句「廉頗老矣，尚能飯否」之後，老師的落款寫的是：「丁卯新秋酷熱，靜農書龍坡丈室，年八十六，廉頗能飯，尚未老也。」那個丁卯年，是一九八七年，老師還未生病，而千古江山英雄人物依舊是他的人生對照組的時候。這幅字，施叔青看了喜歡，跟我要去，裱好裝框，掛在她書房。我跟她要回來，但直到前年捐給臺大，始終沒勇氣懸掛。

老師住院的最後那段日子，有次去看他，神智衰疲，說話已經很費力的老師說，他要讀魯迅，要我拿一本我不能完全聽清楚的魯迅生平的什麼書給他。我找遍臺大附近賣地下出版書的書攤和自己的藏書，就是找不到他想讀的那樣一本書。直到他去世後，我在他兒子臺益堅先生的紀念文章才知道，那應該是一九八六年他的子女帶他到美國旅遊，在舊金山書店買到的馬蹄疾著《魯迅和他的同時代的人》。那本書，老師在《龍坡雜文》序隱約提到：「前年旅途中看見一書涉及往事，為之大驚，恍然如夢中事歷歷在目。」又說，如果聽朋友們勸告把它寫下來，「這好像一張塵封的敗琴，偶被撥動發出聲來，可是這聲音暗啞是不足聽的。」那麼，他一生懸念，至死方休的就是魯迅與北京未名社那些往事了。

跟老師交往的年輕朋友們常說，老師說話就像《世說新語》，除了《世說新語》般充滿機鋒的清談，對我而言，他那經常缺少上下文讓人對不上話的言語，就像是獨語，是他生命的轉折頓挫，或需要破解的關鍵詞，特別是碰觸到他不願多談的往事的時候。

比如有一次看過他談完話走下他家玄關，他突然說，從小他聽到的都是盧梭、孟德斯鳩。這天外飛來的一句，雖然讓我愣住，但我可以聽懂，可以在心裡對得上話——因為他父親念法政，是西方新觀念的接受者和傳導者。如果不是從小耳濡目染，他不會念小學時與李霽野一道剪辮子，到廟裡砸佛像，或許後來不會寫出《建塔者》裡那些追求自由人權，醉心人類光明未來的烏托邦小說，不會寫出《地之子》裡那些與故鄉泥土及中國生民苦難共同呼吸的作品。

但這樣的機會畢竟少見，較常發生的是他會若有所思地唸出幾個名字，我也據我所知地回答。比如湖畔詩社的憂鬱詩人潘漠華，帶現代主義色調的淺草、沉鐘社成員陳翔鶴和陳煒謨，古典文學研究者孔另境、范文瀾。然而我的回答顯然跟他的心緒有巨大落差，他聽了後也不多說什麼，很快就談別的去了。

直到老師去世，陸續讀到的紀念文章，讓我興起重訪他的文學世界，探尋他的寫作地景，了解他的生命的關鍵詞的願望。

就像盧梭、孟德斯鳩是臺老師的思想啟蒙，瞿秋白自道俄國十月革命帶給他「生命的第二次誕生」，應該也是老師和他的未名社朋友們的共同經驗，而他們的新生命的起點無疑是老北大的紅樓，那座矗立在北京灰撲撲的青磚民居和讓人不能呼吸的琉璃瓦帝王建築之間的紅磚大樓，中國現代文化的發源地。

資料中說，一九二〇年代的紅樓有老師提過的世界語學會，有李大釗領導的馬克思學說研究會（會員裡有一個不知所終的基隆人王錚，還有一九三四年參加台灣文藝聯盟的彰化人謝廉清）。紅樓地下室是印刷工廠，北大共產黨地下黨的文宣都由它印行，它的工人有馬克思學說研究會會員。紅樓外沙灘大街有個本來叫蒙瑪區，後來改稱拉丁區的學生街，就在這個複製巴黎河左岸想像的街區裡，人民共和國成立前後的一些重要文化人物都會在那兒落腳：潘漠華、馮雪峰、胡風、王實味、王凡西……而臺老師他們一九二五年成立的未名社就在紅樓對面的一間小租屋裡。

《建塔者》中有篇描寫一對逃避北洋政府鷹犬獵捕的革命青年的小說，標題叫〈昨夜〉，裡頭有一句法文對白：「**Je marche tout seul dans la nuit!**」我在暗夜獨行！當年讀到這兒不禁大笑，沒想到老師居然曾這麼文藝青年，這麼浪漫過。這篇以第一人稱敘述的小說，以及具有象徵意義的法文對白，不難看出是一九二〇年代北大紅樓外拉丁區的浪漫的左翼青年的寫照，也是臺老師個人傳記的一部分，因為小說中的逃亡者「秋」，正是一九三二年老師二次入獄的「新式炸彈」事件的關係人，時常出入未名社的共產黨員王冶秋。

根據研究資料，促使一九二〇年代那些自覺在暗夜獨行的北大拉丁區知識青年，從根本上改變他們的思想軌跡和生命形態，或如瞿秋白所說獲得「生命的第二次誕生」的關鍵事件之一是一九二六年的三一八慘案。在這個被魯迅稱為「民國以來最黑暗的一天」裡，為抗議日本聯合英美等八國公使下最後通牒，無理要求北洋政府撤除天津大沽口軍事設施，北京群眾和學生發起大規模示威遊行，北洋政府執政段祺瑞下令射殺示威群眾，造成四十餘人死亡，兩百多人受傷。示威活動領導人李大釗在接續下來的大逮捕中，於次年四月被捕，受絞刑殺害，同時被殺的有二十人。因為親歷大屠殺，因為激於義憤，一九二七年北大地下黨黨員人數明顯增多，臺老師就在這行列中。

經歷過三一八慘案，北大拉丁區的革命青年在緊接下來的一九三〇年中共中央八一抗日救國宣言，一九三一年九一八事變，一九三二年淞滬戰爭，以及每一年五一勞動節的示威或紀念活動，可說無役不與。他們的抗爭方式之一是「飛行集會」，也就是以最短的時間在街頭演講、發傳單，講完就跑。看來現在的快閃行動，古已有之，不自今始。不過差別在於，抗爭之後，有的閃進了官府，有的是閃不過官府的緝捕，僥倖逃過，新的苦難經常等在後頭。比如前面提到的曾駐足紅樓外拉丁區的王實味，他的妻子劉瑩常被分派飛行集會任務，他自己則是延安時代被拿來為文藝整風祭旗的「野百合花」事件的主角。胡風，人民共和國成立後最大規模的文藝迫害運動的罪魁禍首。王凡西，與陳獨秀推動中國共產黨左派反對派工作，畢生奉行托洛茨基第四國際理念，流亡港澳，最終客死英國。

至於老師生前常若有所思地提到的潘漠華，這個與馮雪峰等人共組湖畔詩社的抒情詩人，曾翻譯震驚舊俄文壇並被查禁的無政府個人主義小說《沙寧》。一九二六年自北大外文系輟學，全力投入共產黨地下組織工作，參與和策劃抗日示威及北京地下黨公葬李大釗等重大政治活動，多次被捕後於一九三四年十二月病死獄中。在這之前的一九三〇年末，他與臺老師負責組織中國左翼作家聯盟北方分盟，也就是一般所知的「北方左聯」。

從一九二八到一九三四年，是臺老師在改名為北平的老北京城裡生活最不平靜也是最後的幾年。在這段波濤洶湧的時間裡，除了組織北方左聯，他一改前此被魯迅讚賞為「把鄉間的死生，泥土的氣息移到紙上」的寫作取向，連續發表以地下黨革命青年為主題的小說，為那些被他稱為「先知」的暗夜獨行者和自己留下肖像，成為白色恐怖的文學見證。一九三二年十一月，魯迅由上海到北平，就文藝問題發表有名的北平五講和二次密會，臺老師是重要的參與者，其中第二次與北方左聯的密會就在他家舉行。會議後不到一個月，老師被捕，直接原因是保釋地下黨員孔另境。一九三四年第三次被捕，同案被捕，一齊押解到南京服刑的有范文瀾。

讀中文系的都知道老師談話中若有所思地提到的孔另境和范文瀾，前者研究古典小說，後者是《文心雕龍》專家，但跟當年的我或許同樣不知道的是，孔另境一九三二年在天津被捕下獄前，擔任的工作是中共地下黨與國外聯絡的通訊員。范文瀾，一九三四年與老師被捕時兩人同在北平女子師範學院教書，一起工作。在這之前，一九三〇年他曾被查抄住宅，搜出北京地下黨刊物《紅旗》。七七事變後創辦抗日講習班，編寫抗日三字經。一九四〇年到延安。想來他編寫的抗日三字經，從內容到形式，與日據時代台共地下黨人為台灣勞苦大眾編寫的「三字集」，應該有共通性，因為他們思想同源。

為了紀念臺靜農老師逝世三十周年，由林懷民、蔣勳發起，在池上穀倉藝術館舉辦他的書畫展。在展出前後的這段日子，我止不住反覆零亂地想起做他學生時一些零亂的然而忘卻不了的記憶，想起已然化成記憶的所在的他的台北溫州街舊居。我有幸親近臺老師的書畫天地，也因受他啟發涉足他曾親歷其中的中國現代左翼文學領域，那個如他所說像暴風雨中的海燕一般的時代先驅的精神居所。然而我能記下的只是這些零亂的往事，他的生命的蹤跡。

精於書道的人常以「字外有字」論斷書家的懷抱和境界。不接受訪談，不寫回憶錄，只在記述故交的雜文裡偶然透露自己的過往的臺老師，在我心中，始終是個古典而又現代的傳奇。在他常被論定為「鬱結」的書藝精神之間，我總是不期然地會感受到，他那站在中國現代史的前沿，有著〈國際歌〉，有著〈馬賽曲〉，有著人間大愛的年輕鷹揚的生命形象。

七

鐵筆銀勾

◎林懷民

我很晚知曉臺靜農先生，卻很快被他鐵筆銀勾的書法吸引了。八〇年代，逛畫廊，巧遇臺先生的書法展，看到先生寫李商隱的〈錦瑟〉，馬上撲了過去。老闆笑說，已被訂走了。結果我帶回王維的〈積雨輞川莊作〉。很高興在這回展覽裡跟〈錦瑟〉重逢。

八

敬陪末座

◎許悔之

二〇二〇年五月，「池上穀倉藝術館」借展了五件我所珍愛的臺靜農先生作品。其中一件，是臺先生經歷腦部手術後的丙寅（一九八八）年秋天，病後書沈祖棻〈浣溪沙〉詞；因為年代久了，送去李秀香小姐工作室整理，有一天在揭除背紙中，李小姐告訴我：上一位裝裱者，在臺先生落款背後（背紙），留下了載記裝裱的痕跡……

像是隱藏了心事。多年來，我一直在想，腦部手術後若死而又生的臺先生，為什麼要一直寫沈祖棻的詞呢？

好多好多年前，林文月老師送我這件作品，我愧不敢受；林老師說：「你那麼喜歡臺先生的書法，我代他送你；臺先生天上有知，也會高興的。」

臺靜農先生臨〈寒食帖〉、書民國女詞家沈祖棻〈浣溪沙〉、書悼弘一法師詩（臺先生少見的接近楷書），林文月老師厚愛而贈我，皆珍愛寶藏，掛在家中多年，日日相見，也是我心識的一部分了。

時間在紙面留下了一些褐斑。

所以決定拜託李秀香小姐工作室重整、換框，好好在池上面世。收到工作室張碧俐小姐拍攝的圖檔時，看著書法的「本來面目」，覺得非常感動。

字的本來面目，是心。

本來無一物，心是工畫師。

至於〈書黃墨谷詞〉和〈墨梅〉，則是臺先生另一高足、愛徒施淑老師所贈。記得施淑老師要送我時，我數次辭不願受；施淑老師說：「我馬上就要捐出所有臺先生的作品給臺大了，這一件是博物館級的神品，你就留著吧。」

隔年春天，紫藤花開，施淑老師託言到有鹿頂樓賞花喝茶，將〈書黃墨谷詞〉帶了來。之後，「青雨山房」吳挺瑋、沈季萱伉儷為此書裝了美麗的酸枝框，我就掛在有鹿，希望來這裡的朋友，看見臺先生書藝之美和格力：在人生中，戴著手銬腳鐐，也能美麗的舞踏……

林文月老師、施淑老師，這二位臺先生的學生，除了留下幾件存念，都把身邊所有臺先生作品捐給了臺大；如同蔣勳老師所說的，美是加法，你給得越多，它就變成更多。

此次展覽，所有借展者皆與臺先生因緣深厚；只我一人，沒得幸運能見過臺先生；但我借展作品的原主人，皆和臺先生非常親近，所以我就借展了作品，如同緣緣之緣，樂於敬陪末座。

因為臺先生是我最心儀的書家，是「唯一」，不是「之一」。

九

把冤錯化為美——池上穀倉藝術館臺靜農展

◎陳文茜

向臺靜農致敬的展覽，於二〇二〇年十一月圓滿結束。幾位主要參與者，以酒敬天，以黃金玉蘭祭臺老。夕陽秋風吹照在臺先生一輩子沒有去過的池上，展覽館外的荷花，在秋收季節已近枯萎。

但荷花鐔還在，意喻一種精神，永遠不會死，跨越時空，永不消失。

臺老師的展覽起源於當代經常有的「冤錯新聞」：「臺大不挺臺大，臺靜農故居遭拆除」——這則新聞報導刊登在一個不必負責的報紙部落格，一位與臺家有特殊緣分的人發現了，哭著告訴我。我看了一下內容，錯誤不少，因為古蹟的保存權在台北市政府文化局，而文化局從來沒有得到任何單位申請將臺靜農在台第二個宿舍的故居列為古蹟。

事實是臺大某研究所有一群日本老宿舍迷，將一大批房舍建築全批送文化局，未標示其中包括臺先生的建築；文化局古蹟審議委員會看完後，認為保留面積太大，而且沒有明顯保留價值，於是行文臺大不必當古蹟保存。

就在這樣的過程中，當時申報者知道其中有臺靜農故居，於是丟出一則新聞，批評的對象是從頭到尾沒有介入的臺大。

一開始，我們幾位朋友都希望當天各電視台新聞報導此事，搶救臺靜農故居，但不批評臺大。

可惜這個社會比較擅長指責，當文化界注意這個新聞並成為各大電視台的報導時，同聲譴責臺大。

這自然是冤錯了臺大校方。

但時代冤錯的對象太多，包括臺靜農本人。他的後代形容臺先生面對門口的站崗監視，妻子補貼家用院子裡養放的雞，坐過牢之後選擇禁語，他活得愈老愈瀟灑，一杯威士忌、高粱飲下，盡情筆墨。那大江東去，浪淘盡了這麼多英雄，自己苟活於平淡，冤錯的命運，長笑一聲，不必多語，盡情詩畫之美。

臺老師晚年非常疼愛蔣勳、林懷民老師。念舊的他們當然關心此事，找我談論；林老師當時已宣布退休了，但他的視野永遠不會老退，他不加入瑣碎的爭論，直接主張辦一場「我們敬愛的臺靜農老師紀念展」，讓後代之人知道足可代表五四那一代知識分子之一：臺先生的重要性及其書法地位。

於是常年負責蔣勳老師書畫的「谷公館」負責人谷浩宇開始奔走，常年敬仰臺老師、也是臺老師最喜愛的兩位女弟子疼愛的許悔之，負責一些製作年表與出版品蒐集，最後由「台灣好基金會」徐璐統籌一切行政事宜。

展覽一直到臺先生忌日十一月九日後才結束。距離他過世，漸漸被遺忘，三十年後。

而儘管臺大一開始承受了委屈，校長管中閔在海外跨海指示：一，臺靜農故居不只不能拆，未來還要成立臺靜農紀念館，二〇二一年臺大辦展覽。二，全力協助池上穀倉藝術館臺靜農展覽。

管校長體現了一種人的好品格：不要沉浸在被攻擊、誤解的情緒中，而是想一下，轉化一下，我可以做什麼。

臺先生晚年為自己取號：靜者。

他生前不可能想像一個他從未到達的鄉間小村池上，一個以穀倉改建的藝術館展覽，以向臺靜農致敬為名的書畫展，可以創下近兩萬七千人次觀覽。

這個曾經年輕時以魯迅、陳獨秀為摯友，之後為了在台灣保住性命，外人一問起魯迅，即維持沉默的大左派，可能想好好地吶喊、朗笑：寃錯、寃錯，不過是一首詩。然後向大地乾一杯：向他疼愛的弟子們豪情對飲。不必祭祀我，我生時不語好似未曾真正來過，我走了留下筆墨，也未曾真正離開。

十一月九日是臺靜農老師逝世三十周年忌日，蔣勳為在池上的紀念展結束前，在報紙副刊的文章寫下一段注腳：

臺老師的書法從明末王鐸、倪元璐出發，有二王的流動。臺老師的書法從王鐸轉向倪元璐，是一大改變。明亡後，倪元璐的書法，有痛淚的奔濺揮灑，有劍戟的鉤砍，已預告著帖學流熟書風的異變。

臺老師後來更近一步，親近「石門」摩崖，親近刻石碑版，很顯然也是參與了清代「金石派」一直到康有為的書風革命。

池上「臺靜農紀念展」最後更換的展品有兩件都與老舍有關，一件是臺老師為老舍寫作二十年寫的一篇紀念文字的手稿，題名為〈我與老舍與酒〉。另一件是臺老師〈懷老舍〉的詩稿。

老舍，寫《駱駝祥子》的老舍，寫《四世同堂》的老舍，創作著名戲劇《茶館》的老舍，也許對今天的台灣青年一代是很陌生的名字了吧。

〈我與老舍與酒〉是臺老師一九四四年的手稿，現在收藏在臺灣大學圖書館。策展人谷浩宇從這篇手稿開始，很仔細閱讀了老舍重要的著作，如《駱駝祥子》。因此使池上穀倉的「紀念展」有了臺老師和他一代文人的風骨形貌，為整個展覽規畫了氣度宏大的尾聲，這是台灣少見的一次有宏觀視野的策展，應該特別感謝谷浩宇的用功。

很圓滿的落幕……

許悔之以臺老師生前常引的梁啟超集宋詞聯句，加上池上閉幕儀式時眾人追憶的心情，以句如下：

三杯高粱飲盡
酒氣湧上心頭
故人縱浪大化
筆墨自有江山
燕子來時更能消幾番風雨
夕陽無語最可惜一片江山

不論時代辜不辜負人，每年燕子照常會來到，春與秋會以其節氣代序時光。歷史裡沒有永遠的掌權者，也沒有永遠被埋沒的豪傑。

銘記。

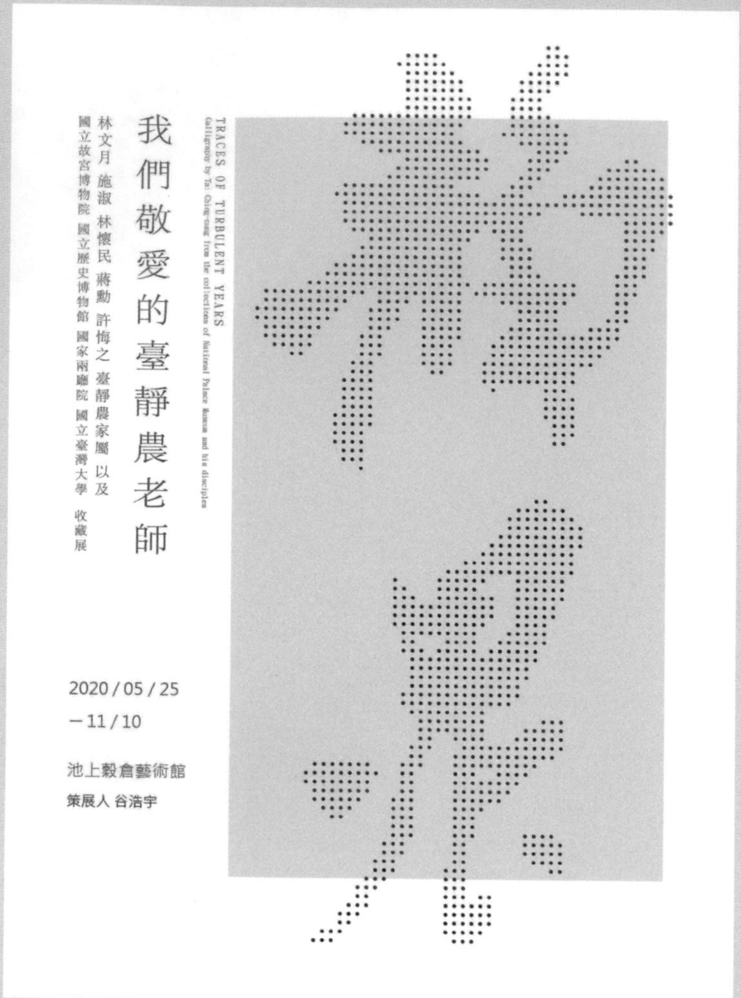
我們敬愛的臺靜農老師
TRACES OF TURBULENT YEARS
Calligraphy by Tai Ching-nung from the collections of National Palace Museum and his disciples
林文月 施淑 林懷民 蔣勳 許悔之 臺靜農家屬 以及
國立故宮博物院 國立歷史博物館 國家兩廳院 國立臺灣大學 收藏展
2020 / 05 / 25
— 11 / 10
池上穀倉藝術館
策展人 谷浩宇

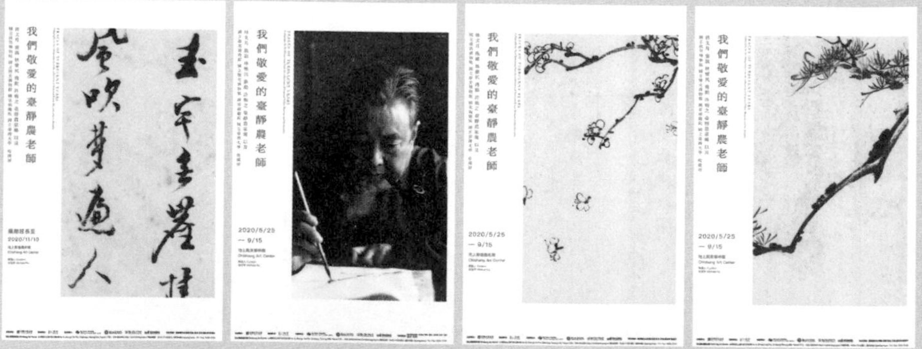
我們敬愛的臺靜農老師
2020/5/25
— 9/15
我們敬愛的臺靜農老師
2020/5/25
— 9/15
我們敬愛的臺靜農老師
2020/5/25
— 9/15

我們敬愛的臺靜農老師

林文月｜施淑｜林懷民｜蔣勳｜許悔之｜臺靜農家屬 以及

國立故宮博物院｜國立歷史博物館｜國家兩廳院｜國立臺灣大學 —— 收藏展

2020.5.25 – 11.10 池上穀倉藝術館

策展人｜谷浩宇

主辦單位｜台灣好基金會 Lovely Taiwan Foundation

贊助單位｜復華

協辦單位｜國立臺灣大學圖書館 NATIONAL TAIWAN UNIVERSITY LIBRARY　國立故宮博物院 NATIONAL PALACE MUSEUM　國立歷史博物館 National Museum of History　國家兩廳院 National Theater & Concert Hall

特別感謝｜臺靜農先生家屬、陳文茜女士、國立臺灣大學校長管中閔先生、國立故宮博物院院長吳密察先生、國立歷史博物館館長廖新田先生、巴東教授、盧廷清教授、國家兩廳院藝術總監劉怡汝女士、莊靈先生、奚淞先生、王信女士、張照堂先生、丘彥明女士、魯漢平先生、陳慧琴女士

「台灣的好，從鄉鎮開始」—— 台灣好基金會 Lovely Taiwan｜董事長 柯文昌

攝影／汪紹綱

攝影／王竹君

結語——致親愛的臺靜農老師

蔣勳

二〇二〇年十一月九日，臺靜農老師逝世三十周年忌日。也是池上穀倉藝術館臺靜農紀念展的最後一天。

台灣好基金會柯文昌董事長，池上文化協會梁正賢先生，以及這次策展人參展人施淑、林懷民、蔣勳、許悔之、谷浩宇，徐璐率同穀倉藝術館工作同仁，準備了簡單的三杯酒，一包煙，忍冬和黃金玉蘭兩種香花，獻祭於臺老師靈前。

臺老師一生素樸簡約，我們也不敢以太多儀式煩擾於他。

本來不知要用什麼花獻祭，恰巧在落籍池上的莊豐賓院中發現玉蘭盛放，而且是品種特殊的原生黃金玉蘭，香氣悠遠，每人便以一瓣馨香供養在靈前案上，聊寄追思。

一個原來很私密的紀念展，因為各方的善因緣，使得展覽圓滿成功，在池上偏鄉，竟然吸引了兩萬七千餘人的參觀。

因為疫情限制，許多海外和大陸景慕臺靜農先生的更多群眾向隅，無法來台灣參與，十分遺憾。

但是，池上的紀念展只是開頭，臺灣大學已籌備二〇二一年繼續舉辦臺靜農先生一百二十歲冥誕紀念展，可以預期會有更精采的作品公諸於世。

臺先生的人品風範文學藝術創作都將為更多人認識，他一生堅持的人道主義關懷，對社會被壓迫者與受屈辱者的同情，為弱勢邊緣群眾的不平之鳴，都在他文學的書寫中，而他也在書法創作裡隱忍寄託了對威權統治者頑強不屈的對抗，在政治荒謬的時代，展現出文人不可凌辱的稜稜傲骨。

前排左起｜徐璐、柯文昌、施淑、陳淑美
後排左起｜林懷民、谷浩宇、蔣勳、梁振賢、許悔之
攝影／林煜幃

萍水相逢

臺靜農題

一九八五年出版散
文集萍水相逢
臺靜農老師為我
題寫書的扉頁
及封面一九九○年冬
臺老師臥病檢
出舊作今臺師
已仙逝月餘面對
故物墨瀋如新
臺老師人品風範
猶存眼前
臺先生書法集
漢石門頌及明
倪元璐之長於
嚴謹的結構及
開張的筆勢中
結合剛銳與流
暢的動勢卓然
成一大家民國
于右老以下惟
臺先生另闢蹊
徑永為後学典
範 一九九一初春東
海蔣[illegible]

萬寂殘紅一笑中：臺靜農與他的時代

看世界的方法188

文字　蔣勳
藏品提供　林文月、施淑、林懷民、蔣勳、許悔之、臺靜農家屬以及
國立臺灣大學圖書館、國立故宮博物院、國立歷史博物館、國家兩廳院
藏品釋文　盧廷清、魯漢平
注釋文字　凌性傑
文字校對　凌性傑、谷浩宇、林怡君、許悔之
特別刊載　林文月、施淑、林懷民、陳文茜、許悔之
照片提供　莊靈、王信、張照堂、林煜幃、王竹君、汪紹綱

封面攝影　張照堂
美術設計　吳佳璘
責任編輯　林煜幃

董事長　林明燕
副董事長　林良珀
藝術總監　黃寶萍
執行顧問　謝恩仁

社長　許悔之
總編輯　林煜幃
主編　施彥如
美術編輯　吳佳璘
企劃編輯　魏于婷
行政助理　陳芃妤

策略顧問　黃惠美・郭旭原・郭思敏・郭孟君
顧問　施昇輝・林子敬・謝恩仁・林志隆
法律顧問　國際通商法律事務所／邵瓊慧律師

出版　有鹿文化事業有限公司
地址　台北市大安區信義路三段106號10樓之4
電話　02-2700-8388
傳真　02-2700-8178
網址　www.uniqueroute.com
電子信箱　service@uniqueroute.com

製版印刷　中茂分色製版印刷事業股份有限公司

總經銷　紅螞蟻圖書有限公司
地址　台北市內湖區舊宗路二段121巷19號
電話　02-2795-3656
傳真　02-2795-4100
網址　www.e-redant.com

國家圖書館出版品預行編目（CIP）資料

萬寂殘紅一笑中：臺靜農與他的時代／蔣勳著
一初版．一臺北市：有鹿文化，2021.1
面；公分．一（看世界的方法；188）
ISBN：978-986-6281-93-8（平裝附數位影音光碟）

863.55　109021018

ISBN：978-986-6281-93-8
初版：2021年1月25日

定價：600元